최후이자 최초의 아이돌

쿠사노 겐겐

목차

최후이자 최초의 아이돌

Last and First Idol

이것은 한 소녀가 최고의 아이돌이 되는 과정을 그려낸 소설이다. 그 주인공, 후루츠키 미카는 가공의 캐릭터에 불과하다. 그렇지만 여기에 쓰여 있는 것들은 전부 진실이다.

우주와 당신의 존재는 이 소설의 주인공, 후루츠키 미카에게서 시작된 〈아이돌〉로 인해 크게 좌우될 것이다.

당신은 이 소설을 꼼꼼하게 읽어야 한다. 후루츠키 미카를 응원하고, 그녀에게 공감하며, 자신과 동일시하여 읽어야 한다.

이 소설을 마지막까지 읽고 이해했다면, 당신은 한 가지 사명을 띠고 있다는 사실을 깨닫게 되겠지.

이건 다른 누구도 아닌 당신을 향한 문장이다.

I

후루츠키 미카는 아이돌을 좋아했다. 아이돌 전국시대라고 불리는 현재 아이돌을 좋아하는 사람은 그리 드물지 않다. 우후죽순처럼 줄줄이 생겨나는 아이돌과 함께, 그 팬들도 한없이 늘어간다. 후루츠키 미카는 그런 철새 팬과는 격이 달랐다. 놀랍게도, 그녀는 생후 6개월 만에 아이돌 오타쿠가 된 것이다. 당시 그녀는 잠투정이 끊이질 않던 아기였다. 밤낮을 가리지 않고 하루 종일 큰 소리로 울어서 부모님의 수면을 방해하고, 뇌를 뒤흔들어 놨다. 고민하던 부모는 아이가 몰두할 만한 것을 찾아내 정신적 안정을 도모하려 했다. 인형, 캐스터네츠, 게임기, 프라모델, 팽이, 연, 로봇, 앞치마, 손전등, 골판지로 제작한 미로, 햄스터 등등을 차례로 건네 봤지만, 후루츠키 미카는 어느 것에도 흥미를 보이지 않았다.

지칠 대로 지친 부모는 밤에 TV 채널을 휙휙 돌렸다. 브라운관에 대통령, 영업 사원, 셰프, 의사, 개, 취주악단, 자동차가 차례대로 비쳤다. 그리고 아이돌이. 그 순간 후루츠키 미카는 울음을 그쳤다. 눈을 동그랗게 뜨고서 브라운관 속 춤추는 아이돌의 얼굴을 바라보았다. 얼굴 근육이 움직이더니 이내 웃음꽃을 피웠다. 티 없는 천진난만한 미소였다. 그야말로 아기가 짓는 미소의 대표격이라고 해도 좋을 정도로 순수한 웃음을 띠었다.

이거다! 부모님은 확신했다. 잠투정을 막아낼 비장의 카드다.

후루츠키 집안은 그리 유복한 가정이 아니었다. 그럼에도 후루츠키 미카에겐 아이돌 굿즈가 잔뜩 주어졌다. 비디오테이프는 닳아서 접촉 불량을 일으킬 정도로 몇 번이고 반복 재생되었다. 후루츠키 미카가 태어나고 일 년 후엔 여동생인 후루츠키 미야가 태어났고, 함께 아이돌을 즐겼다. 두 사람이 자라면서 비디오테이프는 조금씩 DVD로 바뀌었다. 초등학생이 되자 라이브를 보러 다니게 되었다. 후루츠키 미카는 타고 나길 내성적이고, 밖에 나가길 싫어하고, 정서가 불안정한 아이였지만, 다행히 아이돌을 좋아한다는 점 덕분에 많은 친구를 사귈 수 있었다. 그야말로 아이돌이 그녀를 구원해 주었다.

한편 후루츠키 미카의 인생을 뒤틀어 놓은 것도 아이돌이었다. 여러 차례 라이브 원정을 다니고 DVD를 사들이느라 늘 가계를 쪼들리게 했고, 그 탓에 식사는 부실해졌고, 부모님의 업무량도 늘었다. 게다가 가정 내에 쌓이던 스트레스가 급격히 늘어나 결국은 이혼에 이르렀다. 후루츠키 미야는 아빠가 맡게 되어 후루츠키 미카와 헤어졌다. 후루츠키 미카가 열세 살, 중학교 1학년 때의 일이었다. 그녀가 받은 충격은 컸고, 그 후 1년은 등교 거부 상태로 어두운 방에 틀어박혀 오로지 아이돌 라이브 영상만 반복해서 보았다. 식사는 하루 두 끼, 심할 땐 한 끼였다. 그 덕에 피부는 건강이 염려될 정도로 창백해졌고, 몸집은 작아졌다. 어머니는 걱정했지만 후루츠키 미카는 내심 그걸 마음에 들어 했다. 마치 아이돌 같다고 생각했기 때문이다.

1년이 지날 무렵엔 후루츠키 미카의 마음도 안정되었다. 새로운 목표를 찾아낸 것이다. 국립 히카리가야마 고등학교. 몇 년 전까지는 인기 없는 여자 고등학교였지만, 올해부터 시작된 아이돌 아마추어 대회에서 멋지게 우승을 차지하여 전국 아이돌 팬의 주목을 받기 시작했다. 당연히 후루츠키 미카도 그 라이브 현장에 있었고, 바로 압도당했다. 멤버들은 저마다 개성적이면서 천재적인 재능을 품고 있었다. 게다가 한 그룹으로서 보여준 퍼포먼스도 완벽했다. 이렇게나 제각각인 개성을 가진 팀이 그룹으로서 하나가 된 순간은 가히 예술적이기까지 했다. 비유하자면 축구 선수와 사냥꾼과 군고구마 장수와 카레이서와 종교인과 도예가와 엔지니어와 세일즈맨과 공항 관제탑 직원이 각자의 능력으로 서로를 보완하며 세상의 위기를 구한 것과 마찬가지였다. 반드시 이 집단에 들어가야 한다. 후루츠키 미카의 결심은 확고했다. 틀어박혔던 시기의 반동 탓일까, 그녀는 몹시 들떠 있었다. 무슨 일이 있든, 어떤 수를 쓰든 아이돌이 되겠다는 결의에 차 있었다.

후루츠키 미카는 열심히 공부했다. 등교 거부 탓에 동급생보다 뒤처져 있었지만, 그 핸디캡을 놀라운 기세로 극복하고, 훌륭히 합격을 따냈다.

고등학교는 지금껏 없었던 최고의 생활 공간이 되었다. 아이돌로 유명해진 학교니만큼 주변에는 마음이 맞는 아이돌 팬들이 잔뜩 있었다. 아이돌부 선배들은 갑자기 늘어난 부원을 보고 당황하는 듯했으나, 시행착오 끝에 여러 유닛이 독립적으로 활동하는 시스템이 정착되었다. 후루츠키 미카는 5인조 유닛 『P—VALUE』의 멤버로서 활동을 시작했는데, 그곳에서 운명적인 만남을 이뤘다. 그녀뿐만 아니라 전 우주에게 있어서 운명적인 만남이었다.

"니조노 마오리, 잘 부탁해."

쌀쌀맞은 인사였다. P—VALUE의 첫 미팅 날, 후루츠키 미카는 그녀와 만났다. 숏컷 헤어스타일에 키가 크고, 눈매도 날카로워서 쉽게 친구가 되기 힘들어 보이는 인물이었다. 실제로도 유닛 멤버와는 한 걸음 거리를 두고 있었다.

고등학교 시절 동안, 후루츠키 미카는 모두에게 사랑받는 걸 목표로 삼았다. 원래는 겁 많고 내성적이었지만, 그런 성격이었기에 더 밝게 행동하려고 필사적으로 노력했다. 겉치레라 해도, 허세일 뿐이라도, 타고난 낯가림을 숨길 수는 있다. 그녀는 꾸며낸 명랑함으로 친구를 사귀는 게 특기였다. 하지만 진정으로 서로를 이해하는 친구를 사귈 순 없었다. 꾸밈없는 자신을 드러내면 친구가 떠나가 버릴까 봐 두려웠으니까. 만약 진짜 그렇게 됐다간 자신의 정신은 불안정해질 테고, 그 결과 친구들과 더욱더 멀어지는 악순환이 일어날 거라 믿었다. 자아를 유지하기 위해서는 꾸며낸 명랑함을 계속 이어갈 수밖에 없었다.

니조노 마오리는 후루츠키 미카와는 성격이 정반대였다. 전반적으로 냉담한 태도를 보였고, 짜증이나 불평을 숨김없이 말했다. 지긋지긋하다는 듯한 한숨이 버릇이었다.

소문으로는 의사와 병원 경영자 부모님을 둔 귀한 집 아가씨라, 반에서도 눈에 띄는 존재였지만 친구는 적은 듯했다.

후루츠키 미카는 뼈를 깎는 노력을 통해 외부 세상에 적응하고 있었다. 아이돌 활동만 봐도, 수업은 거들떠보지도 않고서 곡을 외우고, 댄스 스텝을 연습하며 기초 체력을 끌어올렸다. 반면 니조노 마오리는 외부 세상에 적응하려는 기색도 없이 손쉽게 과제를 해냈다. 듣기로는 어릴 적부터 피아노와 노래, 발레 수업을 받았다고 한다. 후루츠키 미카가 몇 시간씩 연습한 스텝을 실수하는 와중에, 니조노 마오리는 바로 옆에서 새로운 스텝을 아주 손쉽게 외웠다.

두 사람의 거리는 좀처럼 좁혀지지 않았다. 당연한 일이다. 어떤 식으로 인수분해를 해도 공통인수를 찾아낼 수 없었으니까. 후루츠키 미카는 니조노 마오리를 의식적으로 신경 쓰지 않으려 했다. 억지로 다가갔다간 반발과 균열이 생길지도 모른다고 두려워했다. 후루츠키 미카의 그런 태도를 알아챘는지는 모르겠지만, 니조노 마오리도 굳이 친해지려고 하지 않았다.

그런 두 사람이 절친한 친구가 된 건 우연한 계기였다. 입학하고 한 달 정도 지난 어느 날, 후루츠키 미카는 여느 때처럼 일찍 일어나 아침 연습 중이었다. 아이돌부가 연습에 사용하는 옥상에 누구보다 일찍 와서 묵묵히 스텝을 밟았다. 안무를 외우는 게

다른 부원들보다 오래 걸렸기 때문에 자율 연습을 하는 거였다.

"그 스텝, 반 박자 늦어."

뒤에서 목소리가 들렸다. 돌아보니 니조노 마오리가 서 있었다.

"네가 왜 여기 있어?"

"자명종이 고장 났나 봐, 어째선지 일찍 울렸거든. 다시 자기도 뭐해서 아침 공기나 쐴까 싶어서 왔어. 늘 이 시간에 오는 거야?"

니조노 마오리의 질문에 후루츠키 미카는 불편한 기분이 들었다. 이렇게 일찍 와서 연습하는데도 그다지 성과가 없다는 게 부끄럽게 느껴졌기 때문이다.

"……응."

작게 고개를 끄덕였다.

"흐응~ 괜찮다면 도와줄까?"

"어?"

뜻밖의 제안에 당황했다.

"일단은 같은 유닛이잖아. 이 기회에 좀 더 교류를 갖는 것도 괜찮지 않겠어?"

"하지만 니조노한테 폐가 되잖아?"

"폐가 될 리가 없잖아. 아이돌 활동 같은 건 놀이나 마찬가지인걸."

아이돌을 장래 목표로 삼는 자신이 아이돌 활동을 놀이로 치부하는 애보다 훨씬 뒤떨어진다는 사실이 후루츠키 미카에게 패배감을 주었고, 표정이 굳게 만들었다.

"왜 그래? 컨디션이 안 좋아?"

"……아냐, 괜찮아……."

허세를 부리면서도 눈물을 흘리고 말았다.

"혹시…… 내가 말실수를 한 거야? 그렇다면 사과할게, 미안해……."

몇 초간, 두 사람 사이에 어색한 침묵이 흘렀다.

"……나, 아이돌이 되는 게 꿈이야……. 그래서 니조노랑 나를 비교했더니 조금 우울해져서……."

침묵에 당황해서 무심코 속마음을 드러냈다.

"뭐야, 그런 거였다면 내가 프로듀스해 줄게."

예상하지 못한 방향으로 대화가 흘러간다.

"그치만 나, 춤도 제대로 외우질 못하는데……."

"틀—렸—어. 아이돌에게 필요한 건 완벽한 춤도, 노래도 아니야. 서툴러도 괜찮으니 노력하는 모습이야. 관객은 그 모습에 자신을 겹쳐 보면서 공감하는 거야. 그런 면에서는 나보다 네가 훨씬 아이돌에 어울리잖아."

"그런…… 걸까."

내심으론 아이돌에 어울린다는 말을 듣고 무척이나 기뻤다.

"그렇다니까! 먼저 말투랑 헤어스타일을 아이돌에 걸맞게 바꿔야겠네. 잠깐 생각 좀 해 볼게."

이리하여 니조노 마오리에 의한 후루츠키 미카 프로듀스가 시작됐다. 먼저 주목한 부분은 헤어스타일이었다. 원래 스타일이었던 롱헤어를 트윈테일로 바꿔서 단번에 귀여운 인상을 주는 데

성공했다. 병약한 느낌을 주는 하얀 피부도 플러스 요소였다. 다음은 일인칭이었다. 『나』라고 말하던 일인칭을 『미카』로 바꿔서 어린아이 같은 캐릭터를 확립했다. 이것도 작은 키와 잘 어울려 시너지 효과가 나왔다.

후루츠키 미카의 캐릭터를 발판으로 P—VALUE의 분위기도 변화했다. 그럴듯한 아이돌처럼 보이는 애가 유닛의 중심이 되자 자기들이 속한 그룹이 아이돌 유닛이라는 뚜렷한 자각을 지니게 된 것이다. 후루츠키 미카와 니조노 마오리가 처음 시작했던 아침 자율 연습에도 모든 멤버가 참여하게 되었고, 지역 아이돌 대회에도 출장할 수 있었다.

그 후로 두 사람은 틈만 나면 얼굴을 맞대며 친분을 쌓았고, 마침내는 안으로도 밖으로도 절친한 친구로 공인받기에 이르렀다. 후루츠키 미카는 행복한 고등학교 시절을 보냈다. 반짝반짝 빛나는 3년이었다. 자신 안에 아이돌로서의 반짝임이 있다는 사실을 실감했다.

하지만 힘든 건 그다음부터다. 아이돌부를 졸업하는 것과 동시에 아이돌이라는 정체성을 빼앗기고 평범한 사람이 된다. 후루츠키 미카는 이미 자신이 평범한 사람이 된다는 사실을 견디지 못하는 상태였다. 아이돌로서 언제까지고 빛나고 싶었다.

어머니에게 학업을 우선시하라는 말을 들었지만, 공부할 시간이 있으면 그걸 전부 오디션 연습에 쏟아부었다. 진로 희망 조사서에는 큼직하게 『아이돌』이라고 적었다. 교사는 장래에 반드시 후회할 거라고 경고했고, 어머니는 자신의 육아 방침이 잘못되었다며 탄식했다. 그럴 때마다 "미카는 모~두의 아이돌이 될 거니까 걱정 마, 미카!"라며 귀여운 목소리로 반박했다.

그런 와중에 유일하게 그녀를 도와준 사람이 니조노 마오리였다. 그녀는 "미카라면 우주 최고의 아이돌이 될 수 있어, 미카는 내가 만난 어떤 사람보다도 귀여워."라고 거듭 말하며 후루츠키 미카의 자신감을 유지해 주었다. 그 말에 마음이 고양된 것이다. 만약 니조노 마오리가 없었다면 우울함에 빠져 아이돌의 길을 포기했을지도 모른다. 하지만 몇 번씩 오디션에서 떨어져도, 몇 번씩 포기하라는 말을 들어도, 니조노 마오리의 말을 들으면 자신은 빛날 수 있다는 자신감이 솟아나 다시 한 걸음 내디딜 의욕이 생겼다.

여러 차례의 불합격 끝에 드디어 한 오디션에 합격했다. 가까스로 잡은 한 가닥 지푸라기였다. 그런데 문제가 있었다. 소속사가 도쿄에 있어서, 교토에 있는 대학 의학부로 진학할 예정인 니조노 마오리와는 헤어지게 된다는 점이다. 두 사람은 헤어짐을 아쉬워하며 포옹을 나눈 뒤, 다시 만날 것을 약속하며 헤어졌다. 후루츠키 미카는 다음에 만날 때는 인기 아이돌이 되어 있을 거라고 큰소리쳤다.

사무소에 들어가서 제일 먼저 이루어진 일은 레슨비 징수였다. 반년 정도는 매달 레슨비 때문에 수입이 적자겠지만, 나중에 일이 들어오기 시작하면 점점 수입이 늘어나기 시작할 거라고 매니저가 약속했다. 장래의 밝은 전망에 가슴이 뛰었던 후루츠키 미카는 그 말을 믿고 온 힘을 다해 레슨을 받았다.

그러나 부지런히 노력하는 후루츠키 미카를 기다리고 있던 건, 비정한 현실이었다.

반년 정도 지난 어느 날, 후루츠키 미카는 소속사가 도산했다는 사실을 알았다. 자본과 인력을 갈아 넣어서 간신히 유지되던 상태라 이미 머지않아 무너질 걸 알고 있었던 소속사는 본격적인 데뷔를 앞둔 신인 아이돌 후보생을 착취한 다음 도망쳐 버렸다. 남은 건 레슨비 명목으로 진 빚과 처참하게 산산조각 난 정신뿐이었다. 반년 동안 이뤄낸 실적은 거의 아무것도 없었고, 이적도 하지 못해 프리로 활동하는 것조차 불가능했다. 지금까지 쌓아 올렸던 것들은 전부 무너졌다. 다시 한번 처음부터 오디션을 보러 다닐 수밖에 없었다. 그것도 생활비를 벌기 위해 아르바이트와 병행하며 아이돌 활동을 해야 했다. 설상가상으로 그녀는 고독했다. 혼자서 도쿄에 왔기 때문에 주변에는 친구도 없고, 같이 연습해 줄 동료도 없었다. 오디션 연습은 점차 즐겁지 않아졌다. 자연스럽게 웃을 수 없어졌다. 의식적으로 웃으려고 했지만, 표정이 일그러질 뿐이었다. 거울 속 일그러진 얼굴을 보니 슬픔이 차올랐다. 급기야 복통이 밀려왔다. 그런 상황에서 오디션에 붙을 리가 없었다.

니조노 마오리에게 도움을 청하자. 그 생각이 머리를 스쳤다. 하지만 실행에 옮기지 못했다. 그녀와 종종 연락을 주고받았지만, 아직도 소속사가 망했다는 소식을 전하지 못했다. 전하는 게 두려워 미루다 보니, 언젠가부턴 아이돌로 씩씩하게 잘 지내고 있다고 거짓말을 하고 말았다. 거짓말은 점점 부풀어, 쉽게 무너

뜨릴 수 없을 만큼 커졌다. 사실대로 말하지 못한 이유는 자신의 초라한 모습을 보여주고 싶지 않았기 때문이다. 헤어질 때는 그렇게 자신만만했는데 지금은 미소를 짓는 것조차 힘겨워하는 모습을 보여주고 싶지 않았다.

후루츠키 미카의 마음속에서 니조노 마오리는 일종의 우상(아이돌)이 되어 있었다. 자신은 그 우상에 어울릴 만한 아이돌이 되어야 한다, 찬란하게 빛나야 한다는 꿈을 갖고 있었다. 그 꿈은 이제 강박관념의 영역에 이르렀고, 그 강박이 사실을 실토하는 걸 무한히 미루게 했다. 그러던 어느 날, 갑작스럽게 거리 한복판에서 무한은 유한으로 바뀌었다.

"미카!"

익숙한 목소리다. 니조노 마오리의 목소리. 돌아보니 그녀가 있었다.

"어어?! 마오링!"

마오링은 니조노 마오리의 별명이다.

"미카! 얘기 들었어. 소속사가 도산했다며! 괜찮아?"

니조노 마오리는 소문을 통해 후루츠키 미카가 곤경에 처했음을 알게 된 거였다. 여태껏 쌓아 올린 거짓말은 이걸로 전부 무너졌다.

"……마오링 말대로야, 미카……."

너무나도 충격이 컸던 탓에 무심코 영업용 말투가 나왔다.

후루츠키 미카는 니조노 마오리를 자기 집으로 안내했다. 켕기는 마음에 재회의 기쁨을 표현하지도 못했다. 계속 침묵할 수도 없는 노릇이라, 솔직히 지금까지 있었던 일을 더듬더듬 얘기하기 시작했다.

"왜 말해 주지 않은 거야?!"

흐느껴 우는 후루츠키 미카를 니조노 마오리가 끌어안았다.

"이런 모습을 보여주는 게 부끄러워서……."

그 후, 한차례 속내를 털어놓았다. 소속사에 배신당한 충격, 인간 불신, 무력감, 자기혐오, 열등감, 나빠지는 건강, 줄어드는 저축, 도쿄에서의 고립, 때때로 자신이 미쳐 간다고 느낀다는 사실.

"괜찮아!"

니조노 마오리는 힘주어 선언했다.

"왜냐면 내가 너를 부양할 테니까!"

"뭐?!"

무슨 말인지 알 수 없었다.

"말 그대로야. 나한텐 돈이 있어. 그것도 아주 많이. 부모님께 말씀드리면 얼마든지 받을 수 있어. 그걸로 미카를 부양할게. 아이돌 활동을 계속하면 되는 거야."

니조노 마오리로선 지극히 자연스러운 제안이었다. 돈은 돌고 도는 것 아닌가. 하지만 후루츠키 미카에게 그 제안은 자신의 존재 의의가 땅에 처박히는 듯한 감각을 가져다주었다. 이 점에선 사회학적인 고찰을 해볼 수 있을지도 모른다. 후루츠키 미카의 가정은 가난했기 때문에, 신자유주의적인 문화적 배경 아래에선 일종의 원죄를 짊어진 듯한 느낌에 시달리고 있었다. 그뿐만 아니라, 조금이라도 무상으로 돈을 받았다간 사회에서 영구히 잉여 인간으로 낙인찍힐지도 모른다는 공포마저 있었다. 그래서 그녀는 무의식적으로 경계했던 것이다.

"응? 왜 그래?"

니조노 마오리는 악의 없이 순수한 미소를 지었다.

"고마운 제안이지만, 그게……."

거절하려고 했을 때, 초인종이 울렸다.

하던 얘기를 멈추고서 후루츠키 미카는 현관으로 가 문을 열었다.

"언니!"

엄청난 기세로 문이 당겨지더니 한 소녀가 들어왔다. 후루츠키 미카와 꼭 닮은 얼굴을 가졌지만, 몸집이 작은 미카보다도 한층 체구가 작았다. 그녀는 후루츠키 미야. 후루츠키 미카의 여동생이지만 부모님이 이혼한 뒤로 만나지 못했다.

"미야?! 왜 여기에?"

후루츠키 미카는 당황했다.

"왜 여기 있냐고요? 그 말 그대로 돌려드리겠어요! 저는 언니를 제정신으로 돌려놓으려고 온 거예요. 언니는 악마한테 지배당하고 있어요. 아이돌이라는 이름의 악마에게! 아이돌! 아아, 얼마나 끔찍한 단어인가요. 아이돌 때문에 가정이 무너지고, 이젠 아이돌 때문에 언니가 파멸에 이르게 된 이 상황! 자, 언니. 지금이라도 늦지 않았어요. 소속사가 도산한 일은 하늘의 계시였던 거예요. 아이돌 따위 그만두고 정상적인 세상으로 돌아가요!"

후루츠키 미야는 열정적으로 말했다. 그녀는 아이돌 탓에 부모님이 이혼했다고 믿었고, 이 세상에서 아이돌을 전부 소멸시키겠다고 마음속으로 맹세했다. 언니가 아이돌이 되려고 한다는 소식을 어디선가 듣고는 도저히 견딜 수 없어 찾아온 거였다.

"미카, 손님이야?"

기다리다 지친 니조노 마오리가 현관으로 다가왔다.

"처음 뵙겠습니다. 미카 언니의 동생인 미야라고 합니다."

"미카의 여동생이구나."

"응…… 중학교 때 부모님이 이혼하셔서 헤어지게 됐었는데……."

"그래도 저는 언제나 언니를 그리워하고 있었답니다. 그런데 이 분은?"

"나는 니조노 마오리야. 고등학교 때 미카와 같이 아이돌을 했었어."

"아이돌……."

미야가 빠득, 이를 갈았다.

"당신이 언니를 파멸로 몰아넣었군요!"

"뭐어?!"

니조노 마오리는 당연히 당황스러워했다.

"언니는 그럭저럭 괜찮은 대학에 들어가, 적당한 회사에 취직하고, 결혼해서 행복한 인생을 걸어야 했어요! 그런데! 뭔가요! 아아! 이런 비참하고 더러운 집에서 혼자 외롭게 썩어 가면서 다다른 인생의 끝은 파멸이에요, 파멸! 패배자예요! 구제할 길이 없다고요!"

"구제할 길이 없는 건 아니야."

니조노 마오리는 차분한 목소리로 반박했다.

"네에?! 무슨 소릴 하시는 건가요?!"

"구제할 길이 없는 건 아니라고. 왜냐면 내가 먹여 살릴 거니까."

니조노 마오리의 말이 후루츠키 미야의 머릿속에 스며들기까지 몇 초의 시간이 걸렸다.

"진심인가요?"

"물론 진심이야."

"……웃기지 마!"

미야는 벽을 세게 걷어찼다. 그 충격에 꽃병이 바닥에 떨어져 산산조각 났다.

"언니를 부추겨서 파멸시켜 놓고는 이번엔 장난감 대용이야?! 어?! 어차피 도중에 질린다고 버릴 거면서! 언니도 언니야! 이런 녀석한테 기생하며 살아갈 작정? 어디까지 몰락해야 직성이 풀리겠어요? 이제 언니의 아이돌 놀이에는 진저리가 나요! 현실을 직시해 주세요!"

성격이 뒤바뀐 것처럼 미야가 길길이 날뛰었다. 화가 나면 참지 못하는 요즘 세대라고 부르기에 딱 어울릴 모습이었다.

"뭐어?! 영문을 모르겠네! 왜 네가 이래라저래라 하는 건데?"

그에 맞서는 니조노 마오리도 그런 말을 듣고 가만히 있을 성격은 아니었다. 두 사람 사이에 찌릿찌릿한 분위기가 감돌기 시작했다. 언제 벼락이 내리쳐도 이상할 게 없었다.

일촉즉발의 분위기 속에서 두 사람 사이에 끼어든 사람은 후루츠키 미카였다.

"……나가 줘."

툭 던진 한마디. 작은 목소리였지만 그 표정은 험악했다.

"하지만, 미카."

"언니……."

방금까지의 분위기는 어디로 갔는지, 두 사람은 후루츠키 미카를 달래려 했다.

"됐으니까 나가 줘!"

억지로 두 사람을 문밖으로 밀어낸 다음 문을 잠갔다. 밖에서 문을 두드리는 소리가 들렸지만 무시했다.

"현실을 직시해…… 인가……."

후루츠키 미카는 맥없이 웃었다. 그녀의 마음이 우지끈 소리를 내며 부러지고 말았다. 니조노 마오리의 제안에 자존심이 꺾였고, 후루츠키 미야의 말을 듣고 자신에게 재능이 없음을 절감했다. 그런 감정들이 뒤섞인 끝에, 자신이 처한 현실이라는 실체가 드러난 것이다.

그래, 현실을 보자. 자신은 아이돌이 될 수 있을 리가 없다. 불가능한 일을 목표로 삼아 발버둥 칠수록 상처는 깊어진다. 이제, 이쯤에서 그만두자. 끝내는 거야. 모든 것을.

한때 후루츠키 미카의 안에 있었을 터인 반짝임은 사라졌다. 아이돌과 만나, 아이돌 활동을 하면서 쌓아 온 반짝이던 빛은 자취를 감추었다.

아이돌이 아니게 됐다면, 다다를 곳은 모든 것의 끝이다.

후루츠키 미카는 의자를 좁은 베란다로 끌고 와서 그 위에 올라섰다. 바깥엔 아름다운 풍경이 펼쳐져 있었다. 가로등에 비친 좁은 도로와 공터. 조금도 특별할 것 없는 풍경이었지만 아름답게 느껴졌다. 베란다에 몇 번이나 나와 봤지만, 이렇게 아름다운 풍경이 있을 줄은 몰랐다.

마지막으로, 멋진 기분을 느낄 수 있어서, 다행이야.

만족스러운 한숨을 내쉬고서, 미카는 베란다 너머로 몸을 던졌다.

그녀의 몸이 중력 가속도에 따라 낙하한다. 7층, 약 21미터 높이에서의 추락. 착지 시 속도는 시속 약 70킬로미터다. 고속도로를 달리는 차에서 내던져진 거나 마찬가지다. 온몸에 전해진 충격은 혈관을 파열시키고, 뇌세포를 파괴했다. 인생 최대의, 그리고 최후의 아픔이 순간적으로 밀려왔다가 사라졌다.

후루츠키 미카는 죽었다.

하지만 이 죽음은 끝이 아니다. 시작점이다. 여기서부터 〈아이돌〉이 시작된다.

니조노 마오리와 후루츠키 미야는 죽음의 소리를 들었다. 불길한 예감이 들어 서둘러 밖으로 달려 나갔더니 후루츠키 미카가 피투성이가 된 채 쓰러져 있었다. 인간이라기보다는 불법 투기한 대형 쓰레기 같았다. 니조노 마오리는 의대생답게 의식이 없는 것을 확인한 뒤 턱끝을 들어 올려 기도를 확보했다. 행동은 침착했지만, 머릿속은 새하얘졌다. 강의 실습으로 머릿속에 주입된 행동을 반사적으로 그대로 시행했다. 반면 전화로 구급차를 부르는 것 말곤 할 수 있는 게 없었던 미야는 자신의 무력함을 곱씹었다. 의대생이 아닌 인간은 무력했다.

도플러 효과로 소리의 높낮이를 바꿔가며 구급차가 달려왔다. 구급대원이 후루츠키 미카를 차에 태웠다. 가족인 미야가 동승한다. 니조노 마오리도 가족인 척하면서 함께 탔다.

미카의 시신이 옮겨진 병원은 니조노 마오리의 부모님이 경영하는 병원 중 한 곳이었다. 이 병원으로 정해진 데에 별다른 이유는 없었다. 그저 근처 여러 병원 중 응급 환자를 수용할 준비가 갖춰진 곳이 이곳밖에 없었다. 이 우연이 우주의 모든 운명을 바꾸게 된다.

"임종하셨습니다."

최첨단 심폐소생술이 한 차례 시도된 다음 판단이 내려졌다. 담당 의사는 처음부터 이건 가망이 없다고 생각했기 때문에 예상대로였다.

그 말을 듣고 두 사람은 멍하니 입을 벌렸다. 옆에서 보면 참으로 한심한 표정이겠지만, 가까운 사람이 죽었을 땐 이런 표정이 되는 법이다.

후루츠키 미카의 사망은 두 사람을 미치게 만들기에 충분했다. 가장 먼저 미쳐버린 사람은 니조노 마오리였다.

"제발, 파파! 부탁이야!"

병원을 경영하는 부모님에게 전화했다. 부모는 딸을 몹시 사랑했기 때문에 두말없이 부탁을 들어줬다. 부탁이란 수술실에서 의사를 내쫓고 니조노 마오리를 들여보내달라는 거였다.

가장 친한 친구의 죽음이 원인이 되어 유발된 광기는, 보통 사람이라면 스피리츄얼한 방향으로 흐르기 마련이다. 사후 세계에서 목소리가 들린다거나, 유령을 봤다고 주장하는 식이다. 하지만 그녀는 과학 교육을 받은 유물론자였다. 유물론자가 광기에 휩싸이면 테크놀로지에 대한 기대라는 방향으로 이어진다. 니조노 마오리는 미래의 테크놀로지가 미카를 부활시킬 수 있다고 확신했다. 아니, 그렇게 믿어야만 했다. 그러지 않으면 절망의 구렁텅이에 떨어지고 마니까.

테크놀로지가 미카를 구원할 가능성이 있다고 해도, 사체가 화장되어 버린다면 전부 소용없다. 잿가루를 원래 몸으로 되돌리는 테크놀로지 같은 건 몇천 년이 지나도 실현될 수 없다. 그건 엔트로피 증가의 법칙이 단호하게 막아서는 영역이다. 어떻게 해서든 몸, 특히 뇌를 수십 년 단위로 보존해야만 한다. 니조노 마오리에겐 그걸 실현할 수단이 있었다.

니조노 마오리는 면도칼, 메스, 전동 드릴, 전기톱을 준비했다. 먼저 면도칼을 손에 쥐었다.

"미안, 미카."

니조노 마오리는 그렇게 중얼거리며 미카의 머리카락을 면도칼로 밀기 시작했다. 그녀의 매력 포인트였던 트윈테일이 무참히 바닥으로 떨어진다. 드러난 두피는 이미 거무스름하게 변했다. 미카의 희고 아름다운 피부는 산소 부족으로 죽어간 세포 찌꺼기로 인해 칙칙한 갈색으로 변해 있었다.

이어서 니조노 마오리가 꺼낸 건 메스였다. 메스로 머리의 얇은 피부를 가른다. 혈액 순환이 이미 멈췄기 때문에 피는 나오지 않았다. 복숭아 껍질을 벗기듯 능숙한 손놀림으로 피부를 벗겨 간다. 머리를 덮은 근육에 갈색 혈관이 얽혀 있다. 메스로 이마부터 후두부까지 이어지는 근육을 가른 뒤 핀셋으로 집어 옆으로 열었다. 거무칙칙한 적갈색으로 물든 근섬유 너머로 하얀 두개골이 보이기 시작한다. 마치 미카가 살아 있었을 적의 피부 같아. 니조노 마오리는 그렇게 생각했다. 근육은 관자놀이까지 옆으로 벌려졌다. 그 과정에서 방해가 되는 귀는 절제되었다.

이제부터가 본격적인 시작이라고 할 수 있다. 두개골은 여러 부분으로 나뉘어져 있고, 일반적인 뇌수술에선 그 부분의 경계선만 절제한다. 하지만 이번엔 모든 부분을 각각 절제해야만 했다. 니조노 마오리는 전동 드릴을 꺼내 점액으로 뒤덮인 두개골에 구멍을 뚫었다. 먼저 이마보다 약간 위, 축구할 때 공을 헤딩하는 위치다. 그리고 좌우 관자놀이와 목덜미 위쪽에 구멍을 뚫고, 전기톱으로 각 구멍을 잇는 선을 절단해 나갔다.

위이이이이잉, 드드드드드득. 니조노 마오리는 책을 읽어 뇌수술 방법을 알고 있었다. 그러나 이론과 실전은 달랐다. 두개골을 가르는 전기톱은 엄청난 진동을 일으켰다. 들고 있는 것만으로도 이마에 땀이 배어 나온다. 니조노 마오리는 진동을 견디며 침착하게 전기톱을 잡았다. 이 두개골 아래에는 후루츠키 미카의 본질, 그녀가 그녀라는 증거, 그녀의 모든 의식, 감각, 행동의 근원, 정말로 정말로 소중한 세포 덩어리인 뇌가 들어 있다. 실수해서는 안 된다. 니조노 마오리는 이 시점에서 완전히 미쳐 있었기 때문에 미카의 죽음은 문제 삼지 않았다.

두개골이 절단되었다. 그 안쪽에 보이는 건 옅은 분홍색 뇌.

"미카, 미카는 여기서 생각하고 있었어? 여기서 나를 보고 있었어? 여기에 네가 있었어?"

니조노 마오리는 중얼거리며 두개골 절단을 이어갔다.

"후후후, 신기하네. 미카의 뇌라니, 미카도 본 적 없을 텐데. 내가 제일 먼저 봐버렸어."

이윽고 두개골 윗부분은 완전히 제거되었다. 후루츠키 미카의 머리는 절반 정도는 분리되어 옆에 놓였고, 뇌는 완전히 노출되었다. 그 영향으로 표정 근육이 잘려 후루츠키 미카의 입은 멍하니 벌어져 있었다. 그녀가 살아 있었다면 절대로 짓지 않았을 칠칠치 못한 표정이다. 자신의 행위가 그런 표정을 짓게 했다는 사실을 가슴 아프게 생각하며, 니조노 마오리는 마음속으로 사과했다.

여기까지 오면 다음은 간단하다. 후루츠키 미카의 뇌를 액체 질소 용기에 넣어 보존하는 것. 그리고 뇌를 부활시킬 수 있는 테크놀로지가 발명될 때까지 기다리면 된다.

물컹. 니조노 마오리는 후루츠키 미카의 머리 안에 손을 넣었다. 중지와 약지를 뇌와 두개골 사이에 끼워 넣어 틈을 만들고, 네 손가락을 억지로 그 틈 사이에 넣었다.

물컹물컹 지꺽. 손가락으로 뇌 아랫부분을 더듬었다. 꽃봉오리

같은 후각신경구와 교차하는 시신경을 촉각으로 확인해 나가다 마침내 단단한 뼈를 찾아냈다. 척수의 말단이다. 척수 말단을 덮듯이 중지와 약지로 마름모꼴을 만들었다.

니조노 마오리는 심호흡을 하고서, 팔에 힘을 주어 단번에 뇌를 끌어올렸다. 뿌득뿌드드드득! 뚜둑, 뚜두두두두둑, 하고 뇌와 몸을 연결하고 있던 혈관이 끊어지는 소리가 났다. 뇌와 함께 안구도 끌려 나와 밖으로 튀어나왔다. 뒤에 남은 건 문자 그대로 텅 빈 눈을 한 후루츠키 미카뿐.

콰드득! 뿌득! 우둑! 니조노 마오리는 더욱 힘을 주었다. 뇌와 함께 척수신경까지 끌려 나왔다. 고구마를 캐는 모양새다. 척수신경에는 크고 작은 다양한 혈관이 덤으로 딸려 나온다. 그런 건 신경 쓰지 않고서, 니조노 마오리는 뇌를 한쪽 손과 턱으로 받치고, 다른 쪽 손을 뻗어 척수신경을 잡아당겼다. 낚싯줄에 걸린 물고기를 잡아당기는 듯한 침착함이다. 과연 의대생이었다.

척수는 남김없이 뽑아냈다. 니조노 마오리는 양손으로 뇌와 척수를 끌어안은 뒤 미리 준비해 뒀던 액체 질소가 가득 찬 금속 용기에 첨벙, 집어넣었다. 그때 손에 액체 질소가 튀는 바람에 전치 1주일의 동상을 입었지만, 그런 걸 신경 쓸 때가 아니었다. 용기의 뚜껑을 닫고, 공기가 새지 않는지 확인했다. 이걸로 됐다. 적절하게 동결시킨 후루츠키 미카의 뇌는 보존 장소만 확보하면 몇 세기는 버틴다. 남은 건 어떻게든 그녀를 부활시킬 수 있는 테크놀로지를 개발하면 된다.

장례식은 슬프다.

장례의 대상이 백 살쯤 먹은 사람이라면 슬프지 않을 때도 있지만, 10대라면 슬프다.

장례의 대상이 막대한 유산을 남긴 노인이라면 기쁠 때도 있지만, 무일푼인 젊은이라면 슬프다.

장례의 대상이 자살로 생을 마쳤을 때는 몹시도 몹시도 슬프고, 장례식장은 음울한 분위기로 뒤덮인다.

후루츠키 미카는 상기 세 가지 항목에 전부 해당했기 때문에 장례식장은 최대한의 슬픔에 잠겼다.

많은 사람이 눈물을 흘렸다. 부모, 여동생, 고등학교 시절 같이 아이돌 활동을 했던 동료들, 아르바이트 동료들. "괜찮아 미카!" 라며 근거 없는 자신감을 보이던 그녀는 이제 없다. 미카는 꿈을 이루지 못하고 쓰러졌다. 어렸을 때부터 꿈꿔왔던 우주 제일의 아이돌이 되지 못한 것이다. 그녀를 좌절시킨 건 죽음이라는 우주 최악의 존재다. 모두가 오열하며 머리를 쥐어뜯고 있는 와중에, 니조노 마오리만이 메마른 웃음을 터뜨렸다. 예전 아이돌 동료들은 슬픔에 미쳐버린 모양이라며 이해해 주었다. 정확한 통찰이다. 그녀는 기뻤다. 자신에게 사명이 생겼다는 게. 후루츠키 미카를 소생시킨다는 사명을 가지게 된 게 기뻤다. 지금까지 의사가 되기 위한 길을 걸었던 건 부모님의 압력 때문이었다. 왜 내가 이래야 하는 걸까, 라는 의문을 억누르며 매일 공부해 왔다. 하지만 이젠 공부할 이유가 생겼다. 의사가 될 이유가 생겼다. 후루츠키 미카를 되살리기 위해서였다.

유체는 니조노 마오리가 난도질한 흔적 없이, 시체 위생 보전 전문가의 손으로 깨끗하게 복원(엠버밍)되어 있었다. 너무나도 깨끗했다. 귀도 뇌도 적출된 유체를 보고 신이 난 전문가가 자신이 생각하는 이상적인 궁극의 시체를 목표로 멋대로 모습과 형태를 바꿔버린 결과였다. 전문가로선 넋을 잃고 감탄할 정도의 완성도였으니, 그야말로 온 세상에 통용될 기술의 집약체라 자신할 만했다. 하지만 유족들이 받아들일 수 있느냐는 다른 문제다.

그 사실로 인해 비롯된 트러블은 장례식 후에 일어났다. 후루츠키 미카의 여동생, 미야가 니조노 마오리에게 덤벼든 것이다. 딴판으로 변해버린 시체의 모습을 보고, 시신이 훼손됐을 가능성을 직감했기 때문이었다.

"너어어! 언니에게 무슨 짓을 했어!"

있는 힘껏 허세를 부리며, 눈에 눈물을 머금으면서도 분노를 담아 니조노 마오리의 상복을 움켜쥐었다.

눈물을 자아내는 후루츠키 미야의 애처로운 모습과는 대조적으로, 니조노 마오리는 냉소를 짓고 있었다.

"미카? 미카라면 괜찮아. 내가 소생시켜 줄 거야."

실실 웃음을 흘리는 니조노 마오리를 향해 후루츠키 미야는 마침내 자제력을 잃고 주먹을 휘둘렀다. 주먹에 담긴 운동량은 보잘것없었기 때문에 니조노 마오리의 몸은 손상을 입지 않았다. 하지만 그녀는 자신이 왜 얻어맞았는지 이해하지 못해 어리둥절한 표정을 지었다.

"그렇다는 말은…… 언니의 시체를 욕보였다는 거네! 이 변태!

아아아아아아아아아아아아아아아아아아아아아!"

후루츠키 미야는 언니를 잃은 북받치는 슬픔에 자신이 무슨 말을 하고 있는지도 모르는 상태였다. 그저 눈앞의 인물이 한없이 미워서 견딜 수 없었다.

계속 얻어맞으면서도 니조노 마오리는 웃고 있었다.

"걱정하지 마, 괜찮아. 너도 깨닫게 될 날이 분명 올 거야. 기다려 줘. 미카를 만날 수 있을 테니까."

자신을 때리는 후루츠키 미야에게 다정하게 말을 걸며 머리를 쓰다듬었다.

"만지지 마!"

후루츠키 미야는 니조노 마오리의 팔을 마치 오물이라도 되는 것처럼 뿌리치고서 물러섰다.

소란을 듣고서 무슨 일인가 하고 구경꾼들이 몰려왔다. 후루츠키 미야의 부모도 나타났다.

"이 빚은 언젠가 반드시 갚아드리겠어요!"

후루츠키 미야는 자리를 떠나며 니조노 마오리에게만 들릴 듯한 목소리로 중얼거렸다.

Ⅱ

후루츠키 미카의 죽음으로부터 5년 후, 인류 사회는 심각한 위기에 직면했다.

징후는 태양에서 나타났다. 태양 표면에 생기는 검은 얼룩, 흑점의 수가 급속도로 늘어난 것이다.

흑점이란 태양 내부의 자기력선이 외부로 방출되고 있다는 표시다. 태양은 지구와 마찬가지로 자기장을 띠고 있지만, 기체로 이루어져 있기 때문에 자전으로 인한 유동이 격렬해서 자기력선이 복잡하게 얽혀 있다. 북극이 S극 남극은 N극으로 질서정연한 지구와 달리, 태양의 자기력선은 미로처럼 꿈틀거리며 별의 안팎을 기어다닌다. 흑점은 자기력선이 태양 내부에서 외부로 나올 때 발생한다. 즉, 대량의 흑점 증가는 태양의 자기장 활동이 활발해지고 있음을 나타낸다.

꿈틀거리는 자기력선은 언젠가는 서로 교차한다. 그때 무슨 일이 일어나는가. 교차한 자기력선이 서로 융합하여 새로운 자기력선이 된다. 새로운 자기력선은 태양 표면에 내리꽂히며 대폭발을 일으킨다. 태양의 플레어다. 한편 상부에 남은 기존의 자기력선은 필요를 다했다는 것처럼 소실되고, 떠나면서 선물로 대량의 에너지를 남겨둔다. 에너지는 주변에 존재하는 플라스마의 운동 에너지로 변환되어 마치 파칭코처럼 바깥쪽을 향해 무시무시한 속도로 내던져진다. 코로나 질량 방출이다.

태양 플레어는 딱히 드문 현상이 아니다. 플레어가 일어날 때 방출되는 플라스마가 지구 대기와 충돌함으로써 생성되는 게 오로라니까. 다만, 이번에 일어난 태양 플레어는 비정상적일 정도로 규모가 컸다. 별안간, 아무런 조짐도 없이 통상의 1만 배나 되는 슈퍼 플레어가 발생한 것이다.

태양 플레어의 피해는 세 단계로 이루어진다. 첫 번째는 X선이나 자외선 등의 전자파, 두 번째는 입자 방사선, 그리고 마지막이 플라스마가 덮쳐오는 코로나 질량 방출이다. 제일 먼저 광속으로 전자파가 지구에 도달한다. 전자파는 강력한 에너지로 전리층을 구성하는 원자 속의 전자를 두들겨 밖으로 튕겨낸다. 그 결과 전자는 포화 상태에 이르고, 그로 인해 단파가 흡수되어, 지구상의 모든 무선 통신은 먹통이 되고 만다.

그때 니조노 마오리는 미국에서 열리는 재생 의료 국제 학회에 출석하기 위해 비행기에 타고 있었다. 나리타 공항에서 출발한 지 30분, 성층권에서 안정적으로 비행하던 중이다. 니조노 마오리는 논문을 읽으면서 꾸벅꾸벅 졸고 있었지만, 조종실에선 엄청난 소동이 벌어지고 있었다. 항공관제 센터와의 무선 통신이 두절된 것이다. 동시에 공중 충돌 방지 장치도 무력화되었다. 전 세계의 공항에서 대혼란이 일어났다. 공중에서 접촉 사고를 일으키고, 활주로에서 충돌이 발생한 탓에 곳곳에서 불길이 치솟았다. 거대 제트기는 복엽기와 다르다. 육안만으로 조종하는 건 불가능한 일이다.

"승객 여러분, 기기 문제로 인해 본 비행기는 나리타 국제공항으로 회항합니다. 바쁘신 와중에 대단히 죄송합니다."

기장의 안내 방송을 들은 승객들이 술렁였다. 주변의 긴장된 분위기에 니조노 마오리도 잠이 달아났다. 하지만 큰 혼란은 없었다. 적어도 이때까지는.

제트기가 크게 선회하여 나리타 공항으로 회항을 시작했을 때,

태양에서 방출된 대량의 입자 방사선이 지구에 도달했다. 지상은 두터운 대기 배리어로 덮여 있어서 영향이 없었지만, 성층권을 비행하던 비행기의 승무원과 승객들은 영향을 피하기엔 대기층이 충분하지 않았다.

"승객 여러분 중에 의사 선생님 계십니까?"

객실 승무원(CA)이 큰 목소리로 외쳤다.

"주니어 레지던트인데요."

니조노 마오리가 손을 들었다.

"이쪽으로 와주세요."

승무원을 따라 조종실로 들어갔다. 유니폼을 입은 여성이 계속 구토 중이었다. 토사물 속엔 피가 섞여 있었다.

"기장입니다, 갑자기 몸 상태가 나빠진 모양이라……."

승무원이 상황을 설명하는 와중, 홀로 남은 부조종사가 신경질적으로 조종을 이어갔다.

"뭔가 지병을 갖고 계신가요?"

기장은 고통스러운 기색으로 고개를 저었다. 지병이 아니라면 대체 원인이 뭘까…….

"큰일입니다! 손님들이!"

다른 객실 승무원이 창백해진 얼굴로 달려왔다. 듣자 하니 객실에서 사람들이 줄지어 쓰러지고 있다고 한다. 증상은 구토, 설사, 탈모 등이었다.

"말도 안 돼! 그건…… 급성 방사선 증후군이잖아!"

니조노 마오리는 비명처럼 외쳤다.

"방사선 증후군!!"

조종실에 있던 모두가 놀랐다.

그때 굉음과 함께 비행기가 크게 기우뚱했다. 벼락이 직격한 것이다. 그것도 위쪽에서. 일반적으로 번개는 구름 속에서 발생하지만, 지금 구름은 비행기 아래에 있다. 번개는 성층권 위, 전리층에서 발생해 내리치고 있었다. 태양 플레어의 X선과 자외선으로 인해 전리층이 가열되어 대규모 대류가 발생, 전자 밀도가 높은 전리층과 지자기가 상호 작용하여 전류가 발생하고 있었다.

"뭐 하는 거야! 똑바로 조종하라고!"

니조노 마오리는 부조종사를 질타했다.

"그게…… 기계가 고장이 난 모양입니다……."

신참으로 보이는 부조종사는 반쯤 패닉에 빠진 상태였다.

"무슨, 거짓말이지?!"

"긴급 착수하겠습니다……. 자리로 돌아가 주세요……."

니조노 마오리는 자리로 돌아왔다. 통로는 토사물과 설사로 범벅이 되어 있었다. 세계 각지에서 조종사가 방사선 증후군을 일으켜 비행기가 추락했다. 전투기와 폭격기도 추락해, 탑재하고 있던 핵폭탄이 지상을 오염시켰다. 국제 우주 정거장의 우주 비행사들은 전원 목숨을 잃었다.

비행기가 급강하하자, 체중이 가볍게 느껴진다. 수면이 보인다. 비행기의 그림자가 점점 커지더니 하얀 물보라를 일으키며 착수했다.

이때 니조노 마오리의 뇌리에 떠오른 것은 익사나 피폭보다도 후루츠키 미카에 대한 걱정이었다. 후루츠키 미카의 뇌는 지금도 병원 지하 액체 질소 속에 냉동된 상태로 소중히 보관되어 있지만, 만약 자신이 여기서 죽어 버리면 머지않아 쓰레기로 처분되고 말겠지. 절대로 죽을 수는 없다, 무슨 일이 있어도 살아남아야 한다.

"서둘러! 대피하세요! 가라앉습니다! 가라앉고 있습니다!"

탈출을 부르짖는 부조종사는 극도의 혼란 상태였다. 해치를 통해 차가운 물이 들어온다. 이대로는 익사하고 말 거라며 승객들이 허둥대기 시작했고, 흥분으로 피 섞인 토사물이 허공을 날았다. 니조노 마오리는 토사물이 얼굴에 튀는 걸 팔로 막으면서 슬라이딩으로 해치를 통해 탈출했다. 물 위에선 구명보트 역할을 하는 비상탈출 슬라이드에 매달렸다.

비행기는 가라앉기 시작했다. 승객의 절반도 탈출하지 못한 상황에서 내부에 차오른 물 탓에 기울어진다. 침몰에 휘말리면 죽도 밥도 안 된다며, 비상탈출 슬라이드가 분리되었다.

슬라이드 위에서 니조노 마오리는 주위를 둘러보았다. 저 멀리 섬이 보인다. 아마도 이곳은 치바현 앞바다겠지. 곧 구조선이 올 줄 알았지만, 무선도 GPS도 먹통인 지금은 그조차 생각대로 되지 않았다. 결국 물도 식량도 없는 상황에서 밤이 찾아왔다.

날이 저물어도 주변은 어둡지 않았다. 하늘에는 핑크색 빛의 띠가 살아 있는 커튼처럼 꿈틀거렸다. 오로라다. 태양 플레어의 세 번째 공격이자 최대의 재앙을 가져올 코로나 질량 방출이 마침내 지구에 도달했다. 자기장의 파칭코로 인해 튕겨 나간 태양 주변의 플라스마가 맹렬한 스피드로 지구에 듬뿍 쏟아져 내린다. 보통은 지구의 자기장에 차단되어 북극과 남극에만 떨어지는 플라스마는, 자기장을 뿌리치고 전 세계에 도달한다. 플라스마와 대기 중의 전자가 충돌하여 빛이 된다. 한편 지구의 자기장은 너덜너덜한 상태다. 자기력선이 술에 취한 *야마타노오로치처럼 날뛴다. 지자기 폭풍이다. 변동하는 자기장은 전 세계의 모든 전선과 전자 제품에 과도한 유도 전류를 흘려 합선을 일으킨다. 이 순간 전 세계 도시가 어둠에 휩싸였다.

병원의 인공호흡기가 멈추자, 환자들은 커다란 고통에 시달리며 죽어갔다. 신호등이 멈추자, 보행자들은 차에 치여 통증과 함께 피를 흘렸다. 최악의 사태는 원자력 발전소에서 일어났다. 냉각 장치가 멈추자, 외부의 지원도 기대할 수 없는 상황에서 세상의 원전이 차례차례 멜트다운을 일으켰다. 게다가 인근 주민들에게 신속히 경고를 내리는 것도 통신이 두절된 지금으로선 불가능했다. 초기 진화를 할 수 없었기 때문에 원자로는 계속해서 타오르며 방사능을 흩뿌렸고, 혼란 속에서 사람들이 죽어갔다.

그런 대재앙 속에서 니조노 마오리는 살아남았다. 어떻게 살아남았는지 묻는다면 근성이라고밖에 할 말이 없다. 후루츠키 미카를 생각하는 마음이 그녀를 구한 것이다. 운이 좋았는지, 체질인지, 급성 방사선 증후군 증상은 나타나지 않았다. 하지만 암 발병이 걱정이다.

---

* 야마타노오로치 : 일본 신화에 등장하는 전설의 생물. 8개의 머리와 꼬리가 달렸다고 전해진다.

인류 문명도 살아남았다. 근성 덕분인지는 모르겠지만, 아무튼 살아남았다. 남은 사람들에겐 가혹한 세상이 기다리고 있었다. 정리되지 않은 원전에선 방사능이 계속 흩날렸다. 태양 플레어에 의한 입자 방사선이 낳은 질소 산화물은 오존층을 파괴했고, 그로 인해 피부암을 유발하는 자외선이 그대로 통과해 들어왔다. 전리층 가열로 인해 대기의 대류가 가속화되어 이상 기후가 빈번하게 발생했다. 온난화도 더 빨라졌다. 이건 태양에서 비롯된 자기장이 강해짐으로써 은하 내부를 떠도는 은하 우주선(線)의 진입을 가로막았기 때문이다. 은하 우주선은 대기와 충돌하여 구름의 핵이 된다. 은하 우주선이 늘어나면 구름이 많이 생겨 태양 빛을 반사해 한랭화되고, 줄어들면 생기는 구름이 적어져 온난화하는 것이다.

태양 관측 위성은 전자파로 인해 고장 났기 때문에 태양 플레어 데이터를 얻을 수 없었다. 흑점 수가 여전히 줄어들지 않는 걸 봐선 또다시 태양 플레어가 발생할 가능성도 있으니만큼 신속히 위성을 쏘아 올려야 했지만, 기반이 갖춰지기까지 5년이 걸렸다.

그리고 마침내 발사된 위성의 관측을 통해 인류에게 무시무시한 사실이 판명됐다. 슈퍼 플레어는 끝나기는커녕 여전히 현역이었다. 5년 전의 플레어 이후 지구를 직격한 건 없었지만, 여태까지의 관측에선 전례가 없었을 정도로 커다란 플레어가 빈번하게 발생 중이었다. 태양은 이전과는 완전히 다른 불안정한 항성으로 변했다. 이상하게도 그 원인은 알 수 없었다. 슈퍼 플레어가 일어나는 주요 원인으로서 후보로 꼽히는 건 태양에 접근하는 천체다. 천체와 태양의 자기장이 얽히면서 그 에너지가 플레어를 일으킨다. 그래서 한때는 떠돌이 행성이나 왜성 같은 어두운 천체가 태양 부근에 있는 게 아니냐는 소문이 돌았지만, 철저한 관측을 통해 그 가설은 부정되었다. 오히려 그 관측은 더욱 기묘한 사실을 알렸다. 태양 근처의 플라스마를 조사하면 자기력선의 동향을 알 수 있다. 조사 결과 놀랍게도 자기력선은 허공에 빨려 들어가듯이 끊겨 있었다. 끊어진 자기력선은 연에 달린 실처럼 너울거리며 얽힌 채였다. 현대 물리학으로는 있을 수 없는 일이었다. 자기력선은 N극에서 나와 S극으로 빨려 들어가야만 할 터였다. 관측이 가리키는 유일한 가능성은 자기 단극자(모노폴)였다. S극만, 혹은 N극만 존재하는 소립자가 태양 자기력선 끝에 붙어 있다는 가능성이다. 현대 물리학의 패러다임에서 모노폴은 우주 초기의 인플레이션에서만 발생한다. 설령 거기서 발생했다고 하더라도 우주 팽창으로 인해 확산한 결과 아주 희귀한 존재가 되었을 텐데, 하지만 실제로 관측됐으니 어쩔 수 없다. 태양 플레어는 태양 주변에 대량으로 존재하는 모노폴에 의해 발생했다고 생각하는 게 타당했다. 언젠가부터 〈모노폴 슈퍼 플레어〉라는 명칭이 정착되었다.

인류의 생존에 있어서 중요한 점은 여전히 〈모노폴 슈퍼 플레어〉가 지구에 직격할 가능성이 있다는 점이다. 오존층이 파괴된 지금, 두 번째 직격은 인류뿐만 아니라 지구 생명의 절멸을 의미한다. 즉시 대책을 세워야만 했다.

열띤 논의가 벌어졌다. 옐로스톤 화산을 폭발시켜 대기 중 에어로졸로 지구를 방어하자는 대규모 제안부터, 모자를 무료 배급하자는 소규모 제안, 심지어 인류를 유전자 조작을 통해 수생 인류로 진화시킨다는 기상천외한 제안까지 포함해 761개의 제안이 후보로 올랐다. 그리고 최종적으로 실행에 옮긴 아이디어는 유전 공학과 우주 공학을 결합한 계획이었다.

계획안의 요지는 방사선과 자외선을 견뎌내고, 또한 방사선과 자외선을 에너지원으로 삼는 공생 세균을 유전 공학으로 만들어내는 것이었다. 방사선에 견디는 유전자는 체르노빌 원전 사고 이후에 발견된 균류가 갖고 있었다. 동일한 유전자를 여럿 복제하는 능력을 갖췄기 때문에, 방사선으로 손상이 발생해도 여러 유전자로부터 최대공약수적인 유전 정보를 추출해서 대응할 수 있었다. 또한 방사선 자체를 활동 에너지로 삼는 것도 가능했다. 자외선에 대한 방어책은 적도 직하에 서식하는 멍게나 갯가재가 가지고 있었다. 적도 직하에선 자외선 방사가 강력한 만큼, 세포 내부에 자외선 흡수 물질을 축적해 둔 것이다. 거기에 더해 식물이 가진 엽록체 유전자를 개량하여 기존엔 에너지원으로 삼을 수 없었던 파장이 짧은 자외선까지 에너지로 삼을 수 있게 됐다. 세 가지 유전자를 조합해 탄생시킨 게 〈신기관(노붐 오르가눔)〉이다. 〈노붐 오르가눔〉은 공생 세균이며, 미토콘드리아나 엽록체처럼 고등 생물의 세포소기관으로 기능할 수 있었다. 훗날 의미가 확장되어 〈노붐 오르가눔〉과 공생하는 고등 생물 자체를 〈노붐 오르가눔〉이라 칭하게 된다.

계획은 다음과 같았다. 지구 궤도상에 여러 개의 소행성을 공전시켜 〈노붐 오르가눔〉의 둥지로 삼는다. 중심이 되는 생물은 탄소 나노튜브가 배합된 실을 뿜는 거미와, 식물처럼 땅에서 피어나는 해파리다. 해파리는 나이테처럼 바깥쪽으로 성장하면서 안쪽은 조금씩 단단해진다. 거미는 해파리 내부에 거주하며 혹독한 진공 환경을 이겨낸다. 그리고 거미는 탄소 나노튜브로 유지되는 실을 토해서 지구 위로 내려온다. 아쿠타가와 류노스케의 소설 『거미줄』처럼 소행성과 지구를 잇는 것이다. 그 실을 버팀목 삼아 여러 가닥의 실이 방사형으로 퍼져나가고, 해파리로 지탱해서, 일종의 공중 생태계가 만들어진다. 사라진 오존층 대신 해파리와 거미의 공동체로 자외선을 막아내자는 게 이 계획의 골자였다. 어이없을 정도로 믿음직스럽지 못한 계획이었다. 유전자 개조 생물에게 책임을 맡기다니 한심한 일이다. 하지만 어쩔 수 없는 일이었다. 〈모노폴 슈퍼 플레어〉로 인해 막대한 피해를 본 인류에겐 예산이 없었고, 거대한 방패를 만드는 것 같은 대규모 사업은 불가능했다. 자가 복제하는 생물을 투입하는 게 고작이다. 그것 말고는 기껏해야 모자를 무료로 배급하는 수준이었다.

이리하여 〈노붐 오르가눔〉 계획이 시작되었다. 그러는 도중 기묘한 사실이 밝혀졌다. 〈모노폴 슈퍼 플레어〉으로부터 4년 3개월 후에 켄타우루스자리의 알파 항성계가, 6년 후엔 뱀주인자리의 바너드별이, 7년 6개월 후엔 사자자리의 울프 359가, 8년 후엔 큰곰자리 랄랑드 21185가 슈퍼 플레어를 일으키는 모습이 관측된 것이다. 이것이 무엇을 의미하는가. 알파 항성계는 지구에서 약 4.4광년, 바너드별은 약 6광년, 울프 359는 약 7.8광년, 랄랑드 21185는 약 8광년 떨어져 있다. 즉, 태양에서 〈모노폴 슈퍼플레어〉가 일어난 그 순간, 주변 항성에서도 일제히 슈퍼 플레어가 일어났다는 뜻이 된다. 뉴스를 듣고, 물리학자들은 심장마비를 일으켰다. 관측이 의미하는 사실은 이 우주에서 국소성의 원리가 깨졌다는 걸 의미했다. 어떠한 지점에서 일어난 현상이 그 사이의 공간을 거치지 않고서 멀리 떨어진 지점에 즉시 영향을 끼쳤다는 말이다. 만약 이런 일이 생긴다면 상대성이론에 위반되는 건 물론이고, 원인과 결과의 순서가 뒤바뀌는 일조차 가능해진다. 물리학자들은 미친 듯이 서로의 뺨을 잡아당겼다. 자신이 꿈을 꾸고 있는 게 아닐까, 하는 의심에서 비롯된 행동이었지만 꿈에서 깨어나는 사람은 없었다. 그런 후에도 시리우스A, 시리우스B, 고래자리 루이텐 726-8 쌍성계가 줄줄이 뒤를 이었다. 전 우주의 항성이 동시에 슈퍼 플레어를 일으킨 거 아니냐는 말까지 나왔다. 인류가 전혀 이해할 수 없는 현상이 우주에서 일어나고 있었다. 사람들은 우주적 공포에 떨었다.

그러나 진정한 공포는 조금 더 낮은 곳에서 다가왔다. 우주가 아니라 하늘이다. 오존층의 대용품인 〈노붐 오르가눔〉은 순조롭게 자라났다. 문제는 너무 잘 자랐다. 폭발적으로 자라났다. 활발해진 태양으로부터 나오는 방사선과 자외선을 영양분으로 삼아 우글우글 증식하며 하늘을 떠다니는 숲을 생성해 갔다. 눈을 가늘게 뜨고 보면 구름보다 높은 곳에 거대한 옅은 회색의 연 같은 걸 볼 수 있다. 공중 생태계의 기반이 되는 해파리다. 해파리는 거대한 지느러미를 만들어 성층권의 강한 바람을 타고 수십 년 동안 떠 있을 수 있었다. 그 생애 동안 지구를 몇 바퀴나 돌면서 단성 생식으로 자손을 늘렸다. 해파리와 공생하는 게 거미다. 거미는 튼튼한 실로 지표면에 내려와, 거기서 영양분을 채취해 해파리로 운반했다. 소행성과 연결된 버팀목은 이제 거대한 나무처럼 변했다. 경화된 해파리에서 수만 개의 어린 해파리의 폴립이 돋아나 눈처럼 지표면에 떨어져 내렸다. 이런 상황에서 난처해진 건 지표면의 생태계였다. 안 그래도 태양 플레어로 약해진 상황인데, 대량의 거미와 해파리가 우글우글 몰려온다. 거미는 육식성이며, 소화액으로 사냥감을 산 채로 녹여 먹는다. 인류도 사냥감이 되었다. 제일 먼저 버팀목 근처에 위치한 적도 부근의 도시가 괴멸했다. 고층 빌딩은 거미집으로 삼기에 안성맞춤이라 거미줄로 몇 겹이나 칭칭 감겼다. 탄소 나노튜브가 배합된 실이라 거미집 자체가 새로운 건축물이 되어, 도시는 기이한 경관을 드러냈다. 〈노붐 오르가눔〉에게는 천적이 존재하지 않았다. 자외선 때문에 밖에 나갈 때는 꼭 모자를 써야만 하는 인류는 적수가 되지 못했다. 거대 해파리를 항공모함 삼아 성층권을 건너기 때문에, 바다도 산도 방어막이 되어주지 못했다. 〈노붐 오르가눔〉은 적도 부근을 본거지로 삼아 북으로 남으로 세력을 넓혀갔다. 기존 생물의 에너지원은 결국 광합성을 하는 식물에 의존하고, 광합성은 가시광선만을 에너지로 삼는다. 그런데 〈노붐 오르가눔〉은 거기에 더해 자외선과 방사선을 에너지로 삼을 수 있다. 그건 다시 말해 기존의 생물보다 몇 배나 더 활발히 움직일 수 있다는 뜻이다. 그 폭발적인 번식력과 활동력으로 〈노붐 오르가눔〉은 지구 전체로 퍼져 나갔다. 이제 인류, 아니 기존 지구 생물의 열세는 불을 보듯 뻔했다.

그런 어려운 상황에서도 아랑곳하지 않고, 니조노 마오리는 후루츠키 미카의 부활 작업에 몰두했다. 인류의 멸망이 임박했기 때문에 미래의 테크놀로지에 기대해 볼 순 없었다. 이제 모든 걸 손수 만들어 부활시켜야 했다. 방사선 피폭으로 점점 그녀의 몸에는 암세포가 번져 갔지만, 부활에 필요한 기법의 예행연습을 자기 몸으로 해볼 수 있다고 생각하면 일석이조였다.

그리고, 마침내 후루츠키 미카는 저승에서 돌아오게 된다. 그녀가 죽고서 30년 후의 일이었다. 그건 동시에 우주 역사를 지배하는 〈아이돌〉의 탄생이기도 했다.

Ⅲ

뭐야, 이게?

그녀는 어둠 속에서 혼란에 빠져 있었다.

어렴풋이 감각이 느껴진다. 처음엔 감각이 있다는 것조차 눈치채지 못했다. 조금씩 초점이 맞아간다. 이건 아픔이다. 통각에 초점이 맞은 걸 시작으로 다른 감각들도 잇따른다. 통각이라는 확고한 감각을 발판 삼아 다른 감각에 의미를 부여했다. 빛, 소리, 냄새. 감각이 하나씩 통합되면서 자신이라는 존재가 떠오른다. 그녀는 자신이라는 자아가 존재한다는 사실을 떠올리고는 그걸 필사적으로 붙잡았다. 한번 놓치면 또 감각이 뿔뿔이 흩어져 어두운 바다 밑바닥으로 가라앉게 될 것 같아 두려웠다.

시각이 뚜렷해진다. 뿔뿔이 흩어져 있던 정보가 하나로 합쳐져 상을 만들어낸다. 그녀는 그것이 바깥세상의 모습이라는 걸 깨달았다.

어슴푸레한 방이었다. 수술실일까. 여러 의료 기구가 빼곡하게 놓여 있었지만, 그것들은 먼지를 뒤집어쓰고 있었다. 오랫동안 사용되지 않은 모양이었다.

"미카, 보여?"

목소리가 들린다. 눈앞에 사람이 한 명 서 있었다. 아니, 『사람』이라고 불러도 좋을지는 애매모호했다. 확실히 얼굴을 보면 초로의 여성이라는 사실은 인식할 수 있었다. 하지만 기이하기 짝이 없는 모습이었다. 파이프가 여러 가닥 튀어나와 있었으니까. 흉부와 복부와 등에 굵기 3센티미터 정도의 파이프가 수십 개나 박힌 채 튀어나와 있다. 게다가 파이프와 몸의 연결이 완벽하지 않은지 가끔 틈새에서 검붉은색의 더러운 액체가 뚝뚝 흘러나온다. 두 다리가 있어야 할 곳엔 끝에 두 개의 바퀴가 달린 의족이 있었고, 그 바퀴는 쓸데없이 드르륵, 드르륵, 하고 헛돌고 있었다. 하지만 제일 기이한 곳은 그 머리였다. 머리는 큼직하게 도려내진 상태였다. 우측 전두부에 테니스공만 한 결손이 보였다. 그 상처는 거칠게 수술했는지 여러 겹의 딱지로 덮여 있었다.

그런 기이한 모습에도 불구하고, 그녀는 나이 든 여성의 얼굴에서 무언가를 느꼈다. 뭔가, 무척이나 따뜻한 것을.

"마오링……."

그녀는 떠올렸다. 자신이 누구인지를. 자신이 무엇을 했는지를. 정말로 좋아했던 니조노 마오리에 대한 것을. 눈앞의 여성은 니조노 마오리였다. 모습은 변했지만, 옛 얼굴이 남아 있다. 그리고 자신의 이름은 후루츠키 미카. 아이돌이 되지 못하고, 꿈이 좌절되어 혼란 끝에 죽은 인간이다.

"마오링. 여긴 어디야? 왜 그런 모습이야? 나는 대체……."

후루츠키 미카는 쉴 새 없이 잇따라 질문을 쏟아냈다. 그리고 자신의 목소리가 몹시도 변해버렸다는 걸 깨닫고서 멍해졌다. 목소리가 왜 이럴까, 마치 개구리를 억지로 조련해서 악기로 만든 듯한 목소리다.

"미카, 지금 기억나는 가장 마지막 기억은 뭐니?"

니조노 마오리가 부드럽게 물었다.

"나, 자살했어. 혼란스러워서, 정신을 차리고 보니 베란다에서 뛰어내리고 있었어……."

그때는 뭐가 뭔지 알 수 없었다. 생활고와 니조노 마오리의 제안, 그 현장을 여동생한테 들켰다는 충격으로 혼란스러웠고, 현실을 직시한 순간 감정이 폭발하고 말았으니까.

"미카, 그때 너는 죽었어."

후루츠키 미카는 당혹스러웠다. 죽었다고? 죽었다니 무슨 뜻일까? 자신은 지금 생각하고 있다. 거기서 도출되는 결론은 지금도 살아 있다는 뜻, 죽었다고는 할 수 없다. 니조노 마오리에게 그렇게 반론했다.

"아니, 죽었어. 죽었다가 되살아났어. 미카, 이 거울을 잘 봐."

후루츠키 미카의 눈앞에 거울이 들이밀어졌다. 거울에 자기 모습이 비쳐야 했을 텐데. 트윈테일에 리본을 단 사랑스러운 소녀가. 그런데 거울에 비친 모습은…….

정육점 폐기물. 그게 가장 가까운 비유다. 눈에 들어온 건 크리스마스트리 장식처럼 주렁주렁 늘어진 내장이다. 창자가 축 늘어졌고, 그 틈새에 신장이 아무렇게나 끼워져 있다. 창자 틈 사이로는 금속으로 된 가느다란 코드가 보였고, 선충류처럼 꾸물꾸물꾸물꾸물 끊임없이 움직였다. 늘어진 창자는 수정 같이 생긴 둥글고 투명한 구체에 붙어 있었다. 훤히 드러난 근육이 수정 구체에서 튀어나와 접착 테이프처럼 창자를 지탱해 주었다. 놀랍게도 수정 구체는 허공에 둥둥 떠 있었고, 그 덕분에 창자가 지면에 닿지 않았다. 수정 구체의 위쪽엔 풍선처럼 빵빵하게 부푼 물체가 있었는데 이게 수정 구체를 공중에 띄워 놓고 있는 모양이었다. 그 풍선은 살덩이로 만들어져 있었다. 동맥과 정맥이 그물코처럼 얽혀 있고, 때때로 숨을 쉬듯 몸을 움직였다. 풍선은 위장이었다. 위가 한계까지 부풀어 오른 모습이다. 위를 부풀게 만드는 건 폐였다. 위 뒤쪽에 기생 생물처럼 폐가 착 달라붙어 위에 공기를 공급하고 있었다. 후루츠키 미카는 필사적으로 자신의 얼굴을 찾았다. 자신감이 떨어질 때도 자기 얼굴을 향해 미소를 건네면 기운이 나곤 했다. 하지만 어디에도 얼굴은 존재하지 않았다. 얼굴 대신 발견한 건 수정 구체 속에 있는 적갈색 뇌와, 그 옆에서 바쁘게 좌우로 움직이는 눈알뿐이었다.

"뭐야, 이게? 악취미적인 현대 예술?"

후루츠키 미카는 감정 없이 중얼거렸다. 복잡하게 매달린 창자 안쪽에 있을 성대가 진동했다.

"그게 너야. 미카. 내가 만들어낸 최고 걸작. 죽음으로부터 되살아난 존재."

니조노 마오리는 황홀하게 속삭였다. 후루츠키 미카는 다시 한 번 거울을 보았다. 거울에 비친 내장 대박람회를. 이게 자신이란 말인가.

"어때? 귀엽지? 정말로 귀여워, 다시 아이돌이 될 수 있어……."

귀여워? 이게? 얼굴도 피부도 없이 토막 난 시체를 아무렇게나 쌓아 올렸을 뿐인 이게?

하지만 후루츠키 미카는 깨닫고 있었다. 이 생생한 내장 덩어리인 자신이 귀엽다는 사실을.

왜 그렇게 생각했을까? 일반적인 사람의 감각이 아니다. 사실 후루츠키 미카의 뇌 일부는 니조노 마오리의 뇌였기 때문이다. 동결된 뇌는 일부가 손상되었다. 그 손상된 부분을 메우기 위해 니조노 마오리는 자신의 뇌를 후루츠키 미카에게 이식했다. 그때 니조노 마오리가 가진 후루츠키 미카를 향한 편집증적인 사랑이 후루츠키 미카에게도 들어가고 말았다. 그래서 후루츠키 미카는 자신이 어떤 모습을 하고 있다 해도 편집증적으로 스스로를 사랑하는 상태가 되고 말았다.

귀여워……. 귀여워……. 어쩜 이렇게 귀여울까……. 후루츠키 미카는 거울 속 자신을 향해 연이어 입으로 중얼거렸다. 너무나 좋아하는 감각이 찾아온다. 니조노 마오리가 격려해 주던 과거를 떠올렸다. 그녀가 있었기에 아이돌의 길을 목표로 삼을 수 있었다. 한번은 소속사에 속아 어쩌다 이렇게 됐는지 영문을 알 수 없어 혼란에 빠진 끝에 자살했지만, 그게 어쨌다는 건가. 뭐, 어때, 인생이란 좋은 일이 있으면 나쁜 일도 있는 법. 한두 번 죽은 게 어때서. 흘린 눈물만큼 강해지기 마련이다. 비 온 뒤엔 땅이 굳고, 모든 건 새옹지마다. 고작 이런 일로 꿈을 포기해선 안 된다. 아이돌이 될 거야. 우주 최고의 아이돌이 될 거야!

후루츠키 미카의 뇌 속에서 무언가가 터졌다. 니조노 마오리의 뇌 일부와 융합한 결과, 두 뇌는 물 만난 고기, 딱 들어맞는 테트리스 블록과도 같았다. 니조노 마오리는 후루츠키 미카의 실존에 기반을 부여했다. 마침내 후루츠키 미카는 니조노 마오리가 부여한 자신이 존재하는 이유를 자기 안에 받아들인 것이다.

"마오링!"

후루츠키 미카가 외쳤다.

"가르쳐줘! 이 몸으로 움직이는 방법을! 이 몸으로 춤추고 싶어, 노래하고 싶어, 아이돌이 되고 싶어! 무슨 일이 있어도 무대 위에 서고 싶어!"

"미카……."

니조노 마오리는 눈물을 글썽였다. 기뻤다. 몇십 년간 후루츠키 미카의 부활을 위해 온 힘을 다해왔지만, 자살한 그녀를 부활시키는 게 과연 옳은 일일까, 하는 의구심이 항상 마음 한구석에 남아 있었다. 살아나자마자 눈앞에서 다시 한번 자살하는 날엔 어떻게 해야 하나 밤마다 고민으로 잠을 이루지 못했다. 여러 사람을 죽이고, 배를 가르고, 장기를 꺼낸 끝에 만들어낸 후루츠키 미카의 몸은 무척 귀여웠지만, 그래도 불안했다. 미카는 만족해 줄까, 아이돌 활동을 다시 시작해 줄까, 반신반의하면서도 부활시킨 결과, 매우 기쁘게도 아이돌로서의 꿈과 희망으로 가득 찬 후루츠키 미카와 다시 만날 수 있었다.

자, 후루츠키 미카는 과연 이 몸으로 어떻게 레슨을 할 것인가, 아주 흥미로운 문제이긴 하지만 그 전에 명칭을 확인해 두자. 이후 그녀는 아이돌로서의 재능을 꽃피워 간다. 아이돌로서의 그녀에게 경의를 표하며 〈제2세대 아이돌〉이라고 부르기로 하자. 자살하기 전의 후루츠키 미카는 〈제1세대 아이돌〉이고, 죽은 뒤 부활을 이룬 그녀가 〈제2세대 아이돌〉이 된다.

〈제2세대 아이돌〉은 니조노 마오리의 지도에 따라 훈련을 쌓았다. 기본적인 이동 수단은 위장을 이용한 공중 부양과 폐를 이용한 공기 배출이다. 이 미미한 추진 수단으로는 최고 속도 시속 3킬로미터가 고작이다. 위는 부식성 가스로 팽창해서 공중으로 떠오를 수 있다. 성능은 제법 훌륭해서 원리로만 보면 성층권까지 올라갈 수 있다. 식사 방식은 체외 소화다. 창자에서 직접 소화액을 배출해 흐물흐물해진 음식물을 흡수한다. 하늘을 천천히 헤엄치는 해파리, 그것이 〈제2세대 아이돌〉에게 부여된 생태였다. 그런 연약한 존재지만 몸을 지킬 방법이 있었다. 신경 잭 코드, 해파리의 독침처럼 뾰족한 두 가닥 끈. 이건 원래 후루츠키 미카의 척수신경이었던 끈이다. 이 코드를 다른 생물의 뇌에 꽂으면 의식을 탈취해 자기 마음대로 조종할 수 있다. 심지어 면역 기능을 변경해, 상대의 신체 일부를 자신의 일부로 삼는 것마저 가능한 뛰어난 무기다. 이 기능을 사용하면 수명과 무관하게 반영구적으로 살아갈 수 있다. 훌륭한 기관이다. 물론 세포 안에는 〈노붐 오르가눔〉이 공생하고 있어서 자외선과 방사선에 대한 내성도 있다.

비행기에서 당한 피폭 때문에 암세포가 번져 몸이 망가진 니조노 마오리도 자신의 몸에 개조를 시행했었다. 후루츠키 미카 부활을 위한 실험체로서 자기 몸을 활용했기 때문에 〈제2세대 아이돌〉보다 한참 구식인 몸이었다. 원래 있던 인간적인 육체는 이젠 쓸모없는 장식이었다. 육체 안에서 유효하게 작동하는 기관은 뇌밖에 없었다. 다른 기관은 암이 전이되어 남김없이 뽑아다 쓰레기통에 처박았다. 대신 다른 사람의 기관을 빌렸다. 이런 시국이라 빈사 상태에 빠진 사람들이 대량으로 생겨나고 있었기에 머리를 쪼개 자비로운 죽음을 안겨주고, 배를 갈라 장기를 훔쳤다. 하지만 암에 걸리지 않은 정상적인 신체 기관 따윈 좀처럼 찾기 힘들었고, 설령 있다고 해도 후루츠키 미카를 위해 보존해 두었기 때문에, 자신이 쓸 신체 기관은 여러 사람에게서 훔쳐 기워 만든 누더기가 되었다. 누더기 신체 기관은 일반적인 신체 기관보다 조금 성능이 떨어졌다. 다른 사람의 신체 기관을 억지로 이어 붙였으니 어쩔 수 없는 일이다. 성능이 떨어지는 신체 기관을 일반적인 성능까지 끌어올리기 위해 거대화라는 단순한 수단을 채택했다. 그 결과, 폐, 위, 식도, 소장, 대장, 췌장, 간, 신장 등이 정돈되지 않은 수납장처럼 뒤죽박죽으로 들러붙은 덩어리가 만들어졌다. 니조노 마오리는 거대한 트레일러에 내장 기관의 덩어리를 쑤셔 넣고, 뇌가 든 원래 육체와 파이프로 연결했다. 세월이 흘러 파이프에 녹이 슨 모양인지, 틈새로 체액이 흘러나오고 있는 것 같았지만, 후루츠키 미카의 부활을 위해서라면 조금도 신경 쓰이지 않았다. 트레일러 표면에는 〈노붐 오르가눔〉이 공생하는 얇은 피부를 배양하여 자외선과 방사선을 에너지원으로 삼았다. 트레일러의 동력과 생명 유지 에너지는 이를 통해 확보했지만, 그것만으로는 배가 채워질 리가 없었고, 때때로 시체를 먹기 위해 원정을 나가야 했다. 그래서 트레일러엔 빨판이 달린 무한궤도가 부착되어 있었다.

〈제2세대 아이돌〉은 몸을 움직이는 법을 배우고 나서, 아이돌 활동의 일환으로 니조노 마오리와 함께 산책을 나섰다. 두 사람의 본거지는 도쿄 아키하바라였다. 이 시대엔 이미 일본 대부분은 〈노붐 오르가눔〉의 지배하에 놓여 있었고, 정부나 지자체는 붕괴한 지 오래였다. 고층 빌딩을 기반으로 가볍고, 길고, 튼튼하다는 삼박자를 고루 갖춘 탄소 나노튜브 배합 거미줄이 여기저기에 펼쳐진 상태였으며, 하늘에는 지상과 실로 이어진 거대 해파리들 여러 마리가 떠다녔다. 해파리의 폴립은 눈처럼 하늘에서 내려와 공중을 맴돌았다. 얼마 남지 않은 인간들은 거대 해파리의 그늘에서 시궁쥐처럼 근근이 살아가고 있었다. 태양 플레어의 격렬한 활동으로 인해 지구상에서 인류는 천천히, 그러면서도 확실하게 도태되어 갔다.

두 사람의 산책은 단순한 데이트가 아니었다. 주요 식량인 시체나 빈사 상태인 인간을 모아서 잡아먹는 아이돌 활동이었다. 인간들은 대개 하수도 깊숙한 곳이나 거미줄로 뒤얽힌 빌딩 안쪽에 둥지를 틀고 있다. 니조노 마오리가 그 거구로 건물을 통째로 파괴하면, 돌이 들춰진 쥐며느리처럼 우왕좌왕 도망쳐 다녔다. 가끔 반격하는 개체도 나왔지만, 트레일러에 부착된 머신건으로 구멍투성이로 만들어 맛있게 먹었다.

유일하게 조직적으로 행동을 이어가는 인간들이 있었다. 그녀들은 자신을 〈자경단〉이라 칭했다. 완고한 반(反)기술주의자이자 전통주의자들이었다. 과거의 찬란했던 아키하바라를 되찾자는 슬로건을 내걸고, 옛날 미소녀 캐릭터가 그려진 티셔츠를 입었다. 그것이 전통의 상징인 셈이다. 첨단 기술을 거부하는 그녀들은 가혹한 세상에서 살아가기 위해 자신들에게 전통적이고 비기계적인 장치를 시술했다. 팔이나 넓적다리, 혹은 배에 송곳으로 구멍을 뚫고서 거기에 용수철을 장착하고, 용수철의 힘으로 자일이 연결된 화살을 쏘아댔다. 그 화살을 거미줄에 걸고 자일을 되감아 점프하는 걸 반복하는 식으로 민첩하게 이동하는 것이다. 주요 무기는 화염병과 마체테, 그리고 AK-47이다. 그녀들은 착실하게 〈노붐 오르가눔〉을 한 마리씩 사냥해 나갔다.

당연하지만, 사람들을 잡아먹고 다니는 니조노 마오리와 〈자경단〉은 대립하는 사이였다. 인간임에도 불구하고 〈노붐 오르가눔〉을 몸 안에 받아들인 니조노 마오리를, 자경단은 인류의 배신자라 단정하고 숙적으로 여겼다. 〈자경단〉은 공중에 떠 있는 해파리의 몸을 보금자리로 삼아, 때때로 니조노 마오리의 본거지인 고층 빌딩으로 내려와서 공격을 반복했다. 니조노 마오리도 그에 맞서 머신건과 레이저건, 야간 투시경 등의 보조 장비를 갖췄다. 근대 병기를 사용하는 니조노 마오리를 상대로는 〈자경단〉에겐 승산이 없었기 때문에, 현재는 휴전 상태가 유지되고 있었다.

그러한 미묘한 휴전 상태는 〈제2세대 아이돌〉의 등장으로 인해 균형이 무너지게 된다. 후루츠키 미카 부활을 위해 폭주하던 니조노 마오리는 꿈을 이룬 뒤부터 빈틈투성이가 되었다. 무적으로 보였던 니조노 마오리에게 약점이 생긴 것이다. 그 사실을 〈자경단〉이 눈치채지 못할 리가 없었다.

그런 움직임을 모른 채, 두 사람은 즐겁게 아이돌 활동 중이었다. 오늘은 웬일로 인간이 잔뜩 모여 있는 둥지를 발견해, 신선한 고기를 손에 넣으려던 참이었다

"마오링~ 한 마리 도망간다."

니조노 마오리가 트레일러로 인간 집단을 짓뭉개 다진 고기로 만들고 있었을 때, 한 마리가 도망쳤다. 어린애였다.

"제발 부탁입니다! 딸만은! 딸의 목숨만은!"

부모로 보이는 인간이 양손을 들고 앞으로 나섰다. 공포에 질려 눈물과 콧물이 폭포처럼 흐르고 있었다.

"음— 어린애라면 어쩔 수 없으려나~ 살려줄게."

"네?! 정말인가요?!"

"거짓말."

냉혹한 선고와 함께 총탄이 아이와 부모의 몸을 꿰뚫었다.

"우와— 마오링, 의외로 가차 없네."

"그래? 미카랑 함께라서 신이 나 버렸어."

니조노 마오리는 인간 집단을 머니퓰레이터로 한데 모은 다음, 파이프를 살 안쪽에 꽂아 체액을 빨아들였다. 〈제2세대 아이돌〉은 살덩이 위에 자리를 잡고서, 소화액을 흩뿌린 뒤 창자를 펼치고 질척질척해진 고기를 흡수했다. 잔혹해 보일지도 모르지만, 아이돌의 세계는 냉혹한 약육강식의 세계니 어쩔 수 없다. 힘든 아이돌 활동을 연이어 이어간 탓에, 두 사람이 정신을 차려 보니 어느새 밤이 되어 있었다. 이건 평소 니조노 마오리였다면 상상할 수 없는 일이었다. 태양으로부터 쏟아지는 자외선 방사가 없는 밤은 기존 지구 생물들의 시간이었다. 그러니 당연하게도 인간들 역시 야행성이 되었고, 위험성이 증가한다. 아이돌 활동에 정신이 팔리면 생각하지 못한 실수를 저지르는 법이다.

"네 녀석들의 눈 뜨고 볼 수 없는 포학도 여기까지다!"

위세 좋은 목소리가 울려 퍼졌다.

"누구야?!"

니조노 마오리는 깜짝 놀라 고기를 떨어트렸다.

"우리는 〈자경단〉! 아키하바라의 평화를 지키는 자들!"

깨달았을 땐 수십 명의 집단에 포위되어 있었다. 자외선 차단을 위해 얼굴 전체를 붕대로 감고, 고글을 썼다. 오른손에는 마체테, 왼손에는 AK-47, 그리고 몸에는 미소녀 캐릭터가 프린트된

티셔츠를 착용하고 있다. 몸 여기저기에 구멍이 뚫려 있고, 그 구멍 틈으로 갈고리가 달린 화살이 언뜻언뜻 보였다.

"미카, 물러나 있어."

니조노 마오리는 급소인 뇌 부분을 트레일러에 수납했다.

"우리의 성지로부터 네 녀석의 사악한…… 크헉!"

〈자경단〉의 돌격대장은 말을 끝맺을 새도 없이, 트레일러에 몸이 깔려 입에서 내장을 토해냈다.

"쳐라, 쳐! 사격 개시!"

〈자경단〉이 AK-47을 겨누려 했을 때는 이미 니조노 마오리가 진형을 향해 돌진 중이었다. 벽에 부딪힌 달걀처럼 허무하게 사람의 목숨이 사라져 간다. 진형 한가운데서 트레일러가 급속 회전하자 인간이 하늘로 날아갔다. 회전하면서 머신건과 레이저건을 난사하여 살갗을 찢고, 육신을 파괴하고, 피를 흩뿌렸다. 전력 차이가 역력했다. 이 시점에서 내기가 이루어진다면 배당률은 니조노 마오리의 압도적인 승리를 가리켰을 터였다. 하지만…….

"엇차, 함부로 움직이면 친구분이 목숨을 잃게 될지도 모릅니다."

놀랍게도 뒤에서 몰래 다가온 〈자경단〉의 단원에게 〈제2세대 아이돌〉이 붙잡히고 말았다. 마체테가 내장에 박혀선 손도 발도 쓸 수 없다. 애초에 손도 발도 없긴 하지만.

"미카!"

회전을 멈춘 니조노 마오리 위로 〈자경단〉이 우르르 개미 떼처럼 올라탔다.

"하하핫! 이걸로 사악한 괴물과도 작별…… 아얏!"

〈제2세대 아이돌〉은 자신을 구속한 단원에게 강력한 소화액을 뿌렸다. 상대가 주춤하는 틈을 타 달아났다.

"이 자식! 죽여버리겠어!"

"미카! 도망쳐!"

단원이 〈제2세대 아이돌〉의 등 뒤에서 달려들려는 걸 보고 니조노 마오리가 몸통 박치기를 날렸다. 〈제2세대 아이돌〉은 위를 부풀려 하늘 높이 날아올라 전장에서 이탈하는 데 성공했지만, 〈자경단〉이 자기 몸을 니조노 마오리의 무한궤도 틈에 들이민 탓에, 피와 살점으로 기계가 멈춰 버렸다. 지금이 기회라는 듯 니조노 마오리의 몸통에 지향성 소형 폭탄이 설치되었고, 몸에 구멍을 뚫었다. 그 구멍 속으로 화염병을 던져 넣어 거대한 장기는 통째로 구워졌다. 니조노 마오리는 필사적으로 도망치려고 했지만, 〈자경단〉은 상처 속으로 파고들어 장기를 맨손으로 잡아 뜯었다. 귀중한 동물성 단백질을 손에 넣었다는 사실에 환희하면서, 그녀들은 얼굴을 감싼 붕대를 풀고 니조노 마오리의 장기를 베어 물었다. 니조노 마오리는 산채로 잡아먹혔다. 몸 안이 통째로 구워지고, 장기를 맨손으로 잡아 뜯기면서 잡아먹힌다. 상상을 초월한 격통.

니조노 마오리는 잡아먹히면서도 필사적으로 머신건을 연사했다. 코앞에서 발사된 총탄이 모여든 인간들의 얼굴을 저민 고깃덩이로 만든다. 동료가 다진 고기와 피와 분뇨 덩어리가 되는 걸 보면서도 〈자경단〉의 기세는 꺾이지 않았다. 오히려 더욱 필사적으로 니조노 마오리의 장기에 몰려들었다.

〈제2세대 아이돌〉은 공중에서 그 광경을 지켜보았다. 자신이 사랑하는 사람이 잡아먹히며 죽어가는 걸 아무것도 하지 못한 채 지켜보았다. 그리고 〈자경단〉 중에 낯익은 얼굴이 있다는 걸 확인했다. 과거 자신의 여동생이었던 후루츠키 미야였다. 피부암으로 인한 종양으로 얼굴이 울퉁불퉁 부어 있었지만, 옛 모습이 남아 있었다. 그녀는 니조노 마오리의 장기에 누구보다도 게걸스럽게 달려드는 사람 중 하나였다. 야광 응원봉처럼 마체테를 휘두르며, 장기를 찢고 갈랐다. 그리고 그곳으로 니조노 마오리의 인생 마지막 노력의 산물인 총탄이 날아들었다. 후루츠키 미야의 안구가 있던 자리에는 주먹이 들어갈 정도로 큼직한 구멍이 뚫렸고, 뇌수가 물보라처럼 흩뿌려졌다.

여동생의 죽음을 보고도 〈제2세대 아이돌〉의 마음에는 슬픔의 파편조차 없었다. 거기에 있던 건 격렬한 분노. 누구보다 사랑하는 사람이 살해당했다는 분노뿐이었다.

"몰살이야, 전부, 없애버리겠어!"

다음 아이돌 활동의 방침이 정해졌다. 복수다. 〈자경단〉에게 처절한 고통과 죽음을 선사해 주는 거다.

Ⅳ

복수라고 해도, 지금 〈제2세대 아이돌〉은 무력했다. 니조노 마오리라는 보호자를 잃은 그녀는 공중을 떠다니는 비닐봉지나 마찬가지다. 바람이 불면 이쪽으로 두둥실, 저쪽으로 둥실둥실, 제멋대로 흘러간다. 이래서는 먹고사는 것조차 어렵다. 아이돌 활동을 계속하기 위해서는 스킬을 갈고닦아야 한다. 〈제2세대 아이돌〉에서 〈제3세대 아이돌〉로 변혁을 꾀하지 않으면 시대에 뒤처지고 만다.

아이돌의 성장에 필요한 건 생체 재료다. 그 점에서 〈제2세대 아이돌〉은 〈노붐 오르가눔〉의 일종인 거미에 주목했다. 앞서 서술했던 탄소 나노튜브가 배합된 튼튼한 실을 뽑는 거미다. 인간의 시체를 먹으면서 온갖 곳에서 대량 번식하고 있고, 자극을 주면 우르르 튀어나온다. 밀리미터 사이즈부터, 미터 사이즈까지 크기도 다양했다.

〈제2세대 아이돌〉은 죽은 척을 해서 거미를 유인했다. 어리석은 거미는 감쪽같이 속아서 창자를 깨물었다. 그 순간 신경 잭 코드가 달려들어 거미를 몸 안에 가두고 장래의 양식으로 삼았다. 노리는 건 실을 뽑는 기관, 방적 돌기다. 다른 기관은 소화해 버리고, 방적 돌기만 남겨 몸 구석구석에 부착했다. 이것으로 〈제3세대 아이돌〉의 완성이다. 제2세대와의 차이점이라곤 위나 창자나 폐에서 내밀고 있는 수십 개의 방적 돌기뿐인 마이너 체인지였지만, 이 기관의 유무로 기동성이 크게 달라진다. 돌기에서 힘차게 방출한 실을 발판에 감은 다음, 말아 올려 고속으로 이동하는 방식이었다. 〈자경단〉의 갈고리 화살 이동법을 흉내 낸 거지만, 탄소 나노튜브를 함유한 실은 더욱 튼튼해서 더 빠르게 이동할 수 있다.

게다가 실은 무기로도 쓸 수 있었다. 피아노선보다 훨씬 질기고 가늘어서 인간의 목, 팔, 다리 등을 쓱싹쓱싹 손쉽게 잘라버렸다. 아직 방어력은 거의 없는 거나 마찬가지라 적극적으로 공격에 나설 수는 없었지만, 덫을 놓는 건 가능했다. 〈자경단〉이 자주 지나다니는 길목에 맛있는 시체를 두고 그 주위에 실을 쳐두는 것뿐인 간이 함정이었지만, 효과는 놀랍게도 탁월했다. 그 함정에 걸려 팔다리만 잃고 살아남은 인간은 이어서 다음 덫의 재료가 되었다. 죽어가는 사람을 도우려는 사람의 심리를 이용해, 다가온 동료들을 차례차례 살해했다.

〈제3세대 아이돌〉은 과정에 불과하다. 아이돌이라면 더욱 앞으로 나아가야 한다. 항상 초심을 잊지 않으며, 지금 상황에 만족해선 안 되는 것이다. 수십 명의 목숨을 빼앗는 걸로 만족하는 건 아이돌로서 부족하다. 더 많은 인간을 살육해야 한다. 아이돌로서 더 높은 경지로 올라가지 않으면 시대의 바람에 밀려나고 만다.

〈제4세대 아이돌〉의 재료가 된 건 인간이었다. 급소인 뇌를 방어하려면, 나무를 숨길 땐 숲에 숨기라는 원칙에 따라 대량의 뇌로 덮어 버리면 그만이다. 〈아이돌〉은 살해한 인간의 뇌 속 신경회로를 조작해, 완전히 순종적인 노예로 만든 뒤, 탄소 나노튜브로 코팅된 신경으로 자신의 뇌에 연결했다. 노예 뇌가 방어벽이 되도록 자기 뇌 주변을 덮는다. 자신의 의식에서 나오는 신호로 노예 뇌를 구동하고, 그 뇌들의 자의식은 억압된다. 거대한 뇌의 덩어리가 된 〈제4세대 아이돌〉은 강력한 이동력을 가진 신체 기관이 필요했다. 여기서도 또 인간을 사용했다. 인간의 손이나 다리를 방사형으로 자라나게 해서 고속으로 굴러다녔다. 〈자경단〉한테서 빼앗은 AK-47이나 마체테를 손에 쥐여 주면 굴러다니며 공격할 수도 있었다. 물론 눈이나 코나 혀 등의 감각 기관이나 소화 기관도 액세서리처럼 몸 주변에 수십 개를 달았다. 패션 코디에도 빈틈이 없다.

탄소 나노튜브 실, AK-47, 마체테로 무장한 〈제4세대 아이돌〉은 마침내 〈자경단〉과의 전면 전쟁에 나섰다. 〈자경단〉의 본거지는 대류권과 성층권의 경계 영역에 떠 있는 공중 거대 해파리다. 그곳은 대류권계면이라고 불리는 영역이며, 슈퍼 플레어 발생 전에는 언제나 초속 30미터가 넘는 제트 기류가 흐르는 곳이었지만, 지금은 그 풍속이 몇 배나 더 강해졌다. 이유는 오존층 파괴다. 오존층은 자외선을 흡수하여 대기 온도를 높인다. 상층의 오존층 온도가 올라감으로써 위는 따뜻하고 아래는 차가운 안정적인 대기 상태가 이루어져, 성층권에서는 기류가 발생하기 어려워진다. 하지만 슈퍼 플레어로 인해 오존층이 파괴된 후, 성층권의 대기 상태도 불안정해져 제트 기류의 풍속도 강해졌다. 공중 거대 해파리는 강해진 제트 기류를 타고서 연처럼 공중을 부유한다. 여러 가닥의 거미줄로 지상에 닻을 내려놓고 있으니 바람에 휩쓸려 가진 않지만.

〈제4세대 아이돌〉은 부패한 가스를 위장에 채워 떠오른 다음, 실을 뿜어 빠르게 하늘로 올라갔다. 공중 거대 해파리 아래쪽에는 버섯 같은 폴립이 수십 개나 자라나 있다. 인간들은 폴립 사이에 보금자리를 만들어 생활하고 있었다. 일정 이상 성장한 폴립은 지상으로 떨어지는 만큼, 보금자리는 차츰 위쪽의 미성숙한 폴립으로 이동했다. 유해한 자외선은 해파리 본체에 차단되고, 공기나 열도 폴립 사이에선 유지할 수 있었다. 거미들도 같은 장소에 서식하며 〈자경단〉과 같은 자원을 노리는 라이벌 관계가 되었다. 종종 아기들이 거미에게 물려 죽는 사고도 일어났고, 피부암 탓도 있어 평균 수명은 매우 짧았다. 하지만 그럼에도 어떻게든 살아가고 있었다. 〈제4세대 아이돌〉이 오기 전까지는.

〈제4세대 아이돌〉의 습격에 〈자경단〉은 완전히 허를 찔린 상황이었다. 지상에서 맞붙는 공격은 경계하고 있었지만, 설마 하늘까지 쳐들어올 일은 없을 거라며 얕보고 있었다. 방심은 금물인 법이다. 아이돌이란 무엇인가에 대해 편향적인 시각만을 갖고 있었기 때문에 시대의 흐름에 뒤처지고 만 꼴이다. 요즘 아이돌은 팬이 만나러 가기만 하는 게 아니라 아이돌이 직접 만나러 가기도 한다. 유행에 뒤처진 죄는 목숨으로 갚아야 한다.

"끄아아아아악!"

폴립 사이사이에서 비명이 울려 퍼졌다. 이제는 시대에 뒤처진 〈자경단〉은 〈제4세대 아이돌〉이 내뿜는 압도적인 아이돌의 아우라 앞에서 속수무책이었다. 그녀는 습격하기 전 일주일에 걸쳐 느긋한 일광욕을 즐기며 〈노붐 오르가늄〉을 통해 얻을 수 있는 에너지를 축적해 왔다. 아이돌에게 휴식은 귀중하지만, 그녀는 느긋하게 쉬는 시간을 보내는 타입이다. 휴식 시간 또한 아이돌 활동의 중요한 일부분. 그리고 지금 이 순간, 휴식을 통해 충전한 에너지를 마음껏 발산했다. 요점은 쉴 때와 일할 때의 확실한 태세 전환이다. 일할 때는 시원스럽게 몸을 움직여 인간을 죽여야 한다. 그녀는 연습한 대로 스텝을 밟고, 실을 뿜고, AK-47을 난사하고, 마체테로 목을 날렸다. 그 모습은 그야말로 학살을 위한 생물이라고 형용하고 싶어질 정도였다. 인간들은 〈제4세대 아이돌〉의 날렵한 댄스와 귀여움에 비명을 질렀다. 그 환호성 속에서 〈제4세대 아이돌〉은 자신이 그야말로 반짝반짝 빛나고 있음을 실감했다. 이것이야말로 전력을 다한 아이돌 활동이다.

인간들의 환호성이 잦아들고, 앙코르 콜도 없이 학살이 끝났다. 〈제4세대 아이돌〉은 뒤풀이 삼아 죽어가는 인간들의 장기를 수복용 재료로 쓰기 위해 강탈하고, 살점을 먹고, 피를 마셨다. 상쾌한 기분이었다. 몇 년간의 준비 끝에 아이돌 활동이 대성공을 거뒀으니까. 자기 자신에게 주는 상으로 작은 집을 장만하자. 마침 〈자경단〉이 살던 폴립 틈새가 있으니 그곳을 개조해서 마음에 쏙 드는 집으로 만들어 볼까.

〈제4세대 아이돌〉은 무기력하게 시간을 낭비했다. 소위 말하는 번아웃 증후군이었다. 앞으로의 아이돌 활동 방침을 알 수 없게 되고 말았다. 첫 대성공에 눈이 멀어 거기에 집착한 나머지, 그다음 한 걸음을 내딛지 못하고 있었다. 〈아이돌〉은 셀프 프로듀스가 기본이다. 캐릭터를 확립하는 것도, 특기 분야를 개척하는 것도, 전부 자신에게 달려 있다. 그런데 〈제4세대 아이돌〉은 스스로가 나아가야 할 길을 알 수 없었다. 그래서 초심으로 돌아가기로 했다. 자신이 아이돌로서 정말로 하고 싶었던 일은 무엇이었을까. 그건 노래와 춤으로 관객들을 미소 짓게 해 주는 거다.

절대로 공포를 안겨 주는 게 아니었다. AK-47을 연사하는 게 아니었다. 죽어가는 사람을 갈라 찢어 내장을 뽑는 게 아니었다. 아이돌은 인간을 살육하는 존재가 아닌, 즐겁게 해 주는 존재다. 그건 너무나도 당연한 일이었지만, 〈제4세대 아이돌〉은 그걸 잊고 있었다. 그리고 다시 떠올렸을 땐 이미 늦었다. 자신은 팬이 되어야 했을 사람들을 죽이고 다녔다. 팬은 아이돌의 본질이다. 팬이 없는 아이돌은 아이돌이 아니다. 아이돌은 홀로 존재할 수 있는 개념이 아니고, 팬들의 보완이 필수적이다. 아이돌 활동을 하느라 아이돌의 본질을 파괴해 버렸다니 아이러니한 얘기다.

지상을 탐색해 보았지만, 〈자경단〉의 괴멸로 인해 인간의 세력권은 크게 후퇴한 모양이었다. 이제 도쿄 주변엔 사람들이 사는 곳이 없었다. 어디를 가도, 거미, 거미, 거미, 해파리, 거미, 해파리. 운 좋게 찾아낸 인간은 대부분 거미에게 기생당해서 산 채로 잡아먹히고 있었다. 기존의 생태계는 붕괴했고, 바퀴벌레조차 거미 앞에서 맥을 못 추는 것 같았다.

팬을 찾아야 한다. 만날 수 있는 아이돌에서 만나러 가는 아이돌, 그리고 한 걸음 더 나아가 팬을 찾으러 가는 아이돌로 성장하는 거다. 요즘 시대엔 단순히 팬 곁으로 만나러 가는 것만으로는 아이돌이 성립되지 않는다. 찾으러 가야만 한다. 〈제4세대 아이돌〉인 채로는 장거리 이동에 맞지 않았다. 〈아이돌〉은 시대에 맞춰 스스로 새롭게 탈바꿈한다. 이리하여 〈제5세대 아이돌〉이 탄생했다.

〈제5세대 아이돌〉은 공중 거대 해파리의 몸을 기반으로 삼았다. 몸길이 700미터 정도 되는 해파리를 자신의 몸으로 삼기 위해 개조해 나간다. 해파리의 중심인 위장 점막에 뇌를 고정하고, 신경을 몸 전체에 퍼뜨렸다. 풍압으로 떠오르는 것만으론 기동력이 없으므로 기낭을 만들고, 부패 가스를 공급해 기구로 만들었다. 해파리는 바람을 거슬러 날 수 없는 부유(플랑크톤) 생물이지만, 뇌의 컨트롤을 통한 방향 제어와, 부패 가스 분사, 그리고 해수를 밸러스트로 사용함으로써 바람으로부터 자유로운 유영(넥톤) 동물이 되었다. 촉수 끝에는 안구를 장착하여 상공에서도 지상의 상황을 관찰할 수 있게 했다.

마침내 〈제5세대 아이돌〉의 세계 투어 데뷔다. 비행기도, 차도, 전철도 사용하지 않고서 해파리로 유유히 홀로 여행. 목표는 팬이 되어줄 수 있는 존재의 발견. 태양풍이 점점 더 빈번해지고, 밤에는 오로라가 빛나고, 자외선으로 죽은 생물로 인해 적조가 바다를 뒤덮고, 동물뿐 아니라 식물조차 〈노붐 오르가눔〉으로 대체되고 있는 시대에서 그녀는 지구상에 단 한 명뿐인 아이돌이었다.

일본 횡단 투어를 시작으로 세계에 진출한다. 섬을 따라 류큐 제도를 지나가고, 유라시아 대륙으로 진입해, 오세아니아로 남하한다. 스리랑카 섬 앞바다에는 지구 궤도상의 소행성에서 방출된 거미줄이 내려오고 있으며, 그곳을 중심으로 경화된 해파리가 성층권을 덮고 있다. 하늘을 올려다보면, 태양 빛이 해파리로 인해 분산되어 엷게 낀 구름처럼 희미해진 게 보이고, 더욱 유심히 보면 위장과 소화기관이 움직이는 걸 알 수 있다. 경화된 해파리는 죽은 것이 아니라 지상에 뻗은 아주 긴 촉수를 통해 수분을 보급하면서 살아가고 있다. 적도 부근의 경화 해파리로부터 기류에 휩쓸려 찢어진 파편이 새로운 개체가 되어 남쪽으로 북쪽으로 여행을 떠난 것이다.

적도 부근이라면 경화 해파리가 자외선을 차단해 주니까 기존의 생태계가 회복 중이지 않을까. 하지만 〈제5세대 아이돌〉의 그 계획은 허술했다. 적도에 가까워질수록 성층권에서 내려오는 촉수에 생물들이 잡아먹히면서 만들어진 사막의 바다가 펼쳐져 있었다. 고등 생물이 전멸했기 때문에 플랑크톤이 대량 발생했고, 그 시체를 먹는 생물이 없어 그대로 썩어갔다. 푸른 바다는 사라지고, 진흙 같은 수면이 끝없이 이어져 있었다.

하늘에서 내려온 촉수가 〈제5세대 아이돌〉을 잡아먹으려고 다가오는 걸 보고서 황급히 오세아니아로 이탈했다. 그 후, 수백 년에 걸쳐 유럽과 아프리카, 북남미 대륙을 순회했지만 팬은 한 명도 찾지 못했다. 팬이 한 명도 없는 회장에서 라이브를 한다는 건 정신적으로 힘든 일이다. 〈제5세대 아이돌〉은 그런 슬픈 일을 할 수 없었다. 그래서 대신 좀 더 마음이 안정될 만한 계책을 세웠다. 이제 다음 시대는 아이돌이 직접 팬을 만들어내는 게 기본이 될 것이다.

팬을 만든다고 해도 이 시국엔 재료가 없다. 척추동물은 작은 물고기 한 마리까지 해파리의 먹이로 사냥당해 멸종 위기종이 되었다. 남아도는 건 거미와 해파리뿐. 팬으로 삼기에는 심히 미덥지 못한 생물이다. 둘 중에서 비교적 나은 건 거미겠지. 복잡한 거미집을 만드는 거미는 사실 곤충 같은 다른 절지동물에 비해 복잡한 신경절을 가지고 있다. 평범한 사람이라면 거미로 지적 생물을 창조하려고 했겠지만, 매우매우 귀여운 천재적 〈아이돌〉의 발상은 달랐다. 거미와 해파리를 사이좋게 조합하는 거였다.

지성을 만들려면 어떻게 해야 할까. 뉴럴 네트워크를 구축하면 된다. 뉴럴 네트워크란 뇌신경의 움직임을 모델화한 인공망이다. 신경 세포는 전선 역할을 하는 뉴런과 안테나 역할을 하는 시냅스로 나뉘어 있고, 뉴런에서 나온 전기 신호는 시냅스 간극이라는 좁은 틈을 신경전달물질 방출이라는 형태로 통과하여 다른 뉴런으로 전달된다. 이때 시냅스에서는 입력 신호에 따라 전달 효율이 변화한다. 학습이란 이 전달 효율의 변화에 해당하는 행위다. 전달 효율의 변화에는 효율을 높이는 것뿐만 아니라, 낮추는 것도 있다. 또한 정보의 흐름은 일방적인 게 아니라서, 출력된 정보가 상류의 입력층으로 되돌아가는(피드백) 것도 가능하다. 인간의 뇌 속에는 약 1천억 개의 신경 세포가 이러한 구조를 구성하고 있으며, 그 결과 매우 복잡한 정보 네트워크가 만들어진다.

안타깝게도 해파리에게는 중추 신경이 없다. 그 대신 〈아이돌〉은 해파리를 통째로 신경 세포로 만들고자 계획했다. 인간의 뇌에서 신경 세포는 전기화학적 기울기에서 비롯된 전위 변화를 이용하여 정보를 전달하지만, 해파리로 구현한 신경 세포는 내부에 있는 거미의 이동을 통해 정보를 전달하는 구조로 설계되었다. 촉수와 우산 부분이 연결된 해파리 네트워크를 만들고, 촉수 안에 거미를 우글우글 번식시킨다. 다른 해파리로부터 자극이 전해지면, 거미의 흥분이 차례차례 다음 거미에게로 배턴이 건네지듯 정보가 전파된다. 그렇다면 학습을 통한 강화는 어떤 식으로 설정되는가. 생물의 뇌에서는 자주 사용하는 신경 세포에 희소돌기아교세포(올리고덴드로글리아)라는 세포가 휘감기면서 정보 전달 속도가 향상된다. 희소돌기아교세포가 절연 역할을 함으로써 마치 전선을 피막으로 감싼 것처럼 효율적인 정보 전달이 가능해진다. 해파리 신경 세포에서 희소돌기아교세포의 역할을 하는 건 바로 거미줄이다. 자주 사용하는 해파리의 내부에는 거미줄을 쳐 놓고, 거미가 거미줄에 닿으면 그 진동이 순식간에 퍼져 빠르게 정보가 전달된다. 이런 구조를 가진 해파리를 수천억 마리나 번식시켜, 지구상의 바다와 하늘에 배치하는 걸로 지구 규모의 거대 뉴럴 네트워크를 창조하겠다는 계획이다. 지구를 팬으로 삼는 계획이라고 불러도 좋을 것이다.

수천억 마리의 해파리 신경 세포를 만드는데 한 마리 한 마리씩 깨작깨작 손으로 만들고 있을 시간은 없다. 설령 하루에 한 마리씩 만든다고 해도, 천억 마리라는 목표량을 달성하기까지 약 3억 년이 걸린다. 그렇게 오랜 세월 동안 같은 작업을 이어가는 건 생각만 해도 토가 나올 지경이다. 그래서 증식은 해파리에게 맡기기로 했다. 어릴 때는 생식에 에너지를 소비하고, 나이를 먹으면 신경 세포로서 서로 연결된다는 사이클을 설계하는 거다. 태어난 직후엔 몇 센티 정도의 크기지만, 성장하면서 몸길이가 100미터 가까이 커지면 가까이 있는 해파리 신경 세포와 접촉하면서 서로 접속하게 된다. 이걸 반복해서 네트워크의 자기 조직화가 시작되고, 그 후에는 환경을 통해 얻은 데이터에 적응하면서 지성이 태어난다는 계획이다.

300만 년이 지나는 동안 지구는 해파리로 뒤덮였다. 바다도, 하늘도, 둥실둥실 떠다니는 우산과 종횡무진으로 뻗은 촉수로 가득했다. 잘 보면 반투명한 촉수가 맥동하고 있고, 그 안엔 검은 무언가가 이동하는 게 보인다. 거미다. 거미가 정보를 옮기고 있다. 거미는 해파리에게 영양을 공급하고, 죽은 해파리를 먹는 역할도 수행한다. 태양 빛의 복사로 얻은 에너지를 통해 네트워크는 활발하게 가동된다.

이 네트워크는 학습을 반복하여 지성의 편린을 보였다. 성층권까지 확대된 제트 기류를 수만 년에 걸쳐 약화시켜 폭풍우를 가라앉히고, 우주 공간에 수천만 년에 걸쳐 해수를 투척하는 걸로 지축의 기울기를 수정해 계절을 없앴다. 지구는 안정된 기후로 변화해 갔다. 태양의 복사를 주 에너지원으로 삼는 해파리 네트워크에 쓸데없는 환경 변화 따위는 필요 없는 요소다. 한편, 환경이 갈기갈기 찢어져 생태계가 크게 파괴된 기존 생물들 입장에선 지옥으로 변했다.

그 무렵 〈아이돌〉은 마이너 체인지를 거듭한 결과, 제11세대까지 이르렀다. 그런 그녀에게 있어서 해파리 네트워크는 만족스러운 팬이라고 부르기는 힘들었다. 네트워크의 지성은 의식과 비슷하면서도 다른 것이었기 때문이다. 해파리 네트워크가 지성을 갖고 있는 건 맞다. 하지만 비유적으로 말하자면 얼굴 없는 지성이었다. 인간이 가진 마음은 기쁨이라는 이름의 감정으로 야광 응원봉을 흔들고, 분노의 감정으로 앞줄에 있는 사람을 밀치고, 견딜 수 없을 정도로 티켓을 갖고 싶은 마음에 암표상의 옥션에 거금을 들이는 등, 내면에서 우러나온 이유와 행동이 밀접하게 연관되어 있다. 그에 비해 해파리 네트워크는 내부의 상태와 행동이 연관되어 있긴 해도, 그건 이유에서 비롯된 게 아니었다. 네트워크의 행동은 언제나 전체로부터 도출된 결과일 뿐이었고, 또한 전체는 학습한 결과 끊임없이 변동하고 있었다. 다시 말해, 개별적인 감정이나 구체적인 이유로 어떠한 행동이 도출되는 게 아니라, 항상 네트워크 전체의 정보 처리 결과가 행동을 이끌고 있다는 말이었다.

이건 〈아이돌〉로선 예상 밖의 일이었다. 인간의 뇌를 모델로 삼아 해파리 네트워크를 만들었는데, 거기 존재하는 건 이해하기 힘든 이질적인 지성이었다. 의식은 언제나 구체적인 이유나 감정으로 가득 차 있다. 그러한 감정의 연속체가 『나』를 형성하는 것이다. 해파리 네트워크에는 『나』가 없었다. 〈아이돌〉은 해파리 네트워크를 보고 공포를 느꼈다. 라이브 하우스에 몰려든 관객이 사실은 좀비였다는 사실과 맞먹는 충격이다. 거기에 덤으로 최근엔 해파리 네트워크가 〈아이돌〉의 존재를 파악하고, 자신들의 존재를 파괴할 가능성을 가진 존재로 보고서 공격하기 시작했다. 관객석에서 창을 던져대는 거나 마찬가지인 일이다.

팬을 만들어 내겠다는 시도는 수천만 년의 노력을 거듭한 끝에 아무래도 실패로 끝난 모양이었다. 아이돌 경력이 긴 데에 비해 팬 수는 여전히 제로인 상태. 이제는 슬슬 아이돌을 그만둘까 싶었던 날도 있었다. 하지만 그럴 때마다 아이돌 활동에 몰두했던 빛나는 고등학교 시절이 떠올랐다. 댄스 스텝을 성공시켰을 때 느꼈던 기쁨, 스포트라이트를 받았을 때 느꼈던 오싹오싹할 정도로 짜릿한 느낌, 환호성을 뒤집어썼을 때의 감동, 자신이 지금 반짝반짝 빛나고 있다는 그 실감. 아이돌이 좋다. 아이돌이 되고 싶다. 꿈을 꿈인 채로 끝내고 싶지 않다. 그런 마음을 가슴에 품고, 오늘도 아이돌 활동에 힘을 쏟았다.

지구상의 생물로선 미증유의 발전을 이뤄낸 해파리 네트워크. 하지만 해파리 네트워크는 허무하게 멸망하고 만다. 수천만 년 동안 이어진 태양 플레어의 비정상적인 활성화가 마침내 끝을 맞이했기 때문이다. 자기장 에너지가 과도하게 방출된 반동일까, 흑점 수가 단번에 줄어들었고, 〈노붐 오르가눔〉의 에너지원인 자외선과 방사선이 감소했다. 그걸 기다렸다는 듯이 오존층이 재생됐고, 에너지 공급을 자외선에 의존하던 해파리 네트워크는 와해되어 갔다. 지구 각지에서 해파리 신경 세포의 죽음이 잇따랐다. 에너지 공급이 막힌 해파리는 갈색으로 변했고, 조직이 벗겨져 떨어졌다. 공중에 구축해 두었던 멋진 그물망은 무너져 가고, 신경 정보 전달 물질 역할을 하던 거미는 해파리 사체를 먹어 치웠다. 그런 상황에서도 네트워크는 지성을 가지고 위기에 맞서려고 했다. 수소 가스 기구를 만들어 자기 몸을 전리층까지 부상시켜 오존층의 영향을 줄이거나, 프레온 가스를 생성하여 오존층을 파괴하려 시도하기도 했다. 만약, 충분한 시간이 있었다면 효과적인 대항책을 세웠을지도 모르겠지만, 태양 활성화의 정지는 마른하늘에 날벼락 같은 사태였다. 산소 부족으로 파괴되는 뇌처럼, 해파리 네트워크는 갈기갈기 찢어져 전체로서의 응집력을 잃었고, 끝내는 지성을 발휘하기 위해 필요한 최소한의 집합을 유지할 수 없게 됐다. 지구 한랭화도 악영향을 미쳤다. 태양 자기장의 저하로 은하 우주선의 지구 유입이 증가하고, 그걸 핵으로 삼은 구름이 만들어져 반사능(알베도)이 높아졌다. 남극과 북극에 빙하가 다시 완성됐고, 시대는 빙하기에 접어들었다.

태양 활동의 진정과 빙하기는 〈아이돌〉에게도 위기였다. 그녀도 마찬가지로 〈노붐 오르가눔〉으로 에너지를 공급받고 있었으니까. 다행히 해파리 네트워크만큼 막대한 에너지를 소비하진 않았기 때문에 한동안은 죽은 해파리를 먹으며 참고 견뎠다. 하지만 그건 근본적인 해결책이 되지 못했다. 지금은 마음껏 먹을 수 있는 시체도 언젠간 고갈될 게 뻔했다. 에너지 절약형 신체로 차려입어야 한다.

이리하여 〈아이돌〉은 제12세대로 들어선다. 이 세대는 은둔형 아이돌이었다. 빙하로 몸을 덮고, 인공 근육을 지느러미처럼 내밀어 파력 발전을 통해 필요한 에너지를 공급했다. 근육은 전기 자극을 받아 움직이지만, 반대로 외부의 힘으로 강제로 움직임으로써 전기를 발생시키는 것도 가능하다. 그 밖의 영양소는 그물 같은 촉수를 심해에 뻗어 플랑크톤을 채집해 섭취했다.

〈제12세대 아이돌〉은 지구상의 생태계가 회복될 때까지 조용히 틀어박혀 생활했다. 그렇게 3억 년이 지났다. 그동안 심해에 숨어 〈노붐 오르가눔〉의 학살로부터 도망쳤던 일반 생물들이 바다에 가득 차 다시 지상 진출을 이루었다. 가장 먼저 지상에 발을 내디딘 생물은 새우나 게 같은 갑각류였고, 소형화와 다양화라는 곤충과 유사한 진화의 길을 걸었다. 갑각류에 이어 말미잘이 지상 진출을 해냈다. 말미잘은 고착 생활을 그만두고, 강인한 근육을 활용해 민첩하게 움직였다. 방사형 촉수는 다리가 되었고, 갑각류를 발견하면 꿈틀꿈틀 수십 개의 다리를 움직여 가운데에 있는 입으로 덮쳤다. 그다음에도 해삼, 조개류가 뒤를 이었다. 믿기 힘들 정도로 다양하고 새로운 형태의 진화가 대규모로 일어나, 막을 사용해 활공하거나, 경화되어 삽처럼 변한 촉수로 구멍을 파는 말미잘이 나타났다. 지금이 기회라는 듯이 〈제12세대 아이돌〉은 은둔 생활에서 벗어나 〈제13세대 아이돌〉이 되었다. 온몸을 말미잘의 미세한 촉수로 덮고, 육지는 물론 표면 장력을 이용해 수면도 달릴 수 있게 됐다.

〈제13세대 아이돌〉은 이번에야말로 팬을 만들려고 했다. 지난 시도는 지구 규모로 뇌를 만드는 지극히 복잡한 작업을 했기 때문에 실패했다고 여기고서, 이번엔 천천히, 그러면서 착실하게 계획을 진행하기로 마음속으로 맹세했다. 이번 계획은 기존의 진화 메커니즘과 완전히 같은 과정을 따라가려는 계획이었다. 즉, 의식적인 행동을 하는 말미잘을 보호하고, 의식적이지 않은 행동을 하는 말미잘을 제거하는 식이다. 그걸 반복하다 보면 언젠가는 의식을 가진 종이 만들어질 터. 수천만 년이 걸릴지도 모르지만 이보다 확실한 방법은 없겠지. 뭐니 뭐니 해도 원리상 인간이 탄생한 것과 똑같은 방법이니까.

하지만 실행으로 옮겨보니 아무래도 그림의 떡으로 끝날 모양이었다. 애초에 의식적인 행동이란 무엇일까. 만약 말미잘이 자신이 가진 의식을 과학적으로 설명하고자 탐구를 시작해 준다면야 수고를 덜겠지만, 그런 짓을 하지 않으니까 진화시키려는 게 아닌가. 의식적인지 의식적이지 않은지는 말미잘의 내면을 해석해야 한다. 말미잘이란 어떠한 생물인가, 그런 걸 알 수 있을 리가 없다. 시작부터 불가능한 계획이었다.

거기에 더해 근본적인 파탄이 찾아왔다. 〈모노폴 슈퍼 플레어〉가 또 닥친 것이다. 기껏 지상을 가득 채웠던 말미잘과 새우와 게와 해삼과 조개 등등 다양한 생물들은 태양 플레어로 인해 멸종했다. 〈제13세대 아이돌〉은 실망했다. 그 후, 해상에 설치한 생체 망원경으로 관측한 결과 〈모노폴 슈퍼 플레어〉는 역시나 이번에도 우주 전체에서 일어나고 있음을 확인했지만, 예외가 있었다. 최근 3억 년 이내에 태어난 젊은 항성에서는 어째서인지 플레어가 발생하지 않았던 것이다. 아무리 머리를 쥐어짜도 이 수수께끼는 풀리지 않았다. 어쨌든 말미잘을 지성화해서 팬으로 삼겠다는 계획은 실패가 확실했다.

아무래도 외우주로 떠나야 할 때가 온 것 같다. 〈아이돌〉은 결심했다. 나고 자란 나라를 떠나 해외로 진출하자마자 아이돌로서 대성공을 거두는 것도 흔히 있는 일이다. 외우주로 떠나려면 그에 걸맞은 준비가 필요하다. 옛날이라면 비자나 여권을 마련해야 했겠지만, 요즘 시대엔 귀찮은 수속 없이 거대한 에너지만 있으면 먼 곳으로 갈 수 있다. 문제는 필요한 에너지가 너무나도 크다는 점이다. 말미잘 사체에 함유된 화학 에너지로는 아무리 시간이 지나도 필요한 양을 모을 수 없다. 뭔가 어처구니없을 정도의 대규모 작업이 필요하다.

〈아이돌〉은 우선 생체 소재로 만든 지구 자전 발전 위성을 정지 궤도보다 바깥쪽에 대량으로 쏘아올렸다. 정지 궤도보다 높은 궤도에서는 공전 주기가 지구 자전보다 느려진다. 그 결과 위성의 공전 속도와 지구 자기장의 회전 사이에 어긋남이 발생, 이를 통해 전자기 유도를 이용한 전력 생산이 가능해진다. 이론상, 발전으로 얻은 에너지와 지구 자전 속도의 저하는 서로 균형을 이룬다. 하나하나의 발전량은 매우 적지만 모든 위성을 합치면 막대한 양이다.

1만 년 동안 발전이 이어졌다. 그동안 얻은 에너지는 생체 위성의 성장에 쓰였다. 위성에서부터 진공에 적응한 실 같은 점균이 생겨나 서로 연결되기 시작한 것이다. 지구에는 생체 위성의 집합체로 인해 토성처럼 고리가 생겨났는데, 생체 위성끼리 연결되어 가면서 실체를 가진 거대한 링으로 변해 갔다. 링이 충분히 고체화되자 점균의 실은 지구로 뻗어 나가기 시작했다. 지표에 도달한 점균은 지면을 단단히 붙잡는다. 링과 지구의 회전 차이로 인해 점균은 길게 늘어졌다. 그 늘어짐을 이용해 발전하는 거였다.

그렇다면 발전으로 얻은 에너지는 어디에 쓰일까? 바로 반물질 제조다. 링 내부는 입자 가속기가 되어 꾸준하게 매일 반물질을 생산하고 있었다. 매일 착실하게 쌓아 올리는 노력이 결과로 이어진다는 말은 체력 단련이나 반물질 제조나 마찬가지다. 아이돌에게 중요한 건 이러한 보이지 않는 부분에서 이루어지는 꾸준한 노력이다. 만들어진 반물질은 자기장을 걸어 물질과 접촉하지 않도록 소중히 보관된다. 이 반물질이 외우주로 여행을 떠날 때 이용할 활력의 원천이다.

외우주를 향해 원정을 떠나기 위해선 반물질 제작뿐만 아니라 신체 개조도 필수다. 여행 준비를 위해 세대를 셋이나 더 거쳐야 했지만, 다음 〈제17세대 아이돌〉에 이르자 준비가 갖춰졌다. 〈제17세대 아이돌〉은 소행성에 구멍을 파고, 거기에 자신의 뇌와 근육과 혈관을 배양했다. 점균이나 벼룩 등으로 구성된 미니 생태계도 장착했다. 그것들은 〈제17세대 아이돌〉 안에 있는 기관이 손상을 입을 경우 치료하거나, 암이 생긴 세포를 제거하는 역할이다.

준비 만전. 이제 다음은 반물질이 예정된 양까지 도달하기만을 기다릴 뿐이다. 만들어진 반물질은 〈제17세대 아이돌〉의 배 속에 축적되어, 물질과 쌍소멸을 일으키는 추진 연료가 된다. 그런데 심상지 않은 뉴스가 날아왔다. 태양계 주변에 있는 항성의 광량이 저하되고 있었다. 수수께끼의 태양 플레어가 일어난다면 수수께끼의 광량 저하가 발생해도 상관없지 않겠냐는 의견이 있을 수도 있겠지만, 마치 역병처럼 광량 저하는 부근 항성으로 퍼져 나갔다. 그 속도는 의외로 빨라 광속의 몇 퍼센트나 되는 속도였다. 광량이 줄어든 항성은 결국 소멸한 것처럼 보이지 않게 되었다. 계산으로는 수천 년 남짓이면 이 현상이 태양계에 도달하게 된다.

반물질은 아직 예정량에 도달하지 않았지만, 〈제17세대 아이돌〉은 외우주를 향한 출발을 앞당기기로 했다. 이 역병의 정체는 모르겠지만, 아무튼 그다지 가까이하고 싶지 않았다. 반물질이 부족해지면 다른 항성계의 행성에 내려앉아, 그곳의 자전 에너지를 빌리면 되겠지. 바이바이, 지구. 바이바이, 태양계. 다시 돌아올지는 모르겠지만. 여기서 아이돌 활동을 할 수 있어서 즐거웠어.

〈제17세대 아이돌〉이 태양계를 출발하고 나서 2천 년 후에 어떤 역병이 태양계에 도달했다. 그 정체는 밀리미터 단위의 아주 작은 기계의 무리였다. 기계 무리는 수성이나 금성이나 지구나 화성이나 소행성군이나 목성이나 토성이나 천왕성이나 해왕성이나 명왕성이나 그 외 카이퍼 벨트의 천체에 달라붙더니 분해하기 시작했다. 태양계에 있는 모든 물질을 이용해 다이슨 스피어를 만들기 시작한 거였다. 이 기계들은 어떤 행성의 지적 생명체가 〈모노폴 슈퍼 플레어〉로 인한 멸종을 막기 위해 개발한 시스템이었다. 초창기엔 아직 지금만큼 세련되지 않았지만, 무슨 수단을 써서라도 슈퍼 플레어를 막으라는 최우선 명령을 부여받았다. 기계들은 그 명령에 따라 플레어를 막을 가능성이 높은 자손들을 만들어 나갔다. 라마르크적 진화를 반복하여 셀 수 없이 많은 세대를 거쳤을 무렵엔 행성을 해체하고 항성 주위에 다이슨 스피어를 만들어 슈퍼 플레어를 차단할 수 있는 수준에 도달했다. 그러나 행성 해체 과정에서 기계를 만든 종족은 멸종하고 말았다. 스스로 증식하고 개량하는 기계들이 제어를 벗어난 것이다. 모항성계의 항성에 다이슨 스피어를 완성한 기계들은 이윽고 다른 항성계로 향했다. 그 기계들은 자의식을 가지고 있지 않았다. 그저 최우선 명령을 효율적으로 실행하기 위한 프로세스에 지나지 않았다. 최우선 명령은 슈퍼 플레어를 막는 것이며, 그 범위는 모항성계에 한정되지 않았기 때문에, 기계는 다른 항성계로 날아가 다이슨 스피어 건설을 확대하려 했다. 경량화를 위해 추진 기관은 지니고 있지 않았고, 다이슨 스피어에서 방사된 레이저 빔을 받아 그 반동으로 앞으로 나아갔다. 감속할 필요도 없이 목표 행성에 충돌하면 현지 자원을 이용해 증식하여 다이슨 스피어로 변화시켰다. 지금까지 슈퍼 플레어나 〈노붐 오르가눔〉의 등장을 극복해 왔던 지구의 생명들도 이건 감당하기에 조금 벅찼던 모양이다. 지표 깊숙이 숨어 있던 박테리아에 이르기까지 모든 생명이 멸종했다. 사실은 토성의 위성인 엔셀라두스에 조석력으로 인한 열을 에너지원으로 삼는 생물이 소박히 살아가고 있었지만 그조차도 멸종했다.

그런 사정을 모르는 〈아이돌〉은 외우주에서 마음껏 아이돌 활동을 이어갔다. 반물질이 부족해지면 행성에 내려앉아 천 년쯤 쉬고 나서 다음 원정을 떠났다. 생명이 진화한 행성도 그렇게 드물지 않았고, 그럴 땐 생체 물질을 빌려 세대를 업그레이드했다. 우주에는 지구에서 일어난 진화만으론 상상도 할 수 없는 생물들이 다양하게 존재했다. 예를 들어 지하수 속 미량의 광석을 자신의 재료로 삼아 우뚝 솟은 결정형 나무 군락이 있었다. 이 커다란 결정 나무들이 사는 행성은 타원형 궤도를 돌고 있어서 한 해에 한 번 규칙적으로 커다란 태풍이 찾아오는데, 그때 자신의 파편을 날려, 그걸 새로운 자식의 핵으로 삼아 생식했다. 중력이 작은 행성에서는 살아 있는 거대한 파리채 같은 생물이 대기 중의 작은 동물을 포식하고 있었다. 그 생물은 여러 개의 파츠로 이루어져 있어서, 필요에 따라 융합이나 이탈을 반복하며 스스로 사양을 변경할 줄 알았다. 항상 바람이 부는 행성에서는 풍력 에너지를 이용해 항상성(Homeostasis)을 유지하는 생물이 있었다. 그런 와중에 드물게 지성을 가진 생물도 존재했다. 〈아이돌〉은 그들과 교역을 하고, 전쟁도 했다. 하지만 의식이 존재하지 않았기 때문에 팬으로 삼을 순 없었다. 라이브도 악수회도 불가능했다.

그리고 시간이 흘렀다. 상상하는 것조차 어처구니없어질 정도로 아득한 시간이 흘렀다. 그 경험 속에서 〈아이돌〉은 마침내 깨달았다. 팬은 어떻게 해야 만들 수 있는가. 의식이란 무엇인가를.

V

의식이란 무엇일까? 진화 과정에서 인간이 획득한 생물학적 기능이라는 게 그 의문에 대한 대답 중 하나다.

정말일까? 아무래도 의심스럽게 느껴진다. 시험 삼아 간단한 실험을 해 보자. 당신이 가진 스마트폰으로 아이돌 리듬 게임을 실행해 보라. 게임 내에서 제일 좋아하고, 여러 번 플레이했던 곡을 아무 생각 없이 플레이해 보길 바란다. 최고 점수를 갱신할 수 있었는가? 그럼, 다음엔 다시 한번 같은 곡을 플레이해 보자. 다만 이번엔 의식을 집중하는 거다. 하나하나 일일이 어떤 손가락을 움직일지, 어떤 식으로 터치할지를 꼼꼼히 생각하면서 플레이해 보라.

아마도 아무 생각 없이 했을 때와 비교하면 점수가 크게 떨어졌을 것이다. 의식을 생성하는 데 불필요한 에너지가 쓰였기 때문에 정작 중요한 정보 처리 능력이 하락해서 그렇다. 때때로 의식은 효율을 방해한다. 자연 속에서 살아가기 위해서는 일일이 의식을 생성하는 방법은 고비용 저효율이다. 막대한 에너지를 요구하지만, 그에 비해 얻는 건 없다. 그런 기능이 자연 선택으로 내어날 리가 없다. 사자에게 습격당했을 때는 무섭다고 생각하면서 도망치는 것보다, 내면을 형성하지 않고 냅다 도망치는 게 몇 배는 빠르니까.

그럼 의식은 어떤 식으로 생겨나는 것일까. 중요한 점은 의식이란 태어날 때부터 지니고 있는 생물학적 기능이 아니라는 점이다. 오히려 의식이란 후천적으로 개인에게 전수되는 문화적 기능이다. 혹은 이렇게 바꿔 말할 수도 있겠지. 문명을 통해 개인에게 다운로드되는 소프트웨어라고.

그렇다면 문제는 의식이라는 소프트웨어가 어떤 방법으로 다운로드 되냐는 것이다. 똑똑히 들어라. 꼼꼼히 읽어라. 지금 여기에 그 답을 적겠다.

의식은 아이돌을 통해 개인에게 다운로드된다.

우리가 아이돌을 볼 때면 종종 자신과 동일시하곤 한다. 열심히 노래하고, 춤추고, 토크하는 아이돌을 자신과 겹쳐 보며, 그 노력을 칭찬하고 내일부터 나도 열심히 하자고 마음먹게 된다.

여기서 『동일시』란 팬의 의식이 아이돌의 의식을 향해 동일시하려 한다는 의미가 아니다. 팬이 아이돌에게 감동하고, 야광 응원봉을 흔들고, 그 매력에 빠져들며, 자기 내면에 아이돌의 대용품을 시뮬레이션한 결과, 비로소 의식이 생겨난다.

아이돌은 애초에 아이돌을 좋아하기 때문에 아이돌이 된다. 이때 의식의 연쇄가 생겨난다. 아이돌 팬이 아이돌이 됨으로써 의식의 증식과 전달이 이루어진다.

여기서 말하는 존재는 좁은 의미가 아니라 넓은 의미에서의 아이돌이다. 의식 전달을 하기 위해 TV에 나올 필요는 없다. 학급의 아이돌이든, 친구들한테 아이돌로 여겨지는 사람이든 상관없다. 또한 현실의 인물뿐 아니라, 픽션 속의 존재도 의식을 전달할 수 있다. 아이돌 애니메이션 캐릭터들은 의식을 전달하는 밈이라고도 할 수 있다.

인간의 의식은 아이돌에게 열중한 결과 비로소 탄생한다. 보통 사춘기 전에 의식이 생겨나지만, 운이 나쁘면 평생 의식을 갖지 못하는 사람도 있다.

후루츠키 미카나 니조노 마오리도 고등학교 시절의 아이돌 활동을 통해 수많은 사람의 의식을 만들어 왔다.

옛날에 후루츠키 미카였던 〈아이돌〉은 깨달았다. 아이돌이 존재하기 위해서 의식이 필요했던 게 아니라, 의식이 존재하기 위해선 아이돌이 필요했다는 것을. 그리고 또한 아이돌의 존재를 인식할 수 있는 정보 처리 능력을 갖춘 생물이라면 의식을 다운로드시킬 수 있다는걸.

아이돌 활동의 방침이 바뀌었다. 진화에 개입하여 의식을 탄생시키려고 하는 게 아니라, 충분한 정보 처리 능력을 갖춘 생물 곁으로 가서 동일시하기 쉽도록 그 생물과 똑같은 신체가 되어 아이돌 활동을 하는 것이다. 이리하여 팬이 생겨났고, 의식이 생겨났다. 수억 년에 걸친 아이돌 활동이 마침내 보답받았다. 때때로 외계 생물들과 대립하는 바람에 행성을 통째로 파괴해야만 하는 사태에 직면하기도 했지만 이쯤이야 별거 아니다. 아이돌에게 필요한 건 완벽한 춤도, 노래도, 의식의 창조도 아닌, 서툴러도 괜찮으니 노력하는 모습이니까. 행성을 백 개나 천 개쯤 파괴했다 해도, 내일부터 다시 힘내면 그만이다. 그 후로도 〈아이돌〉은 우주 곳곳의 행성을 순회했다. 우주 곳곳에 의식이 생겨나고 의식으로 가득 채워져 간다.

약 1조 년 후, 우주가 사멸하기 시작했다. 암흑에너지를 통한 우주 가속 팽창으로 물질 사이가 멀어지면서 더 이상 새로운 별이 생기기 어려워진 것이다. 그때쯤 〈아이돌〉은 제747억 5807만 1096세대가 되었지만, 은퇴할 생각은 털끝만큼도 없었다.

그래서 그녀는 새로운 우주를 창조하기로 했다. 초신성 폭발을 일으켜 블랙홀을 만들어낸 것이다. 블랙홀은 무한히 깊은 공간의 구멍이며, 바깥에서는 유한한 크기를 갖지만, 안쪽에서 보면 무한한 넓이를 가지고 있어 그것 자체로 하나의 우주다. 〈아이돌〉은 이때 블랙홀을 하나 더 준비하여 두 블랙홀을 절묘한 컨트롤로 충돌시켰다. 이때의 충돌은 내부 우주에 대해 공간의 뒤틀림으로 전달되었다. 공간의 뒤틀림은 우주배경복사로서 그 후에도 계속 기록에 남는다. 어느 날, 지적 생명체가 진화하여 우주배경복사를 관측했다. 컴퓨터에 기록된 우주배경복사 데이터는 정보 생명체로 움직이기 시작한다. 〈아이돌〉은 자신의 정보를 우주배경복사를 통해 다음 세대의 우주에 전달한 것이다. 정보 생명체가 된 〈아이돌〉은 미디어에 잠입해 그곳에서 의식의 전달을 개시했다.

〈아이돌〉은 스스로 증식하면서도 무수한 우주를 순회하며 무수한 의식을 탄생시켰다. 그러던 중, 우주의 증식은 시간적으로 한 방향으로만 흐르는 게 아니라는 걸 깨달았다. 과거에서 미래로 흐르는 시간이라는 프레임은 하나의 우주에서 본 관점에 불과하며, 다중 우주에서는 자기 자손이 사실은 자신의 선조였다는 일조차 흔히 일어났다. 다중 우주는 일방적인 트리형 구조가 아니라, 수평적인 그물망처럼 여러 갈래로 자유롭게 뻗어 나가는 리좀형 구조였다. 그리고 이 구조는 무언가와 닮아 있었다. 그렇다, 바로 뉴럴 네트워크다.

다중 우주는 우주를 신경 세포로 삼아 정보 처리를 하고 있었던 것이다. 그리고 충분한 정보 처리 능력을 갖춘 존재는 아이돌에게 몰두하여 의식을 얻을 수 있다. 다중 우주 또한 예외가 아니었다.

〈아이돌〉 활동을 인식한 결과 다중 우주는 팬이 되었고, 의식을 가졌다. 다중 우주가 의식을 갖게 되자, 우주도, 은하도, 성계도, 항성도, 행성도, 대륙도, 바다도, 박테리아도, 분자도, 원자도, 쿼크도, 아주 희미하게나마 의식을 갖게 되었다. 모두가 아이돌을 정말 좋아한다.

다중 우주의 의식은 과거로 향해 자신이 존재할 수 있도록 만들기 위한 공작을 개시했다. 〈아이돌〉이 태어난 우주의 시간 방향을 비틀어, 과거와 미래가 고차원에서 겹치도록 했다. 이것이 〈모노폴 슈퍼 플레어〉가 일어난 원인이었다. 과거와 미래의 항성이 자기 자신과 고차원에서 접촉했기 때문에, 자기력선이 상호 작용하여 플레어가 발생했다. 3차원에 갇혀 있는 인간이 보기엔 아무것도 없는 공간에서 자기력선이 튀어나온 것처럼 보였기 때문에 모노폴이 원인이라고 착각할 수밖에 없었다. 젊은 항성에 플레어가 일어나지 않았던 이유는 상호 작용할 과거의 자기 자신이 없었기 때문이었다.

다중 우주의 공작은 더욱 세세한 일에도 손길을 뻗었다. 후루츠키 미카의 고등학교 시절에 간섭해 니조노 마오리의 자명종 시계가 일찍 울리게 했고, 두 사람이 가까운 사이가 되는 걸로 후루츠키 미카에게 아이돌로서의 자신감을 심어주었다. 또한 후루츠키 미카가 자살했을 때 구급차를 니조노 마오리의 부모가 운영하는 병원으로 옮겼다. 이것이 〈아이돌〉의 탄생과 다중 우주가 지닌 의식의 기원이었다.

다중 우주가 의식을 지닌 상황에선, 결정론과 자유의지가 조화를 이룬다. 자유의 적이라고 여겨졌던 물리 법칙, 인과 법칙은 사실 다중 우주 전체가 행한 자유롭고 의식적인 결단이었으니까. 또한 타임 패러독스도 일어날 수 없다. 과거와 미래는 의식이라는 관점에서 조화되어야만 하니까.

다중 우주의 의식은 〈아이돌〉이 태어난 우주를 지나 과거로 향했다. 그리고 무수한 우주를 통과한 끝에, 후루츠키 미카에게서 비롯된 의식은 어느 한 우주에 도달했다. 이곳이 종착점이었다. 이 지점을 넘어서면 정보가 너무 감쇠하는 탓에 의식을 유지할 수 없게 된다.

그 우주에서 의식의 정보는 어떤 한 편의 소설 형태가 되었다. 후루츠키 미카라는 한 소녀가 최고의 아이돌이 될 때까지 노력하는 소설이다. 이 소설을 마지막까지 읽은 독자는 후루츠키 미카에게 공감하며, 동일시하며, 의식을 생성하게 되리라.

독자란 바로 당신이다.

당신도 이제 이 소설의 제목이 가진 의미를 이해했을 것이다. 〈최후이자 최초의 아이돌〉이란 당신을 말한다. 당신은 후루츠키 미카에게서 유래된 의식을 이어받은 최후의 존재이자, 동시에 시간상으론 최초의 존재다.

당신은 이 우주에서 유일하게 의식을 가진 존재다.

이 소설의 서두에 당신은 한 가지 사명을 띠고 있다고 적었다. 이제 이해했으리라. 당신의 사명이란 의식을 전달해 나가는 것이다.

당신은 아이돌이 되어야 한다. 아이돌이 되어 다른 사람을 열광시키고, 공감시키고, 동일시하게 하고, 의식이 생겨나도록 만들어야 한다.

자, 아이돌을 시작하자. 당신은 반짝반짝 빛나고 있다!

에볼루션 걸즈

Evolution Girls

프롤로그

섬광……!

무슨 일이 일어났는가? 모든 것이. 모든 것의 시작이.

지금 우주는 찬란히 빛나고 있었다. 공간 인플라톤 장에서 과잉 공급된 에너지가 전자기장을 격렬하게 진동시킨다. 장의 파동은 곧 입자다. 전자기장의 파동, 무수한 광자가 실체화된다. 광자는 날아간다. 엄청난 속도다. 당연한 일이다. 광자에는 질량이 없으니까. 질량이 없는 입자는 우주의 최대속도, 광속으로 날아간다. 그 속도는 초속 삼십만 킬로미터를 아득히 뛰어넘는다. 수치로는 10의 30제곱 배 정도. 훗날 시행될 시시한 속도 제한 따위 이 시대와는 상관없는 일이다.

더 빠르게! 더욱더 빠르게! 광자는 바쁘게 날아다닌다. 몇 광년이든, 몇 파섹이든. 믿을 수 없는 거리를 순식간에 서로 연결하며, 단절된 지역을 없애 간다. 그와 동시에 다양성도 잃었다. 아득히 먼 곳에서 온 광자의 파동으로 전부 남김없이 담백하게 덧

칠되었다.

하지만 마침내 대폭주 시대도 끝을 맞이했다. 우주가 식기 시작했기 때문이다. 인플라톤 장은 간직하고 있던 퍼텐셜 에너지를 전부 소모하고 말았다. 전자나 쿼크, 뉴트리노 같은 무거운 입자를 너무 많이 만들었다. 쿼크는 서로 합체하여 원자핵을 만들고, 이어서 거기에 전자가 들어감으로써 수소와 헬륨이 태어났지만, 그로 인한 대가도 컸다. 진공 그 자체가 차게 식으면서, 물이 얼음이 되듯이 상전이가 발생했다. 이 상황에서 얼어붙은 건 차원의 숫자다. 전부 11개였던 차원은 에너지 상태가 저하되면서 사르르 응축되어 간다. 기체가 액체가 되고, 액체가 고체가 되는 것처럼 끊임없이 에너지가 저하됨에 따라 더욱 불활성 상태로 변한다. 무한한 거리가 있었던 차원은 예전 모습은 온데간데없고, 초라하고 조그맣게 감겨, 외견만 보면 3차원이나 다름없다.

차원이 얼어붙으면서 광속의 제한속도도 더욱 엄격해졌다. 감겨버린 잉여 차원으로 인해 극심한 정체를 일으키고 있었기 때문이다. 이제 빛이 어떠한 거리를 이동하기 위해선 감겨버린 잉여 차원의 미궁을 통과해야만 했다. 빙글빙글 나선형으로 감긴 잉여 차원을 따라 빛도 빙글빙글 쓸데없이 먼 거리를 달려야 한다.

다만 모든 것이 감겨 있었던 건 아니었다. 드물지만 얼어붙지 않은 차원이 있었다. 과냉각 상태다. 핵이 될 불순물이나 자극이 존재하지 않는 조건이라면 물은 영하에서도 액체 상태를 유지할 수 있다. 마찬가지로 에너지가 저하된 공간 속에서도 평탄한 영역에서는 고차원 상태가 살아 있었다. 하지만 오래가진 못할 것이다. 과냉각 상태에서는 약간의 자극만 받아도 붕괴한다.

이윽고 과냉각 상태를 유지하던 영역이 무너지기 시작했다. 미시 세계를 지배하는 법칙, 양자론이 이끄는 필연적인 결과다. 완벽하게 안정된 상태는 존재하지 않는다. 모든 것이 불확정적이다. 피할 수 없이 생겨나는 양자적 불확정성은 그중 어느 하나가 카오스에 의해 증대되어 과냉각 상태의 차원을 붕괴시킨다.

공간이 식어가는 와중에 과냉각 차원은 필사적으로 스스로를 지키려 했다. 지금이라도 붕괴할 듯한 상황 속에서 피할 수 없는 운명에 저항하고 있었다.

I

사사지마 요코의 정신은 천천히 죽어가고 있었다. 『에볼루션 걸즈』 통칭 『에보걸』. 그것이 요코를 이 지경까지 몰아넣은 장본인이다. 지금 항간에서 가장 인기 있는 모바일 게임이다. 옛날에 멸종한 고대 생물들을 의인화한 캐릭터를 주제로 삼은 게임이고, 서비스를 시작하고 반년이 지났지만, 얼마 전 최종화를 맞이한 애니메이션의 영향인지 인기는 급상승 중이었다.

지금이야 올해를 대표하는 애니메이션인 것처럼 회자되는 『에보걸』이지만, 방영 조기에는 그다지 인기가 없었다. 이 작품에 주목한 건 매니악한 오타쿠들뿐이었다.

요코는 매니악한 오타쿠는 아니었다. 일주일에 애니메이션 서너 편을 보는 수준인 라이트 오타쿠다. 어쩌다가 『에보걸』 1화를 실시간으로 시청하긴 했지만 유감스럽게도 당시엔 작품의 매력을 이해하지 못했다.

내용은 요즘 흔한 미소녀 의인화 장르였다. 인간이 아닌 무언가를 캐릭터로 바꿔 표현하는 장르인데, 『에보걸』에선 고대 생물이 그 대상이었다. 1화에서는 5억 년 전으로 타임 슬립하고 만 주인공이 의인화된 고대 생물인 〈걸즈〉 덕분에 목숨을 건지고 현대로 돌아가기 위한 여행을 시작하는 스토리를 보여줬다. 중간중간 박물관 선생님의 해설이 들어가 있어서 아주 유익한 애니메이션이었다. 캐릭터 디자인도 노골적인 섹스 어필과는 거리가 멀어서, 교육 방송에서 방영되어도 위화감이 없을 내용이었다. 하지만 그 당시엔 자기가 원하는 내용이 아니라는 생각이 들어서 시청을 그만뒀다.

흐름이 바뀌었던 건 4화부터였다. 4화에 등장한 게스트 캐릭터가 인류가 태어나는 시간축은 존재하지 않을 것이라는 대사를 남긴 것이다. 그냥 말랑말랑한 교육용 애니메이션인 줄 알았던 스토리 뒷면엔 장대한 SF 설정이 있다는 게 암시되자, 시청자들은 신이 났다. 개중에는 『고찰반』이라 자칭하며 설정을 깊이 분석하는 집단도 나타났다.

요코의 SNS에도 그런 분위기가 흘러들어왔다. 유행에 뒤처지는 걸 싫어하는 요코는 인터넷에 무단으로 업로드된 2화와 3화를 시청하는 불법 행위를 저지르며 세간의 흐름을 따라가려 했다. 시청자 수는 회차가 진행될수록 급격히 상승했다. 소규모 스튜디오가 제작한 애니메이션으로선 더할 나위 없는 신데렐라 스토리다. 목가적인 분위기와 뛰어난 SF 설정이 대비를 이룬 게 승리의 비결이 아니었을까.

그리고 최종화를 맞이했다. 요코는 저도 모르게 눈물을 흘렸다. 시청 후 얼마 지나지 않아, 자신의 마음속에 공허함이 퍼져나가고 있다는 걸 깨달았다. SNS에도 같은 증상을 호소하는 사람이 많았다. 『에보걸』을 잃자, 마음 일부가 사라진 듯한 상실감, 속칭 '에보로스'라는 증상이었다.

다행히 '에보로스'에서 회복할 방법이 있었다. 모바일 게임이다. 『에보걸』은 동명의 원작 게임이 있었다. 요코는 바로 게임을 설치해 봤다. 그게 모든 잘못의 시작이었다.

게임판 『에보걸』 시스템은 조금 독특했다. 장르로 말하자면, 리듬 게임과 옷 갈아입히기 게임과 어드벤처 게임이 하나로 합쳐진 형태였다. 일반적인 모바일 리듬 게임은 캐릭터를 편성해서 파티를 짜고, 그 파티로 리듬 게임에 도전한다. 『에보걸』에는 그런 일반적인 시스템에 더해 코디 시스템이 있었다. 캐릭터의 의상을 마음껏 꾸밀 수 있는 시스템이다. 물론 단순히 캐릭터의 일러스트만 바뀌는 게 아니고, 실질적인 효과도 있었다. 캐릭터나 의상은 쿨, 스마일, 퓨어, 패션이라는 네 가지 속성으로 나뉘고, 리듬 게임의 스테이지에는 속성에 대한 상성이 존재했다. 점수는 플레이어의 실력 이외에도, 캐릭터의 레벨과 레어리티, 속성과 스테이지의 상성, 그리고 코디 레어리티와 코디의 상성에 따라 크게 좌우되도록 짜여 있었다.

이건 그렇게 단순한 시스템이 아니었다. 레어리티가 중요하다면서 무턱대고 희귀도 높은 의상을 코디한다고 해도, 코디의 통일성 여부나 캐릭터 본인과의 상성이 영향을 주기 때문에 레어리티가 높다고 무조건 좋은 건 아니다. 섬세한 패션 센스가 요구되는 게임이다.

『에보걸』은 출시 한 달 만에 천만 다운로드 수를 돌파하는 공전의 기록을 세웠다. 참신한 시스템의 인기도 높았고, 평가란엔 줄줄이 별 다섯 개가 달렸다.

『에보걸』은 부분 유료화 게임이다. 다운로드는 무료지만, 대부분의 의상이나 캐릭터는 입수하려면 게임 회사에 돈을 지불해야 한다. 이것이 『과금』이다. 요코는 게임을 시작하고 나서 2주 정도는 무과금으로 플레이했다. 라이트 유저인 그녀에겐 모바일 게임에 과금을 한다는 발상 자체가 거의 없었기 때문이다. 그랬는데 어느 날, 판도라의 상자를 열고 만다.

『에보걸』 내 리듬 게임에는 어드벤처 모드와 랭킹 모드가 존재한다. 어드벤처 모드에서는 게임을 클리어해 나가면서 순차적으로 스토리를 진행할 수 있고, 랭킹 모드에서는 지금까지 플레이했던 곡으로 다른 플레이어와 스코어 대결을 할 수 있었다.

어드벤처 모드를 진행하면서, 점차 쉽사리 클리어할 수 없는 스테이지가 등장했다. 지질 시대 중 하나인 페름기 후기를 모티브로 한 스테이지였다. 파티에 편성한 캐릭터들에겐 부족함이 없어 보였다. 레어리티가 그다지 높지 않은 건 맞지만, 레벨은 상당히 높았다.

인터넷 공략 사이트를 찾아보고서, 의외의 사실을 알게 됐다. 페름기 후기 스테이지는 특수 스킬 『저산소 내성』이 없으면 스코어가 크게 하락한다는 사실이었다. 특수 스킬을 얻으려면 고유 스킬을 가진 캐릭터나, 스킬이 달린 의상을 입수해야 한다. 요코가 가진 캐릭터는 안타깝게도 한 명도 빠짐없이 저산소 상태에선 살아남을 수 없는 〈걸즈〉였다.

게임을 진행하기 위해 요코는 과금을 하기로 결심했다. 캐릭터를 얻기 위해선 가챠에 과금해야 한다. 가챠란 게임 내 포인트와 교환하여 랜덤으로 캐릭터나 아이템이 나오는 시스템을 말한다. 여기서 중요한 건 랜덤이라는 점이다. 플레이어는 자기가 노리는 캐릭터가 나올 때까지 계속해서 가챠를 돌려야 한다. 그 결과 게임을 운영하는 회사가 돈을 버는 구조다. 이 시스템을 고안한 사람은 아마 천재일 것이다.

『에보걸』에는 세 종류의 가챠가 존재했다. 일반 코디 가챠와 프리미엄 코디 가챠, 그리고 〈걸즈〉 가챠다. 일반 코디 가챠에선 레어리티가 낮은 의상이, 프리미엄 코디 가챠에서는 레어리티가 높은 의상이, 〈걸즈〉 가챠에서는 캐릭터가 나온다. 일반 코디 가챠를 돌리는 건 어렵지 않다. 이벤트를 돌거나 레벨업하면 주는 재화인 『모래시계』를 써서 마음껏 돌릴 수 있다. 하지만 프리미엄 가챠와 〈걸즈〉 가챠를 돌리는 건 훨씬 힘든 일이었다. 전용 재화인 『무한 모래시계』를 소모해야 돌릴 수 있다. 『무한 모래시계』는 『모래시계』보다 입수할 방법이 적다. 게임을 시작한 무렵엔 보너스로 매일 같이 뿌리지만, 점점 받는 빈도가 줄어들더니, 최종적으론 한 달 내내 꾸준히 매일 출석하지 않으면 받을 수 없게 된다. 드물게 특별한 이벤트가 열릴 때나, 운영 실수로 서버가 다운됐을 때 사과의 표시로 『무한 모래시계』를 지급하기도 하지만, 제일 손쉬운 방법은 과금이다. 현실 세계의 돈을 게임 세계의 가챠를 돌리는 데에만 쓰이는 포인트로 교환하는 거다. 에이 뭐,

괜찮아. 〈걸즈〉 가챠 한 번에 드는 비용은 고작 500엔 정도. 햄버거 한 개 정도의 가격이다. 그렇게 부담되는 비용은 아니다. 가벼운 마음으로 하면 된다.

요코는 고민 없이 과금을 시도했다. 저축해 둔 돈도 있었다. 그녀는 첫 직장에 취업한 지 갓 1년이 지난 사회 초년생이었지만, 돈이 들어가는 취미도 딱히 없었고, 한가한 휴일엔 애니메이션을 보며 지냈기 때문에 지갑엔 여유가 있었다. 사회인이 되고 나니 이제 돈도 있겠다, 두툼한 지갑이 주는 권력을 휘둘러 보고 싶다는 욕심은 있었지만, 아직까진 그럴 기회가 없었다. 드디어 딱 좋은 타이밍이 찾아온 셈이다.

〈걸즈〉 가챠를 돌려서 나온 캐릭터는 레어 등급 캐릭터, 메가네우라 짱이었다. 석탄기에 살았던 몸길이가 70센티나 되는 거대 잠자리가 모티브인 캐릭터인데, 그다지 공들인 티도 없이 안경을 쓴 소녀로 디자인되었다. 레어 등급이라고 하면 꽤 귀한 것처럼 들리지만, 실제로는 밑에서 두 번째다. 『에보걸』 캐릭터 카드는 노멀(N), 레어(R), 슈퍼 레어(SR), 울트라 레어(UR), 레전드 레어(LR), 갓 레어(GR)까지 여섯 등급이 있고, 괜찮게 떴다는 생각이 드는 건 최소한 슈퍼 레어부터다. 안타깝게도 메가네우라 짱은 저산소 환경에 적응하지 못한다. 석탄기는 지구 역사 전체를 통틀어 봐도 산소가 풍부했던 시기다.

뭐, 좋아. 처음은 이럴 수도 있지. 두 번째를 뽑아 보자. 스마트폰을 콕 누르자, 요코의 은행 계좌에서 자동으로 500엔이 빠져나가고, 스마트폰 화면에 일러스트가 나타났다. 구부러진 용수

철이 얽혀 있는 듯한 일러스트. 『단백질』이라고 적혀 있다. 꽝이다. 레벨업용 소재로만 쓰이는 꽝 카드다!

"아아아악!" 꽝 카드를 뽑았다는 사실에 울컥한 요코는 거기서 멈추기는커녕 한층 더 가챠를 돌리는 데 열중했다. 천 엔, 이천 엔, 삼천 엔. 과금액은 점점 늘어났다. 정신을 차렸을 땐 계좌에서 만 엔이 증발한 상태였다. 만 엔을 돌려 나온 20장의 결과는 열다섯 장이 단백질 카드, 네 장이 N등급 카드, 한 장이 R등급 카드. 목표였던 저산소 내성 스킬을 가진 캐릭터는 없음.

"어째서야—! 대체 왜 이러는데!" 처참한 결과에 쉰 목소리가 나왔다. 과금하면 모든 게 잘 풀릴 줄 알았는데…….

문득 요코는 화면에서 100연속 가챠라는 글자를 발견했다. 보아하니, 100회분 가챠를 한번에 돌리면 최소 다섯 장의 SR 캐릭터가 나오는 보너스가 있는 것 같다. 이건 무조건 이득이지! 게다가 기간 한정. 5만 엔을 내면 실질적으론 공짜로 SR 캐릭터 다섯 명을 얻을 수 있는 게 아닌가. 이렇게 된 이상 돌릴 수밖에 없지. 다른 선택지는 존재하지 않는다.

이리하여 요코의 쾌적한 모바일 게임 라이프가 시작되었다. 『에보걸』에서 플레이할 수 있는 건 어드벤처 모드만 있는 게 아니다. 전국 방방곡곡의 플레이어와 실력을 겨루는 랭킹 모드도 있다. 실력을 겨룬다고 해도 실제로 겨루는 건 과금액이다. 아무리 완벽하게 플레이해도, 파티 캐릭터가 전부 N등급이어선 나오는 스코어는 처참해진다. 요코는 아낌없이 과금한 덕분에 갓 시작한 유저인데도 2만 위 이내에 진입해 있었다. 전체 플레이어 수가 천만 명이 넘는데 이 등수라니 대단한 쾌거다. 자랑해도 된다.

게다가 리듬 게임과는 별도로 모델로서 캐릭터를 출장시키는 기능도 존재한다. 특정 주제가 제시되면 거기에 맞춰 코디를 꾸민 〈걸즈〉를 무대 위에 올리는 방식이다. 모델은 다른 플레이어에게서 『좋아요』라고 불리는 평가를 받아, 상위 랭킹에 들면 레어도 높은 의상을 입수할 수 있었다.

요코의 과금은 계속됐다. 과금으로 레어리티가 높은 카드를 손에 넣으면, 그게 또 더 많은 과금을 유도했다. 같은 카드를 두 장 합체시키면 『진화』가 일어나 더욱 강력한 캐릭터로 변하는 시스템 때문이었다. 또한 같은 종류의 의상을 컴플리트하지 않으면 발동하지 않는 스킬이 존재한다는 시스템도 과금을 부르는 이유였다. 의상 카드의 종류는 상의, 하의, 속옷, 겉옷, 액세서리까지 다섯 종류인데, 그 모든 의상을 통일성 있게 입지 않으면 스킬이 나타나지 않는다. 가챠를 돌리면 돌릴수록, 순위가 올라가면 갈수록, 더 많은 과금을 해야 한다. 자기가 투자한 비용을 활용하기 위해서는 끝없이 새로운 비용을 투자해야 하는 구조다.

『에보걸』을 시작하고 한 달 정도 지난 어느 날, 요코는 카드 명세서를 보고 경악했다. 어느새 60만 엔이 사라진 뒤였다. 전부 『에보걸』에 쓴 돈이었다. 아무리 그래도 이건 지나치게 많이 썼다. 저축은 귀중한 장래를 위한 돈이지, 스마트폰 화면 속 일러스트를 바꾸기 위해서 쓸 돈이 아니다.

요코라도 역시 이 사태엔 반성했다. "어휴 이 바보! 난 바보야!"라고 외치며 자기 머리를 콩콩 때렸다. 이제부터는 최대한 과금을 자제하고서 무과금으로 즐기겠다고 결심했다.

지출에는 반성했어도, 요코는 『에보걸』을 접어야겠다는 생각은 털끝만큼도 하지 않았다. 『에보걸』은 마침내 간신히 손에 넣은, 그녀의 인정 욕구를 채워주는 공간이었다. 그녀의 정체성 속에서 중요한 위치를 차지하고 있었다. 언제나 남들의 눈치를 살피며, 주변 사람들에게 무난한 사람이라 취급받아 온 그녀는 남에게 평가받는 경험에 굶주려 있었다. 『에보걸』은 리스크 없이 남들의 평가를 얻을 수 있는 시스템이다. 게다가 평가 또한 지극히 알기 쉽게 수치화되어 있다. 랭킹 순위, 『좋아요』 숫자……. 또한 인정 욕구를 제외하고서라도, 순수하게 지금까지 수집한 〈걸즈〉와 이별하는 게 괴로웠다. 고대 생물의 이름을 가진 캐릭터들. 디킨소니아 짱, 아노말로카리스 짱, 콘벡시카리스 짱, 반드링가 짱, 아르트로플레우라 짱……. 그중에서도 제일 마음에 든 캐릭터는 윤나노준 짱이었다. 굳이 말하자면 츤데레 속성으로 분류되는 캐릭터다. 강한 척 허세를 부리지만, 어딘가 쓸쓸한 듯한 표정을 짓고 있다. 학창 시절 요코는 그런 애들과 자주 어울렸다. 뭔가 서투른 면이 있어서 그룹에 끼지 못하고, 입학 때부터 쭉 친구를 사귀지 못하는 그런 타입의 애들이다. 요코는 그다지 외향적인 성격은 아니었지만, 자기보다 소통 능력이 떨어지는 애들을 리드하는 솜씨는 뛰어났다. 그 아이들은 한번 마음을 열면 다들 요코를 의지해주곤 했다. 『에보걸』을 계속하는 데에는 그런 식으로 인정 욕구를 충족했던 과거를 그리워하는 면도 있었다. 『에보걸』을 그만둔다는 건, 자신의 일부를 버린다는 뜻이었다. 요코는 그럴 수 있을 정도로 맺고 끊는 게 확실한 사람이 아니었다.

과금하지 않는 플레이어가 랭킹을 올리려면 시간을 투자할 수밖에 없다. 게임을 하려면 스태미나라고 불리는 포인트가 필요했다. 스태미나는 시간이 지나면서 회복되지만, 최대치 이상으로는 올라가지 않는다. 스태미나 회복을 최대 효율로 활용하려면 최대치까지 회복되는 순간을 계산해서 리듬 게임을 플레이하는 게 좋다. 최대치를 채운 상태로 시간을 보내면 그 시간 동안 회복되어야 했을 스태미나가 낭비된다. 스태미나가 최대치까지 회복되는 데 걸리는 시간은 약 두 시간 반 정도. 다시 말해 두 시간 반마다 반드시 게임을 플레이해야 한다는 뜻이다. 그것 자체는 괜찮다. 요코는 자기 시간을 『에보걸』에 바칠 각오가 되어 있다. 문제는 그녀가 이젠 직장인이라는 점이다. 시간만큼은 넉넉했던 대학생 시절은 이미 지나가 버렸다. 평일 대부분은 자유롭게 쓸 수 없는 시간이다.

요코는 난관에 굴하지 않고 궁리했다. 직장에서도 어떻게든 게임을 할 수는 없을까, 하고 시행착오를 거듭하며 노력했다. 먼저 리듬 게임 채보를 외웠다. 의식적으로 기억하는 것만으론 부족하다. 손가락이 반사적으로 움직일 수 있도록 무의식에 철저히 새겨 넣어야 한다. 스마트폰에 손가락을 얹으면 머릿속을 비워도 손가락이 자동으로 움직이기 시작할 정도로. 노력한 보람이 있어서, 요코는 화면을 보지 않고도 하드 모드를 클리어할 수 있을 정도의 실력을 갖추게 되었다.

이 기술이 발동되는 건 회의 시간이었다. 따분하지만 귀 기울여

들어야 하는 회의 시간에, 무릎 위에 스마트폰을 놓고 손을 자동으로 움직이면, 어머나 신기해라, 아주 유익하게 시간을 보낼 수 있다. 그 외에도 외근 시간은 아주 소중한 시간이었다. 업무 성과가 떨어지든지 말든지 알 바냐, 게임 랭킹이 오르면 그만이다.

점심시간, 요코는 동료와 마주치지 않도록 주의를 기울여야 했다. 마주쳐 버리면 수다가 시작된다. 아무리 그래도 눈앞에서 자신과 대화하고 있는 사람을 무시하고서 스마트폰을 만지작거리기 시작할 수는 없는 노릇. 회사에 소속된 사원으로서 지녀야 할 최소한의 긍지가 이때까진 아직 남아 있었다.

퇴근하고 드디어 노동에서 해방되었다. 요코의 진정한 업무는 이제부터 시작이다. 진짜 업무는 아침까지 이어진다. 요코에게 한가하게 잠을 잘 여유 따위 없다. 마음 편히 6시간 동안 수면을 취하는 사치는 당치도 않다. 두 시간 반마다 울리도록 알람을 맞추고 끊임없이 스마트폰을 두드린다. 졸리다. 졸리지만 참는다. 울트라 레어, 레전드 레어, 갓 레어를 위해. 비몽사몽인 의식 속에서 캐릭터의 얼굴이 떠오른다. 오오! 보라! 저건 전설의 갓 레어 아닌가. 등장 확률 0.005퍼센트인! 정말로 존재했다니……. 기다려! 기다려줘! 나를 두고 가지 말아 줘……. 정신을 차려 보니 반쯤 잠든 상태로 스마트폰을 두드리고 있었다. 어느새 밖에선 참새와 까마귀가 우는 소리가 들린다. 출근이다. 자, 오늘 하루도 힘내자.

그런 생활이 오래갈 리가 없다. 먼저 업무 미스가 잦아졌다. 숫자를 잘못 입력하고, 담당자에게 연락하는 걸 깜빡한다. 하나하나 놓고 보면 흔히 있는 실수지만, 그게 쌓이면 따가운 눈총을 받게 될 확률이 쭉쭉 올라간다. 그리고 어느 날, 커다란 실수를 저지른다. 점심시간에 카페에서 게임을 하고 있을 때였다. 요코는 게임에 집중하려고 문자도 전화도 전부 알림을 꺼 두었다. 그날은 운영사의 실수가 있어서 사과의 표시로 스태미나 회복 아이템을 대량으로 지급한 상황이었다. 마침 타이밍 좋게 레벨이 올랐던 것도 겹쳐서 스태미나 부족 없이 오래오래 플레이할 수 있었다. 하지만 길어도 너무 길었다. 깨닫고 보니 이미 시간은 밤이 되어 있었다. 수신 이력을 확인하니 상사한테서 온 연락이 산더미처럼 쌓인 게 보였다. 위산에 온몸이 녹아내릴 것 같은 스트레스를 받으며 연거푸 고개 숙여 사과했지만, 한 번 잃은 신뢰는 되찾을 수 없다.

이렇게나 노력했는데도 요코의 랭킹은 하락하기 시작했다. 이벤트에 참가해도 랭킹 보상인 SR 카드를 입수할 수 없었다. 역시 아무리 시간을 투자해 봤자 과금 유저를 이기는 건 불가능하다. 요코는 다시 과금하기로 결심했다. 건강을 위해서다. 지나간 시간은 되돌릴 수 없지만, 돈은 언젠가 다시 벌면 된다. 시간을 과투자해서 인생이 파멸로 다가가느니, 차라리 돈을 쓰는 쪽이 훨씬 낫지 않은가. 대충 그런 식으로 자기 합리화를 반복하며 조금씩 과금액은 늘어났다. 그 결과 놀랍게도 게임에 들이는 시간도 오히려 점점 늘었다. 당연한 일이다. 과금으로 언제나 스태미나를 가득 채울 수 있으니, 스태미나 회복을 위해 잠깐 시간을 두고 강제로 쉴 필요도 없어졌다. 이벤트 순위와 손에 들어오는 카드의 화려함은 들이는 시간에 비례해서 점점 높아져 갔다.

요코의 덱에는 수많은 레어 카드가 모였다. 수십 장의 SR, 열몇 장의 UR, LR도 몇 장쯤 있다. 하지만 수집 욕구는 멎질 않는다. 이쯤에서 만족이라는 선이 존재하지 않는다. 모으면 모을수록 새로운 카드가 출시된다. 그런 카드들은 나올 때마다 무척이나 매력적인 광고도 함께 곁들여져 있다. 아아, 갖고 싶다. 미치도록 갖고 싶다. 욕망을 채우기 위해 돈을 탕진하며 가챠를 돌린다. 하지만 갖고 싶은 카드를 손에 넣었을 땐, 이미 또 다른 카드가 갖고 싶어진 상태다.

이벤트 한정 카드도 있다. 기간 한정 이벤트에서 상위권에 들지 못하면 평생 손에 넣을 수 없게 된다. 이벤트란 어디까지 자기 몸을 갈아 넣을 수 있느냐를 겨루는 치킨 게임이다. 얼마나 많은 희생을 치를 수 있는가. 이건 사랑의 경쟁이다. 얼마만큼의 사랑, 즉 돈과 시간을 쥐어짤 수 있는가.

깨닫고 보니 회사를 쉰 지 1주일이 지났다. 이상하네, 달력 숫사가 어느새 7일이나 늘어났다. 문자와 전화 기록이 가득 쌓였지만, 게임과 관계없다면 확인할 필요는 없다. 방에는 편의점 도시락과 빈 페트병이 나뒹굴었다. 목욕을 안 한 탓에 몸에서도 냄새가 나기 시작한 것 같다. 돈을 얼마나 쓴 걸까. 일주일 사이에 100만 엔쯤 소비했으려나. 저축은 150만 엔 정도 있었으니까 아직은 괜찮다.

슬슬 하루에 한 끼 있는 식사 시간이다. 요코는 공복이라는 걸 느끼지 않게 되었다. 자기 자신이라는 인간을 한 발짝 떨어져서 지켜보는 듯한 괴리감이 일어나고 있다. 배가 고프다는 건 알지만, 그건 절실한 욕구가 아닌 일종의 객관적 데이터였다. 그러나 그다지 정확도 높은 데이터라고 부르긴 힘들었다. 때때로 자기가 얼마나 배고픈지 알 수 없게 된 결과, 잠시 의식을 잃은 뒤에야 아무것도 먹지 않았다는 사실을 떠올리는 일이 종종 있었다.

스마트폰을 두드리면서 몸을 일으켜, 그대로 밖으로 나갔다. 오른손 엄지로 스마트폰을 지탱하고서, 다른 네 손가락으로 위에서 내려오는 노트를 타이밍에 맞게 두드렸다. 왼손은 문을 여는 데 쓴다. 햇살이 눈부시다. 태양은 지평선 부근에 있었다. 지금은 아침일까 저녁일까. 방향을 모르니 알 수 없는 일이다. 아무튼 편의점에 가자. 물과 식량을 조달하러.

편의점은 집에서 도보로 5분 거리였지만, 그동안에도 요코는 스마트폰을 손에서 놓지 않았다. 왜냐하면 지금은 한창 이벤트 기간이니까. 1점 차이로, 얻을 수 있는 카드의 가치가 크게 갈릴 수도 있다. 그렇게 생각하면 스마트폰에서 눈을 뗀다는 사실 자체를 견딜 수 없었다. 이제 그건 요코의 뇌신경 일부라고 해도 좋을 정도였다.

편의점까지 가는 길은 몸이 기억하고 있다. 앞을 볼 필요도 없다. 집을 나와 엘리베이터를 타고 내려가 오른쪽으로 꺾는다. 교차로가 나오면 직진. 신호를 확인할 것도 없다. 차가 다가오면 소리로 알 수 있을 테고, 애초에 차가 자주 지나다니지도 않는다.

그렇게 믿었던 게 불운이었다.

우측 사각지대에서 달려온 6톤 트럭으로 인해 요코는 목숨을 잃었다. 정말로 어리석은 인생이었다. 모바일 게임에 중독된 끝에 그것 때문에 죽다니. 얄궂게도 그녀가 목숨을 걸고 육성해 온 데이터도 남길 수 없었다. 6톤 트럭의 타이어가 압도적인 압력으로 스마트폰을 박살 냈으니까. 스마트폰뿐만 아니라 요코의 등뼈도 우두둑 부러졌다. 다행히도 그녀는 즉사했다. 충돌 시의 충격이 뇌신경을 잡아 늘여, 대부분의 신경이 끊어졌기 때문이다. 살아 있었다면 지금 당장 1초라도 빨리 죽고 싶다고 생각할 정도의 격통에 시달렸을 상황이다. 그런 고통을 맛보기 전에 죽었다는 게 행운이다. 이만한 행운은 찾아보기 힘들다. 고통 없는 죽음은 최고의 보물이다.

Ⅱ

죽기 직전, 요코의 몸을 덮친 건 소외감이었다. 뇌신경이 하나하나 끊어지면서 현실 세계와의 연결고리도 일일이 풀려나갔다. 자신이 24년간 쭉 사용해 왔던 뇌는 파괴되었다. 내가 나라는 가장 중요한 증명서가 산산조각 났다. 소외, 세계로부터의 배척, 세계의 모든 것으로부터 너에게 가치는 없었다고 통보받는 감각.

통각 신호가 도달하기 전에 요코는 죽었다. 하지만 그 순간 묘한 감각이 덮쳤다. 낙하하는 감각, 아니 상승하는 감각인가? 땅이 갑자기 없어진 듯한 불안정한 감각. 트럭에 치여 공중을 부유한다는 그런 어설픈 감각이 아니다. 미지의 방향으로 낙하, 혹은 상승하는 느낌. 그 감각은 요코를 짓누르듯 온 방향에서 덮쳐 들었다. 손에 꽉 쥔 오렌지가 터지듯 요코는 폭발했다!

떨어진다……, 떨어진다……, 떨어진다……. 더없이 익숙한 세계에서 쫓겨나 내동댕이쳐진다. 인간이 겪을 수 있는 경험 중 지금과 가장 유사한 상황을 하나 예시로 꼽으라면, 탄생의 순간이 제일 가까운 감각이었다. 100퍼센트 순수한 『미지』를 향한 돌진!

그 너머에 그리운 무언가가 있었다. 머나먼 옛날 잊어버린 친구와도, 자아가 형성되기 전에 보았던 TV 프로그램과도 닮은 무언가. 기억의 저편, 자신이라는 존재 저편에 있는 아주 그리운 무언가가 다가온다. 이제 안심이다! 세계 속에 존재했던 때와 똑같이, 아니 그때보다 더욱 큰 안정감이 찾아온다.

그리고 갑작스러운 상실! 요코는 다시 낙하하고 있었다. 그리움은 사라졌다. 두 번 다시 돌아오지 않았다. 그럴 수가! 싫어! 싫어! 울며불며 난리 쳐도 소용없다. 이제 있는 건 쓸쓸한 허무감뿐. 그것 말고는 아무것도 없다. 아무런 감각도 없다. 촉감도, 온도도, 풍압도, 무엇 하나 존재하지 않는다. 어두컴컴한 세계에서 온몸이 체온과 똑같은 온도의 미지근한 물 속에 잠겨 있는 것 같았다. 지금 느끼는 초조함과는 반대로, 올라가는 심장 박동도, 흐르는 식은땀도 없었다. 비명을 지르려 해도 목소리가 나오지 않는다. 혀도, 목도, 성대도 없으니, 목소리가 나올 리가 없다.

외롭다! 어째서 이렇게나 외로운 걸까? 혼자이기 때문이다. 근원적으로 외톨이인 상태라서 그렇다. 이곳에는 타자가 존재하지 않는다. 오직 요코 혼자만이 끝없이 펼쳐져 있을 뿐이다. 가장 가까운 궁극의 타자, 자신의 육체를 상실했다. 세계와 상호 작용을 하기 위한 타자의 존재, 그게 존재하지 않으면 자신은 그 어떠한 무엇도 아니다.

요코는 대학을 졸업하고 회사에 막 입사했을 때를 떠올렸다. 아는 사람이라곤 아무도 없는 환경. 자신을 형성해 줄 사람이 없는 상태. 그때의 경험을 똑 떼어다가 100경 배로 증폭시키면 지금 상태와 가깝지 않을까.

『누군가』. 『누군가』를 찾아 헤맸다. 요코밖에 존재하지 않는 공간 속을. 아무도 없을 텐데도. 무모한 노력을 되풀이한다. 누군가를 발견해 세계와의 상호 작용을 되찾기 위해서.

그리고 찾아냈다. 아주 미약한 『누군가』의 흔적. 『누군가』의 그림자. 『누군가』의 숨결을.

『그것』을 묘사하긴 어렵다. 지금 요코에겐 시각이 없는 만큼, 형태를 이해한 건 아니다. 굳이 말하자면 기척이다. 등 뒤에 사람이 서 있을 때의 기척, 그 느낌이 전방에서 느껴지는 상황에 가깝다.

기척이 말했다. "돌려라."

돌려? 무슨 뜻일까? 요코에게 있어서 돌린다고 하면 제일 먼저 떠오르는 건 가챠다. 그렇구나, 이제야 이해가 갔다. 이 기척은 가챠였던 것이다. 잘 생각해 보면 당연한 일이다. 자신을 『무엇인가』로 만들어 줄 『누군가』, 그건 모바일 게임이다! 자, 가챠를 돌려서 『무엇인가』가 되어 볼까.

이해한 순간 시야가 나타났다. 꿈 없는 잠에서 깨어난 것처럼 초점이 맞았다. 눈앞에 지구 모양 아이콘이 출현했다. 살아 있을 때 셀 수 없이 봐왔던 『에보걸』의 일반 코디 가챠 아이콘이다. 『11회 연속 가챠』라고 적힌 문자가 지구 위에 떠오른다. 요코는 손가락을 뻗었다. 실제론 손가락이 없었지만, 스마트폰 화면과 똑같은 식으로 움직이면서 뒤집힌 카드들이 주르륵 나왔다.

첫 번째 카드의 앞면이 드러났다. 그 카드에 그려진 건 귀여운 소년 소녀도, 멋진 언니 오빠도, 무섭게 생긴 몬스터도 아닌, 고등학교 생물 교과서를 통해 친숙해진 일러스트였다. 카드 구석에는 이렇게 적혀 있었다.

N : 세포핵

요코는 무언가가 되었다. 세포핵을 가진 어떤 무언가가. 시스템은 『에보걸』과 똑같았다. 그런데 캐릭터인 〈걸즈〉는 바로 요코 자신이었다. 〈걸즈〉인 자신의 영혼에 의상처럼 육체를 코디해 나가는 게임이었다.

두 번째 카드를 넘기기 시작했다. 여전히 매력 없는 일러스트였다. 작은 회색 구체가 잔뜩 모여 관 형태를 이룬 무언가의 모식도다. 글자를 보니 레어도는 노멀이라는 걸 알 수 있었다.

N : 미세소관

요코의 세포 속에 미세한 섬유가 나타났다. 세포의 형태를 유지해 주는 숨은 공로자다.

남은 카드는 스킵 버튼을 눌러 한 번에 표시했다.

N : *키틴

N : 식포(食胞)

N : 미토콘드리아

N : 세포막

N : 단백질 복합체 세트

R : 엽상위족(葉狀僞足)

N : 화학수용기

N : 미세소관

N : 키틴

거의 다 노말 등급이지만, 통상 코디 가챠가 원래 이렇지.

카드가 요코의 영혼에 스며들어 간다. 외부 세계와 상호 작용하기 위한 인터페이스. 가장 근원적인 의미에서의 『티자』가 요코를 무언가로 만든다. 요코의 아이덴티티는 확립되었다. 요코는 무엇인가? 부정형이고 반투명하게 미끌미끌 꿈틀거리는 액체. 자기 몸을 꿈틀거리며 타원형이 되기도 하고, 방사형이 되기도 하고, 호리병 모양이 되는 등, 자유자재로 변형하며 나아가는 아주 작은 생물. 과학 시간에 현미경으로 볼 수 있던 익숙한 생물, 아메바다.

그녀는 아메바인 〈걸즈〉로 전생한 것이다.

아메바가 되었으니 요코는 다시 눈앞이 보일 줄 알았다. 하지만

* 키틴은 세포벽, 식포는 소화기관, 미토콘드리아는 호흡기관, 엽상위족은 운동기관 등을 이루며 단세포 생물인 아메바의 주요 구성 요소에 포함된다.

어설픈 생각이었다. 암흑이 계속 이어졌다.

그야 지금의 요코에겐 눈이 없으니까. 눈만 문제가 아니라 빛을 느끼는 어떠한 신경 세포도 없다. 있는 건 그저 영양분의 농도만을 감지하는 화학수용기뿐이다. 신경 세포가 없으니까 사고도 불가능할 텐데, 요코에겐 의식이 있는 모양이다. 자기 자신에게 말을 걸 수 있다. 어찌 된 일일까. 전생이 가능할 정도니까, 뇌 없이 사고가 가능한 것쯤은 이상한 일이 아닐지도 모른다. 영혼도 확실하게 실재하나 보다.

아쉽게도 요코의 의식은 몸을 제대로 조종하지 못하는 것 같았다. 몸을 의식하면 단순한 세계관에 압도되어 복잡한 움직임을 할 수 없게 된다. 화학 정보의 입력에 즉시 출력을 돌려주는 것 정도밖에 할 수 없다. 전생에 인간이었던 걸 이용해 쾌적한 아메바 라이프를 보내 볼까 했는데 그러긴 쉽지 않은 듯하다.

아메바의 생활은 단조롭다. 위족을 뻗어 세균이나 녹조류에 닿으면, 사방을 둘러싸 식세포로 체내에 흡수하고 소화하여 영양분으로 삼는다. 그게 어떤 감각이냐고 물어봐도 대답할 말이 없다. 왜냐면 촉각도 미각도 느낄 수 없으니까.

가끔 목소리가 들리는 것 같은 느낌이 들었다. 위족에 걸리는 작은 세균들로부터 소리 없는 비명이 들릴 때가 있다. 세균 속에 누군가가 있는 것 같다. 나 말고도 〈걸즈〉가 있는 걸까. 세균이나 녹조류도 꽝 카드를 뽑은 〈걸즈〉인 걸까. 알 수 없지만 그런 비명이 들려왔을 때의 식사는 특히나 만족스러웠다. 맛있다는 미각의 개념이 아니다. 만족스럽다는 기분이 차올랐다. 가장 비슷한 감각을 꼽으라면 『에보걸』을 플레이하면서 공짜로 포인트를 받았을 때 느꼈던 그런 느낌이다. 이 감각을 만들어 내는 가상의 요소를 임시로 〈포인트〉라고 부르기로 했다.

〈포인트〉는 다른 생물로부터 섭취하는 방식이 아니더라도, 자기 몸속에 자연히 발생하는 모양이었다. 마치 모바일 게임의 포인트 같았다. 매일 접속하면 포인트를 얻을 수 있는 느낌.

세월이 흘러 어느 정도 〈포인트〉가 쌓이자, 그 포인트들은 신기한 힘을 드러내기 시작했다. 바로 어떤 한 방향을 요코에게 가리키는 거였다. 마치 자석처럼 요코를 끌어당겼다. 틀림없이 이 방향에 프리미엄 코디 가챠가 있는 게 분명했다. 요코는 직감했다. 일반 가챠가 있으면 프리미엄 가챠도 있어야 하지 않겠는가. 자명한 진리다.

요코는 현재 상태로 만족할 수 없었다. 좀 더 다른 무언가가 되고 싶었다. 아메바같이 있으나 마나 한 아무런 변화도 없는 존재로는 안 된다. 더 대단한 〈걸즈〉가 되어야 한다. 그런 존재가 되기 위해서라도 프리미엄 코디 가챠를 돌려야 해…….

온몸을 꿈틀거리며 〈포인트〉가 가리키는 방향을 향해 연동 운동을 반복했다. 눈이 보이지 않는데도 가챠를 향해 다가가고 있다는 걸 알 수 있었다. 저항할 수 없는 원시적인 욕망이 요코의 온몸을 관통했다. 아침에 눈을 뜨면 제일 먼저 스마트폰을 꺼내 게임을 켜게 되는 감각. 가챠를 향한 주성(走性)이다.

조급하게 몸을 움직이던 요코는 문득 위화감을 느꼈다. 굉장히 기분 나쁜 감각이다. 세계와 접촉하고 있는 육체가 온 힘을 다해

경보를 울렸다. 무언가 위기가 다가오고 있다!

요코는 뻗었던 위족을 거두어들인다. 현명한 판단이었다. 그녀 앞에는 거대한 다세포 생물이 떡하니 버티고 있었던 것이다. 십수 개의 세포가 느슨하게 결합하고서, 각각의 세포에서 돋아난 섬모로 물속의 먹이를 포박하는 신체 구조다.

"칫! 야! 좋은 말로 할 때 빨리 〈포인트〉를 내놓으라고!"

"말했다!" 요코는 깜짝 놀랐지만, 드디어 이론의 여지 없는 확실한 타자와 만났다는 사실이 기뻤다. 입도 성대도 뇌도 없는데 어떻게 말하는 걸까. 요코의 영혼에 직접 말을 거는 거였다. 그야말로 텔레파시 같은 방식이다.

"말이야 당연히 하지. 나는 〈걸즈〉니까. 너도 그렇잖아. 이해했으면 〈포인트〉를 내놔!" 정확히는 〈걸즈〉나 〈포인트〉라고 말한 게 아닐 수도 있다. 하지만 요코에게는 상대가 말하고자 하는 바가 정확하게 전달되었다. 상대는 요코가 〈포인트〉라고 부르는 걸 빼앗으려 하고 있다.

다세포 생물은 요코를 향해 섬모를 뻗었다. 간발의 차이로 특기인 몸의 유연함을 최대한으로 발휘해 공격을 피했다. 애초에 양쪽 다 1밀리미터보다 작은 크기니, 규모로 보면 아주 작디작은 싸움이었다.

요코로선 적의 크기도, 형태도 알 수 없었다. 그저 맹렬하게 도망쳐야 한다는 감각이 바깥쪽에서 흘러들어 왔다.

"〈포인트〉를 원하는 거야? 줄게! 줄 테니까! 좀 봐줘!" 부끄러움도 체면도 내팽개치고서 애원했다. 무릎 꿇고 빌 수 있는 몸이었다면 바로 실시했겠지.

"유감이지만 〈포인트〉를 양도받을 수 있는 유일한 방법은 상대를 잡아먹는 거야. 얌전히 나한테 먹히도록 해."

이래서야 설득은 힘들어 보인다. 이 위기에 맞설 다른 방법을 떠올려야 한다. 도움이 될 능력은 없을까? 식포를 무기로 쓰는 건 불가능하다. 상대를 세포로 둘러싸야 하니까 자기보다 큰 상대는 소화할 수가 없다. 하지만 지금 가진 카드가 역부족이라면 레벨업시키면 그만이다. 일반적으로 모바일 게임에선 같은 카드를 합체시키면 능력이 향상된 새로운 카드가 탄생한다. 이 세계도 마찬가지겠지. 거기에 걸 수밖에 없다.

요코는 빌었다. "두 개의 미세소관을 합체! 두 개의 키틴을 합체!"

N : 미세소관이 합체! R : 섬모(纖毛)로 진화했다!

N : 키틴이 합체! R : 껍질로 진화했다!

예상대로다, 같은 카드를 합체시키면 진화하는 게 맞았다.

요코의 몸은 단단한 키틴질 껍질로 덮였다. 껍질 안에 유동적인 부드러운 몸을 수납한다. 껍질에 뚫린 구멍을 통해 섬모를 내밀어 유기물을 내부로 흡수할 수 있게 되어 있었다.

변신하자마자 다세포 생물이 요코를 삼켰다. 식포가 소화 물질을 분비했지만, 키틴질 껍질 속에 완벽히 틀어박힌 요코를 녹일 수는 없었다.

"야야, 너! 왜 내 세포 안에 들어와 있는 거야? 변태야?"

"네가 잡아먹어서 그렇잖아!" 이때쯤 되니 요코도 결국 벌컥 화가 났다.

"하긴, 그래도 내 승리네. 네 껍질은 그렇게 오래 못 버티지? 유감이겠네!"

"그래? 유감인 건 네 쪽인 것 같은데!"

요코는 섬모를 내보내 세포핵을 찔렀다. 세포핵을 지켜주는 건 단순한 지방질이라 단단한 섬모가 저항 없이 들어간다. 노리는 건 유전자다. 신체 정보의 모든 근원, 모든 생물의 공통적인 약점이다. 유전자가 손상된다면 그 세포는 죽은 거나 마찬가지다. 겉보기엔 아직 팔팔해 보여도 유전 정보가 없어지면 몇 시간 내로 활동이 정지한다.

"뭐어―?! 내 유전자를 파괴했다는 뜻?"

"맞아!"

"흥! 나는 다세포라고! 세포 한 개쯤 파괴되어도 끄떡도 안 해. 다시 너를 잡아먹을 뿐이야!"

"어디 해 보시지, 나도 다시 유전자를 파괴하면 그만이니까."

상대는 요코를 먹을 수 있지만 그건 자신에게 치명적인 손해로 이어진다. 이 상황에선 무승부로 끝내는 게 양쪽에게 최선의 전략이다. 상대도 그 점에 생각이 미쳤는지 요코가 파괴한 세포를 떼어내고서 자리를 떠났다. 떠나면서도 지지 않고 한마디 남겼다.

"너! 여기선 물러나 주지. 하지만 이 빚은 반드시 갚겠어! 내 이름은 드야우스야! 기억해 두라고!"

드야우스가 떠난 후, 요코는 그녀가 남기고 간 선물을 감사히 받았다. 아직 살아 있는 세포를 안쪽에서부터 천천히 먹었다. 맛은 없지만 만족스러운 기분이었다. 〈포인트〉가 몸 안에 들어오는 게 느껴진다. 불어난 〈포인트〉가 요코의 욕망을 자극한다. 돌리고 싶다, 가챠를 돌리고 싶다는 욕망이 의식을 통일된 색으로 물들였다. 꼬물꼬물 몸을 꿈틀거리며 산을 넘고, 골짜기를 넘어, 그토록 바라는 가챠를 향해 힘껏 돌진했다.

익숙한 기척이 떠도는 걸 알 수 있었다. 막 전생했을 때 돌렸던 가챠보다 더욱 비쌀 것 같은 기척. 저게 프리미엄 코디 가챠임이 틀림없다.

눈이 없을 텐데도 시야가 펼쳐졌다. 갑자기 나타난 건 아니었다. 오히려 계속 그곳에 있었는데 요코가 깨닫지 못했을 뿐일지도 모른다.

요코는 몸 안에 있는 〈포인트〉를 해방해 가챠에 투입했다. 알몸이 되어가는 듯한 부끄러움과 해방감. 피부까지 벗겨지는 기분이다.

하지만 모든 〈포인트〉를 투입했는데도 가챠가 돌아가질 않는다. 수중에 지닌 포인트가 부족했다. "과금해!" 어디선가 그런 목소리가 들려오는 것 같았다. 가챠가 말하는 걸까, 아니면 요코의 마음의 목소리일까.

과금이라……. 하지만 요코는 빈털터리다. 과금할 수만 있다면 하고 싶지만 가진 게 없다. 애초에 이 세계에 화폐라는 제도가 있을 것 같지는 않다.

그렇게 생각하자 요코의 머릿속에 『〈포인트〉를 구매한다.』라고 적힌 버튼이 떠올랐다. 정신이 깨어 있는 상태로 또렷한 꿈을 꾸는 느낌. 일반적으로 꿈은 안정되지 않은 상태로 연상 작용에 따라 금방 다른 걸로 바뀌지만, 버튼은 견고히 형태를 유지하고 있었다. 그뿐만 아니라 마음속에서 점점 존재감을 키워 간다.

버튼을 누르면 무슨 일이 일어날까. 무언가 대가를 치르게 될 건 확실하겠지. 이미 사회인 1년 차를 경험해 봤던 요코는 인생이 그리 만만하지 않다는 걸 진저리 날 정도로 실감했다. 조금 주저하긴 했지만 이건 누를 수밖에 없다고 생각을 고쳤다. 한 번으로 뭔가 치명적인 일이 일어나진 않을 테니 마음 편히 눌러볼까.

버튼을 누르겠다고 결심한 순간 그 일이 일어났다. 자신의 일부분이 뜯겨 나가는 기분, 자기 자신이 희미해져 간다. 기묘한 피로감이 확 커졌다. 육체적인 피로가 아닌 정신적인 피로였다. 같은 작업을 끝없이 반복하고 반복했을 때 느끼는 권태감. 지금 하는 일이 즐겁지 않다는 걸 알고 있는데도 도저히 그만둘 수 없는 중독 증상. 스스로가 주어진 입력에 대응하여 자동으로 움직이는 로봇처럼 변해 간다는 공포감과 체념.

뭐지 이건. 이게 뭐지? 그 순간 마음속의 훈훈함이 돌아왔다. 〈포인트〉다. 〈포인트〉가 주어진 것이다.

과금. 이건 위험한 행위였다. 상상했던 것 이상으로 위험한 걸 대가로 지불하는 게 아닐까. 시험 삼아 다시 한번 과금해 보았다. 위험해, 위험해! 마치 자신이 시체가 된 듯한 감각. 이건 수명이나 그에 상응하는 걸 희생하는 게 틀림없다. 이제 보니 가챠도 경고하고 있잖아. 저거 봐, 저기 쓰여 있어. 『경고 : 과금은 당신의 수명, 생명, 의지, 존재에 커다란 악영향을 미칩니다.』라고.

하지만 요코에게 그런 경고는 소용없었다. 그녀는 모바일 게임 중독자다. 전생에서도 정신을 소모해 가며 일해서 번 돈을 전부 가챠에 쏟아부어 다시 정신을 소모해 왔다. 수명, 생명, 의지, 존재에 악영향을 준다는 경고도 대수롭지 않았다. 안 돼, 이러면 안 되는데, 라고 생각하면서도 계속 과금을 눌렀다.

일단 몇 번쯤 가챠를 돌릴 수 있을 만큼의 〈포인트〉를 입수했다. 수명이 상당히 줄었을지도 모르지만, 모바일 게임은 처음이 가장 중요한 법이다. 시작하자마자 바로 과금해서 레어도 높은 카드를 손에 넣지 않으면 게임에 헛되이 시간을 낭비하게 된다. 얼핏 보기엔 무모해 보여도, 합리적인 판단이야! 요코는 자기 판단을 합리화하며 가챠를 돌렸다.

띠리띠리띠리리리띠리링—♪ BGM이 울려 퍼진다. 음악이 나왔다는 건 SR 이상은 확정이라는 뜻이다. 역시 프리미엄 가챠, 이런 고양감은 일반 가챠에선 느낄 수 없다. 요코의 마음속에서 카드 일러스트가 확대된다.

SR : 다세포화

카드를 장비하자 요코의 몸에 홈이 파이며 둘로 갈라졌다. 둘이 넷으로, 넷이 열여섯으로 늘어난다. 늘어난 세포는 더욱 커다란 세포막에 감싸였다. 아주 좋다. 이 몸이라면 드야우스와 충분히 맞설 수 있다.

다시 한번 〈포인트〉를 투입했다. 아쉽게도 이번엔 BGM이 울리지 않았다. 평범한 R이다.

R : 돌출체

둥근 흑백의 물체 안에, 둥근 무언가가 여러 개 들어 있는 일러스트다. 이것만으로는 어떤 기능을 가졌는지 잘 모르겠다. 일반적인 모바일 게임에는 카드에 해설이 붙어 있지만, 이 세계는 그렇게까지 친절하진 않은 모양이다. 어쩔 수 없지, 장비해 보면 알겠지.

카드를 장비하자 요코의 섬모 뿌리 부근에서 변화가 일어났다. 세포질이 꿈틀거리며 작은 공동을 무수히 많이 만들었다. 뭔지는 모르겠지만 해는 없는 것 같다. 언젠가 도움이 될지도 모르니 이대로 두자.

세 번째 가챠를 돌렸다. 또 음악이 울렸다. 두근두근 설레는 마음으로 뒤집은 다음, 실망하고 말았다.

SR : 다세포화

또 다세포화냐고. 여러 번 다세포화해 봤자 그다지 도움이 될 것 같지 않은데.

네 번째 카드는 두말할 것 없이 대박이었다. 초반에 이 카드를 입수한 건 커다란 이점이다.

SR : 해설

카드 그 자체에 대해 능력을 발휘하는 카드. 즉, 메타 카드 중 하나다. 말 그대로 카드 효과를 해설해 주는 카드겠지. 이거야말로 원했던 능력이다. 게다가 장비하지 않아도 효과를 발휘하는 패시브 스킬인가 보다. 지금까지 얻었던 카드에 글자가 떠올랐다.

시험 삼아, 방금 입수한 돌출체를 보았다.

돌출체 : 세포 표층 바로 아래에 있는 막결합성 구조. 자극 등의

조건하에서 내부에 있는 물질을 세포 밖으로 방출한다.

이것뿐이야? 이게 도대체 뭐에 도움이 된다는 걸까?

그 후, 요코의 감각으로는 며칠이 지났다. 그녀는 가챠를 돌리고, 〈포인트〉를 모아 또 가챠를 돌렸다. 전생과 다를 바 없는 생활이었다. 〈포인트〉는 주변에 있는 수초나 세균 등, 모든 생물이 조금씩은 가지고 있었다. 가끔 생물들한테서 마치 사람과 같은 기척을 느낄 때가 있었지만 말을 걸어도 대답은 없었다. 원래는 의식이 있었는데 몸에 영혼이 침식당해 버린 걸까? 어쩌면 가챠를 돌리지 않고 원시적인 몸 그대로 있으면 의식이 몸과 동화되어 버린다는 뜻일까. 위험했네. 수명이 아깝다고 가챠를 돌리지 않았다면 인간다운 마음을 잃어버릴 뻔했다.

요코의 몸은 무시무시한 기세로 변화해 갔다. 가장 큰 변화는 SR『체절화』 카드를 손에 넣은 것이다. 이건 다세포화 카드를 합체시켜 레벨업하자 생겨난 카드다. 체절이란 비슷한 세포 구성이 마디 모양으로 반복되는 걸 말한다. 안정된 조직을 확장함으로써 쉽게 몸집을 키울 수 있다. 게다가 체절에는 여유가 있다. 일부 체절을 잃어도, 같은 기능을 가진 다른 체절이 존재하는 한, 치명적인 손상까진 아니다. 또한 체절 자체를 쉽게 새로 만들 수도 있다.

요코는 모충 같은 모습이 되었다. 여러 개의 유닛이 사슬 형태로 이어지고, 몸 이곳저곳에 섬모가 돋아나 연동 운동으로 해저 진흙 속을 기어다녔다. 온몸을 껍질로 뒤덮어 방어력을 높이려고도 한번 시도해 보았지만 실패했다. 몸이 너무 커진 탓에 껍질로 덮으면 산소 순환에 방해가 되어 질식하고 말았다. 아무래도 카드 조합에는 상성이 있나 보다. 무턱대고 강한 카드만 장비한다고 꼭 강해지는 건 아니었다. 같은 이유로, 끝없이 몸집을 키우는 것도 불가능한 것 같았다.

필요한 건 호흡 기관이다. 여태까지처럼 체표면으로 산소를 들이마시는 방식으론 한계가 있다. 몸의 부피 증가는 몸길이의 세제곱에 비례하지만, 표면적은 몸길이의 제곱에 비례한다. 체표면으로만 산소를 받아들이다가는 내부 세포에 필요한 산소가 전달되지 못해 사멸해 버린다.

이럴 때 편리한 건 전용 가챠다. 모바일 게임에는 기간 한정으로 특정 속성을 가진 카드만 나오는 전용 가챠를 출시하는 경우가 종종 있다. 호흡 기관 전용 가챠라도 있으면 좋을 텐데.

요코는 주로 돌리는 가챠를 중심으로 거주 영역을 넓혀갔다. 가챠는 〈걸즈〉에게 오아시스나 마찬가지다. 풍성한 은혜를 내려주는 장소이면서 동시에 싸움의 무대이기도 했다. 많은 〈걸즈〉가 모인다는 건, 필연적으로 〈포인트〉 쟁탈전이 일어난다는 뜻이다. 가챠 주변에는 시체가 널려 있었다. 요코는 그 시체들을 이용했다. 진흙 속에 몸을 숨기고, 화학수용기에 의지해 싸움이 끝날 때까지 조용히 기다렸다. 강한 녀석이 헤엄쳐 떠난 뒤, 진흙 속에서 고개를 내밀어 먹다 남은 걸 뒤지는 식이다. 시체의 고기 속에는 약간이지만 〈포인트〉가 남아 있었다. 티끌 모아 태산이다.

〈걸즈〉가 된 지 감각으로는 보름쯤 지났을 무렵, 요코는 염원하던 시각을 손에 넣었다. R : 산재성 시각기관. 몸 표면 전체에 흩어져 명암만을 인식할 수 있는 세포지만, 의외로 쓸모가 있다. 화학수용기는 물의 흐름이 있는 곳에선 쓸 수 없는 반면, 빛은 어떤 때에도 쓸 수 있는 만능 감각 매체니까.

산재성 시각기관의 레벨을 올리자, 시각세포의 집합체인 안점이 되었다. 안점을 체절화시키자 여러 개의 작은 눈이 모인 복안이 된다. 이걸로 드디어 주변 풍경을 볼 수 있게 되었다.

시각. 이건 그야말로 혁명이다. 빛은 이 세상에서 가장 빠른 존재다. 그 빛을 인식할 수 있다는 건 누구보다도 빠르게 상황을 파악할 수 있다는 의미다. 화학적 농도 변화만으로 구성된 여태까지의 조잡한 세상과는 비교도 할 수 없을 정도로 정밀한 바깥세상이 요코 주변에 펼쳐졌다. 자신의 영혼 속에 갇혀 조금씩 폐소공포증 증세를 보이던 요코는 이 해방이 기뻤다.

시각 덕분에 탐색도 훨씬 수월해졌다. 요코의 눈은 머리 위쪽에 두 개가 달렸다. 진흙 속을 기어다니면서 눈을 뻗어 위쪽 상황을 살피는 식이었다. 커다란 그림자가 보이면 진흙 속으로 파고들었다.

생각지도 못한 곳에 다양한 가챠가 놓여 있었다. 가챠에 가까워지면 기척이 느껴지긴 했지만, 일정 거리까지 접근해야 느껴지기 시작하기 때문에 다양한 곳을 탐색해야 찾을 수 있었다. 호흡 기관 가챠는 없었지만 의외의 카드를 사용해 호흡 기관을 완성했다. 다리다. 다리는 다양한 기관으로 분기할 수 있는 만능 부품이다. 요코가 처음 손에 넣었던 건 R : *측족(側足)이었다. 체절 하나당 한 쌍의 털처럼 보이는 돌기. 그냥 돌기라고 생각하지 말지어다. 돌기가 달린 몸을 물결처럼 굽이치는 방식으로 마찰력을 이용해 빠르게 이동할 수 있게 되었으니까. 측족을 합체시켜 강화하면 SR : 엽족(葉足)이 된다. 엽족이란 측족이 크고 길어진 뒤, 거기서 또 무수한 돌기가 솟아난 것이다. 마찰력이 한층 강해져 이동이 손쉬워졌다. 다리는 각 부위의 체절별로 특수화하는 게 가능했다. 예를 들어 머리 부분의 다리는 감각 기관을 집중시킨 결과 더듬이가 되었고, 앞부분의 다리 몇 개는 아가미가 되었다. 아가미라고는 해도, 구조는 간단하다. 다리에서 여러 겹의 나풀나풀한 살을 뻗어, 종이접기처럼 복잡하게 겹겹이 접는다. 그런 다음 그곳에 모세혈관을 집중시켜 피부 호흡을 할 뿐이다. 겹겹이 접힌 체표면으로 인해 표면적이 넓어져, 충분한 양의 산소를 흡수할 수 있게 된다.

산소 흡수량이 늘어나자 그만큼 활동성도 올라갔다. 이제 요코는 그냥 숨어 있기만 하는 게 아니라, 진흙에서 뛰쳐나와 〈걸즈〉를 기습하여 몸 일부를 확 낚아챌 수 있게 되었다. 공격력을 높이기 위해서 두 번째 다리를 턱으로 바꿨다. 턱은 레벨이 상승할수록 더욱 크고 굵어진다. 아가미가 생긴 덕에 온몸을 키틴질로 구성된 단단한 껍질로 덮는 것도 가능해졌다.

요코의 체격은 훌륭해졌다. 전생 전의 생물에 비유하자면, 지네와 사슴벌레와 민달팽이를 합쳐 놓은 듯한 외모다. 몸 전체는

* 측족 : 측각(側脚), 옆다리라고도 하며 다양한 무척추동물에서 발견되는 이동과 추진을 위한 부속기관.

마디마디로 나뉜 납작하고 튼튼한 체절로 구성되었고, 각 체절마다 한 쌍의 부드러운 엽족이 고개를 내밀고 있다. 앞부분으로 갈수록 엽족은 길고 복잡해져, 맨 앞줄은 가히 종횡무진으로 자라나는 숲 같았다. 아가미에 해당하는 부분에선 혈액의 색깔인 푸른색이 뚜렷하게 드러난다. 아가미를 자세히 들여다보면, 무수히 많은 섬모가 돋아나 끊임없이 맥박치는 모습을 확인할 수 있었다. 머리 부분에는 위로 뻗은 두 개의 눈자루(eye-stalk) 끝에 복안이 달려 있고, 빙글빙글 좌우로 움직였다. 눈자루 바로 바깥쪽에는 톱니 모양의 더듬이 두 개가 톡 튀어나와 있다. 하지만 뭐니 뭐니 해도 트레이드 마크라고 할 수 있는 건, 몸길이의 3분의 1을 차지하는 거대한 턱이다. 두 군데에 관절이 있어서 가위처럼 자를 수도 있고, 포크처럼 상대를 꿰뚫는 것도 자유자재다. 안쪽에는 날카로운 가시가 여럿 솟아 있으니, 한번 찔렸다간 맥도 못 출 것이다.

마침내 요코는 이 일대에서 강자로 꼽힐 정도의 존재가 되었다. 이제 더는 밑바닥을 헤매는 〈걸즈〉가 아니다. 그래, 이 감각이다. 이 감각을 그렇게 애타게 갈망했다. 누군가가 우러러보고, 누군가한테 인정받는 감각을. 모바일 게임을 계속하게 만드는 원동력이었던 감각. 인정 욕구의 충족.

기분 좋았다. 모두가 나를 보고 있다. 나는 그럴 만한 가치 있는 존재라는 걸 드디어 실감할 수 있었다.

어느 날, 한층 더 인정 욕구를 충족시켜 주는 일이 일어났다.

"야! 너 요코 맞지? 내가 누군지 알겠어?"

듣기만 해도 화가 치미는 듯한 목소리가 영혼에 울렸다. 아까부터 계속 자신을 스토킹하며 따라오는 〈걸즈〉의 목소리다. 사람을 바보 취급하는 듯한 저 말투는 한번 들으면 잊을 수가 없다. 예전에 서로 죽어라 싸우기도 했던 상대, 드야우스였다.

"드야우스! 재대결 신청이야? 나는 언제든 상대해 줄게!"

인정 욕구 충족으로 자신감에 차 있던 요코가 우쭐대며 대답했다. 그녀는 성장한 자기 몸에 자부심을 가지고 있었지만, 드야우스 쪽도 상당히 세련된 모습이었다. 요코와 마찬가지로 체절을 가진 무척추동물이었는데, 진흙 속을 기지 않고 물속을 유유히 헤엄치고 있었다. 그 모습은 마치 물고기 같았다. 몸통은 매미처럼 티어드롭형 모양이었고, 넓게 부푼 쪽이 머리였다. 머리 부분에는 거미에게서 흔히 찾아볼 수 있는 여덟 개의 눈이 있었다. 머리 면적의 거의 3분의 1을 차지하는 거대한 복안이 두 개, 그리고 그 눈을 둘러싸고 있는 여섯 개의 작은 눈. 머리 아래에는 횡으로 가늘고 길쭉한 청소기 같은 입이 달렸다. 해저의 사냥감을 모조리 빨아들이기 위해서일까, 입 주변에는 인간의 손가락처럼 생긴 짧은 촉수가 줄지어 있었다. 몸통 측면에 달린 다리는 서로 들러붙어서 지느러미가 되었다. 비행기 날개 같은 긴 지느러미를 움직여, 마치 독수리처럼 요코 머리 위를 빙빙 돌았다. 그에 비하면 배에 달린 다리는 빈약해 보였다. 강모라고 해도 좋을 정도였다. 아마 물속을 유영하는 데에 특화된 카드 덱으로 몸을 구성한 모양이다. 지느러미 뒤엔 아가미로 보이는 홈이 있었고, 그 안쪽으로 푸른 끈 모양의 기관이 언뜻언뜻 보였다. 가장 위협적인 건 꼬리다. 꼬리는 뒤로 갈수록 각질화되더니, 급기야 끄트머리는 날카로운 칼날이나 마찬가지였다. 검처럼 예리한 꼬리로 사냥감을 찔러 죽여서 〈포인트〉를 빼앗는 용도일 것이다.

자, 어디로 공격해 오려나? 어떤 기습에도 대응할 수 있도록 요코는 드야우스 쪽으로 턱을 향했다. 그런데 그녀에겐 공격할 의사가 없는 모양이었다.

"하하하하! 그런 위험한 건 내려두라고. 오늘은 싸우러 온 게 아니거든. 오히려 반대야. 화해하러 온 거야. 우리 동료가 되어줘."

"너를 믿을 수 있을 것 같아? 저번에 나를 덮쳤잖아."

"의심하는구나? 진짜라니깐—. 내 눈을 보라구—."

"아니, 그 겹눈은 봐 봤자 아무것도 모르겠는데……."

"하긴 그 말도 맞네. 나를 믿을 수 없다면 보증해 줄 사람을 소개해 줄게."

빛이 가려졌다. 머리 위에 무언가 거대한 게 있는 거였다. 요코가 숨어 있던 바로 옆에서 흙먼지가 피어올랐다. 다리다. 굵기가 요코의 몸통쯤 되는 거대한 다리 네 개가 주변을 둘러싸고 있었다. 다리는 각질화되어 있지 않았고, 탄력 있는 근육 그대로였다. 질감은 하얀 고무 같은 느낌. 코끼리 다리와 비슷한 원기둥꼴. 몸의 표면을 뚫고서 새하얀 갈고리발톱이 튀어나와 있었다.

머리 위에서 다리의 주인이 그림자를 드리우고 있었다. 컸다. 요코의 여덟 배쯤 되는 크기였다. 하늘을 나는 원반. 그녀를 형용하기에는 그게 가장 적절하지 않을까. 조개와 문어의 사이쯤 되는 생김새에, 원반 모양의 조개껍데기를 머리에 달고 있었다. 측면에는 두 개의 커다란 눈이 부풀어 있다. 곤충 같은 겹눈이 아니라, 인간과 비슷한 구조를 가진 눈이다. 원반 아랫부분에는 감각모가 수북하게 돋아 있었다. 몇몇 섬모는 성장하면서 굵어져 촉수가 되어 있었다. 촉수 끝은 조금 더 굵었고, 루어처럼 씰룩씰룩 움직였다. 그 가운데에 갈라진 틈이 보인다. 아마 저게 입이겠지. 촉수가 가끔 그 입가를 스친다.

"드야우스 씨가 폐를 끼쳤던 모양이네요. 그녀는 쉽게 흥분하는 성격이라서요. 용서해 주실 수 없을까요? 저는 가나파티라고 합니다. 드야우스 씨는 나쁜 〈걸즈〉가 아니라는 점은 제가 보장해요."

시원시원한 목소리였다. 밝은 울림 속에 다정한 온기도 스며들어 있었다. 최소한 드야우스보다 천 배는 믿음이 가는 느낌이다.

"어때? 우리를 믿어 주겠어?"

아니아니, 믿을 수 있을 리가 없다. 가나파티의 다정한 목소리에 홀랑 넘어갈 뻔했지만 요코는 제정신을 차렸다. 아무런 보증도 없으니까. 분명 마음 놓고 선뜻 믿었다가는 머리부터 덥석 잡아먹히는 꼴이 되겠지. 사회란 그런 곳이니까.

"요코 씨. 우리를 믿지 못하시는 건가요? 하긴 그렇겠죠. 지금까지 험한 일들을 잔뜩 겪어 오셨을 테니까요. 하지만 『에보걸』은 서로 죽이기만 하는 게임이 아니에요. 협력이라는 행위의 근사함을 확인할 수 있는 게임이기도 합니다."

정말일까, 지금까지의 경험으로 미루어 봤을 땐 쉽게 믿기 어렵다.

“가나파티, 말로 하는 것보다 직접 보여주는 게 빨라.”

“알겠습니다. 요코 씨, 당신에게 〈프렌즈 신청〉을 할 테니 수락해 주세요.”

요코의 마음속에 창이 열렸다. 『가나파티 씨가 프렌즈 신청을 보냈습니다. 수락하시겠습니까?』라고 적혀 있다. 요코는 머뭇거리면서 『네.』를 눌렀다.

“이걸로 우리는 친구입니다. 그럼 다음은 〈좋아요〉를 보낼게요.”

〈좋아요〉라니 뭐지? 의문을 입 밖에 꺼낼 새도 없이 요코의 영혼에 변화가 일어났다.

좋아! 좋아! 인정 욕구의 충족! 나는 유명해! 모두가 인정해 주고 있어! 어쩜 이렇게 기분 좋을 수가!

“어때요, 굉장하죠? 이걸로 〈포인트〉도 늘어난답니다.”

가나파티의 말대로 조금이지만 〈포인트〉가 늘어나 있었다.

“거 봐, 이제 이걸로 우리 동료가 되는 이점을 알겠지?”

셋이서 〈좋아요〉를 주고받으면 아무것도 하지 않아도 〈포인트〉를 얻을 수 있는 거 아니냐, 요코는 그렇게 물어봤지만, 돌아온 대답은 부정적이었다.

“그 정도는 우리도 시도해 봤어. 안 되더라. 〈좋아요〉는 프렌즈끼리 하루 한 번밖에 보낼 수 없어. 그게 원칙이야.”

이리하여 새로운 일상이 시작되었다. 〈포인트〉 벌이는 요코와 드야우스, 가나파티, 세 사람이 힘을 모아 함께 하는 작업이 되었다. 드야우스는 정찰 담당이다. 자랑스러운 지느러미를 써서 물속을 헤엄쳐 다니며 목표물을 발견한다. 그리고 그대로 가나파티와 요코가 매복한 곳으로 몰아넣는 수법이다. 진흙 속 환경에 적응을 마친 요코는 원래부터 지면에 숨는 게 특기였다. 차가운 진흙 속에 몸을 숨기고서 눈자루만 밖으로 내밀어 사냥감이 함정이 뛰어들기를 계속 기다리는 생활이다. 셋이서 한 팀을 이루기 전에는 능동적으로 사냥에 나서야 했지만, 이제는 그냥 기다리기만 하면 된다. 가만히 기다리고만 있어도 〈포인트〉가 쌓이는 거다. 최고 아닌가. 더할 나위 없을 정도로 행복한 상황. 방치형 게임에서 생산 유닛이 움직이는 모습을 가만히 지켜보고 있을 때 느끼는 지극한 행복감이다.

전생한 뒤 처음으로 맞이하는 편안한 시간이었다. 미지를 두려워하지 않아도 되는 시간. 자아란 무엇인가에 대한 물음에 대답을 돌려주는 타자. 전생 전까지 따져 봐도 꽤 은혜로운 상황이다. 가챠를 돌리기 위해서만 존재하는 것 같았던 일상을 떠올려 보면 진정으로 살아 있다는 실감이 난다.

여유가 생겼기 때문인지 요코는 똑바로 생각할 수 있게 되었다. 여태까지처럼 혼란스럽고 두서없는 지리멸렬한 사고가 아니라, 차근차근 순서를 정해 생각할 수 있었다. 제일 먼저 생각했던 건 드야우스에 대해서였다. 그녀는 왜 나한테 프렌즈 신청을 한 걸까. 가장 단순한 대답은 요코가 강하니까다. 이 일대에서 요코는 상당히 이름을 날리고 있었다. 태어나서 처음으로 가챠를 돌리려고 열심히 기어 온 뉴비들을 잡아먹는 건 거의 다 요코였다. 그런 요코의 재능을 드야우스가 높이 샀다면, 동료가 되고 싶어 하는 것도 이상할 일 없는 게 아닌가. 하지만 콧대 높은 그녀가 과거에 서로 목숨 걸고 싸웠던 상대와 친구가 되려고 하는 건 또 어딘가 부자연스럽다. 꿍꿍이속이 있을지도 몰라. 조심해야 해. 절대로 속마음을 터놓고 이야기할 만한 상대는 아니라는 점을 항상 염두에 두고서 대해야 해.

그다음 생각한 건 이 세계에 대해서다. 대체, 이 세계의 정체는 뭘까? 이세계에 온 걸까? 아니면 이건 현실이 아니라 죽어가는 뇌가 만들어 낸 길고 긴 환상에 불과한 건 아닐까. 정말로 이세계에 전생한 거라면 좀 더 현실적인 구조로 되어 있을 텐데. 하지만 그렇다고 환각이라면 신체 부위를 가챠로 뽑아 자기 몸을 기분 나쁜 생물로 개조해 나간다는 설정을 채택하진 않을 것 같다. 자신한테 그 정도로 엉뚱한 상상력이 있을 거란 생각은 안 든다. 아니면 뇌에 혈액이 공급되지 않는 상황에선 더 뛰어난 상상력이 발휘되기라도 하나? 무슨 말도 안 되는 소리.

어느 쪽이든 끙끙대며 생각하는 것만으론 결론이 나오지 않는다. 생각만으로 해결될 문제가 아니니까. 이 세계의 진실을 알기 위해서는 이 세계의 데이터가 필요하다. 그걸 위해선 지금 이대로는 부족했다. 이대로 어딘지도 모르는 바다 밑바닥에서 머무르고 있으면 결국 우물 안 개구리 꼴이다. 넓은 세상을 봐야 한다.

그날 식사 시간에 요코는 바깥 세계로 떠나자는 계획을 드야우스와 가나파티에게 얘기했다.

“헤에— 좋잖아! 가 보자고.” 드야우스는 마음이 동했나 보다. “여기도 지내긴 편하지만 질렸단 말이지. 식사도 키틴질 녀석들뿐이라 다양한 게 없고.”

“저는 반대로군요.” 가나파티는 진지했다. “어째서 굳이 안전한 장소를 버리고서 미지의 장소로 떠나야 하는 건가요? 합리적이지 못해요.”

“이것 참—! 가나파티는 재미없구만. 좋아, 요코. 나랑 둘이서 떠나자!”

드야우스는 요코 옆으로 다가와 꼬리로 등을 쿡쿡 찔렀다. 위험하니까 하지 말았으면 좋겠다.

“드야우스 씨, 당신은 참 왜 그렇게…….” 가나파티가 한숨을 쉬었다. “좋아요, 당신이 걱정되니까 저도 따라가기로 하죠. 그래서 목적지는 어딘가요?”

“최종적으론 육지를 목표로 하고 싶네요.” 가나파티에겐 왠지 존댓말을 쓰게 된다. “우리는 아직 아가미 호흡밖에 못 하지만, 육지 근처의 가챠에선 공기를 마실 수 있는 기관이 나올 확률이 높을 거예요.”

“어이없을 정도로 주먹구구식 계획이네요.” 가나파티치고는 드물게도 신랄한 말이었다.

“이야— 그런 대담함은 최고인걸!” 오히려 드야우스는 그 말에 신이 난 모양이다.

목적은 정해졌다. 하지만 그걸 실행할 수단이 아직 없었다. 어떤 식으로 육지를 향해 가야 좋을까. 무턱대고 찾아 돌아다녀선 안 된다. 지도는 없다. 지도를 만들려고 해도, 종이가 없는 상황에선 힘든 일이겠지. 가장 좋은 방법은 수면으로 나가 육지를 찾는 거다. 이 임무에는 드야우스가 적임이었다. 요코와 가나파티는 해저 환경에 적응한 몸이라서 수면 위로 올라가는 일엔 서툴다. 반면 드야우스는 물속을 3차원으로 이동하는 게 특기인 〈걸즈〉다.

드야우스는 높이 높이 상승했다. 자랑스러운 지느러미로 물살을 붙잡아 상승 운동으로 변환한다. 수면까지의 거리는 그다지 멀지 않을 게 틀림없다. 그 증거로 햇빛이 넉넉히 닿고 있다.

드야우스는 지금까지 물 밖으로 나가 본 적이 없었다. 수면 위를 목표로 올라간다니, 요코가 없었다면 그런 생각은 평생 떠올리지 못했겠지. 그녀는 새삼 요코에게 감탄했다. 요코는 재미있는 〈걸즈〉다. 곁에 있으면 즐거운 일들이 잔뜩 생길 거다. 앞으로 있을 모험을 생각하니 가슴이 설레었다. 드야우스는 지금까지 지루해하고 있었던 것이다. 가나파티는 좋은 〈걸즈〉지만, 자극적이라고 말하긴 힘들다.

반짝반짝 빛을 반사하는 수면에 가까워졌다. 파도가 하얀 거품을 일으키고 있었다.

"에잇!"

수면을 단숨에 빠져나와 공중으로 도약했다. 푸르다. 한없이 푸르다.

지느러미를 최대한 펼치고 수면에 미끄러지듯 착지했다. 수면과 접하는 면적이 넓어짐으로써 체중이 분산되어 바다 위에 뜰 수 있었다. 머리 위에서는 뜨거운 햇빛이 방사되어 몸을 태웠다. 꾸물거리다간 체표면의 수분이 사라져 바싹 말라버릴 것 같았다. 서둘러 주위를 확인했다. 찾았다. 푸른 배경이 잘려 나간 것 같은 일대가 있다. 저곳이 요코가 말했던 육지겠지.

육지는 〈걸즈〉의 보고였다. 거대한 〈걸즈〉 여럿이 하늘을 향해 팔을 뻗고 있었다. 일광욕을 하는 걸까. 꽤 기분 좋아 보였다. 하지만 육지도 낙원은 아닌 것 같다. 일광욕이 특기인 〈걸즈〉도 이 세계의 숙명인 〈포인트〉 쟁탈전에선 벗어날 수 없는 모양이다. 간접적인 경쟁의 일부로서 햇빛 쟁탈전을 벌이고 있었다. 가동식 거대 우산을 펼쳐 라이벌이 누리는 빛을 빼앗는 〈걸즈〉, 막 안에 가벼운 기체를 주입해 자기 몸을 공중에 띄워 라이벌보다 먼저 빛을 손에 넣는 〈걸즈〉, 빛을 빼앗긴 아이들은 일광욕을 하지 못해서 죽어 버리는 것처럼 보였다. 죽음을 피하고자 좀 더 직접적으로 공격하는 〈걸즈〉도 있었다. 촉수로 꽉 졸라 죽이고, 가시를 날리고, 몸에 갈고리발톱을 박아 체액을 빨아먹고, 빛을 모아서 태우고, 공생생물에게 잡아먹게 하고……. 〈걸즈〉들은 싸우고 있었다. 왜 자신들이 이런 짓을 하는지도 모른 채. 왜 이렇게 고통받아야만 하는지도 이해하지 못한 채.

드야우스는 그런 잔혹함은 깨닫지 못했다. 그녀는 철학적인 성격이 아니었다. 육지의 그런 모습을 봐도 저마다 특기가 다른 〈걸즈〉가 잔뜩 있구나, 싶었을 뿐이었다. 햇빛에 아가미가 마른 탓에 조금씩 괴로워져서 얼른 바다로 돌아갔다.

"육지가 있었어! 요코 말대로!"

드야우스의 보고를 들은 요코는 가슴을 쓸어내렸다. 육지는 의외로 가깝다. 태양의 위치를 확인하면 방향도 알 수 있겠지.

그 후, 두세 번의 부상 끝에 육지의 방향이 확정됐다. 다행히 그다지 먼 거리는 아닌 것 같았다.

세 사람은 여행을 시작했다. 같이 하는 여행이지만 이동 방식이 각양각색이라 속도부터 피로도까지 저마다 달랐다. 가장 속도가 빠른 건 드야우스지만, 그것도 이상적인 상황이 갖춰졌을 때 얘기고 물살이 거센 곳에선 힘을 못 썼다. 육지에 가까워질수록 파도가 점점 커졌고, 드야우스가 힘들어하는 환경이 늘어나기 시작했다. 그럴 땐 가나파티가 나설 차례다. 그녀의 배에 드야우스가 배를 맞대고 누우면 촉수로 고정해서 이동했다. 드야우스는 자유롭게 헤엄치지 못해서 불만스러운 기색이었지만, 가나파티는 만족하는 기색이었다. 표정은 읽을 수 없어도, 오랫동안 함께 있었던 덕에 어느 정도 기분을 알 수 있게 되었다.

요코는 세 사람 중에서 가장 이동이 서툴렀다. 거대한 턱과 아가미가 물의 저항을 크게 받는 탓에 앞으로 잘 나아가질 못했다. 이동하기 쉽도록 카드의 조합을 바꾸는 방법도 고민했지만, 또 처음부터 레벨업을 반복하며 〈포인트〉를 낭비하는 건 어리석은 짓이라는 생각이 들어서 그냥 가나파티의 배에 태워달라고 부탁했다. 함께 배에 탄 드야우스는 말 상대가 생겼다며 기뻐했지만, 왠지 가나파티는 기분이 상한 기색을 내보이며 대화에 끼어들지 않았다. 어쩐지 불편한 분위기가 흘렀다.

육지가 가까워지자 점점 〈걸즈〉가 늘어났다. 떠오르는 녀석. 헤엄치는 녀석. 기어다니는 녀석. 잠수하는 녀석. 어떤 녀석은 세 사람이 다가오는 걸 보자마자 쏜살같이 도망쳤고, 또 어떤 녀석은 무모하게도 맞섰다가 산산조각 났다. 아직까진 세 사람이 힘을 합쳐 극복하지 못할 어려움은 닥치지 않았다.

수면이 급속도로 낮아졌다. 물은 탁해졌고, 온갖 화학물질의 냄새에 눈이 핑 돌 것 같다. 육지에서 흘러 내려온 나뭇가지가 여러 겹으로 쌓여 만들어진 미궁이 펼쳐져 있었다. 미궁 안은 〈걸즈〉들의 보금자리였다.

이런 곳까지 오자 세 사람도 경계하기 시작했다. 물이 탁한 탓에 시야가 좁았고, 과도한 화학물질 때문에 후각도 도움이 안 된다. 기습당하기에 딱 좋은 환경이다. 가장 방어력이 높은 가나파티 아래에 두 사람이 모여 천천히 이동하는 전략을 취했다.

요코가 목소리를 들었던 건 그때였다.

괴로워하는 목소리다. 괴로워하면서도 필사적으로 도움을 요청하고 있었다.

"구해 줘…… 구해 줘…… 누가 좀……."

요코는 멈춰 서서 주변을 둘러봤다. 〈걸즈〉끼리의 커뮤니케이션 수단인 영혼에 직접 말을 거는 목소리가 들렸다.

"응? 왜 그래, 요코."

드야우스가 재촉했다. 그녀에겐 이 목소리가 들리지 않는 걸까.

"도와 달라고 외치는 목소리가 들려."

"목소리? 나한테는 안 들렸는데? 뭐, 무시하자고, 무시무시. 어차피 함정 같은 거겠지. 가까이 가지 않는 편이 낫다니까."

드야우스는 그렇게 말했지만, 요코는 신경이 쓰여 견딜 수가 없었다. 어째서인지는 모르겠다. 무슨 일이 있어도 도움을 구하는 목소리 쪽으로 가야 할 것 같은 느낌이 든다.

"신경 쓰이니까 잠깐 찾아보고 올게." 요코는 목소리가 들려오는 방향으로 헤엄치기 시작했다. 나뭇가지가 겹겹이 쌓인 미궁 속이다.

"기다려, 요코! 위험하다고!" 드야우스가 요코를 뒤쫓아 가려고 했지만, 지느러미가 가지에 걸려 좀처럼 들어가기 힘들었다.

"드야우스 씨, 지금은 요코 씨가 돌아오길 기다리죠." 가나파티가 끌어안는다.

"그럴 수가……."

그러는 한편, 요코는 목소리를 따라 미궁 안을 향해 깊숙이 더 깊숙이 들어갔다. 목소리는 조금씩 커졌고, 비통한 울림을 띠기 시작했다.

"구해 줘……, 아파……, 부탁이야……! 구해 줘, 선생님……!"

선생님, 그건 누굴 말하는 걸까. 누구든 좋다. 뭐든 상관없으니, 요코는 이 너머에 있는 아이를 구해 주고 싶었다.

요코는 엽족으로 나뭇가지를 헤치며 나아갔다. 이때만 기다렸다는 듯이 자신이 가진 재능을 마음껏 발휘했다. 자기가 엽족을 발달시켰던 것도 바로 이 순간을 위해서였다는 생각이 들 정도였다.

나뭇가지의 미궁 속에 자리 잡은 넓은 공간. 그곳에서 두 〈걸즈〉가 대치하고 있었다. 한쪽은 요코처럼 체절화된 외골격을 입었다. 원뿔을 옆으로 눕혀 놓은 듯한 모습이었고, 굵은 쪽이 머리였다. 네 개의 안구가 머리에서 돋아난 네 개의 눈자루 끝에 붙어 있다. 두 개의 예리한 집게발을 지녔으며, 그걸로 상대를 집요하게 괴롭히고 있었다. 다른 쪽은 요코가 지금까지 본 것 중에서 가장 그로테스크한 〈걸즈〉였다. 외골격이 아니라 매끈매끈한 체표를 가졌다. 민달팽이를 재료로 써서 물고기를 만들다 실패한 듯한 외모다. 두 개의 어둡고 광택 없는 눈 사이에 기다란 코 같은 기관이 뻗어 있었다. 지느러미를 만들려다 실패한 걸까, 빈약한 몸에 무수히 많은 살점이 튀어나와 있었다. 그중에서도 가장 징그러운 건 바로 입이다. 입에는 턱이 없었다. 몸 내부를 그대로 바깥에 드러낸 듯한 구멍이 뚫려 있을 뿐이었다. 구멍에는 줄톱 같은 이빨이 빽빽이 돋아나 있었다.

"구해 줘……." 징그럽게 생긴 생물의 영혼으로부터 말이 흘러나왔다.

요코는 자기도 깨닫지 못한 채 순간적으로 움직였다. 가지와 가지 사이에 다리를 올린 다음 힘껏 박차 날아올랐다. 파칭코 구슬처럼 힘차게 〈걸즈〉 앞으로 뛰어 들어가 그대로 턱으로 공격했다.

"뭐야? 너!" 집게발이 특징인 〈걸즈〉는 갑작스러운 요코의 등장에 당황하는 기색이었다. 특기인 집게발을 쓸 틈도 없이 눈알 하나가 잘려 나갔다.

"으꺄악! 싸움 거는 거야? 나를 화나게 하면 어떻게 되는지……."

말할 틈도 주지 않고서 다음 공격으로 이어갔다. 거대한 턱에 힘을 줘서 머리를 물어뜯을 작정이었다. 눈알이 세 개가 되어버린 〈걸즈〉는 황급히 집게발로 턱을 눌러 막았다. 하지만 힘에서 밀려, 점점 턱이 닫혀간다.

"알겠어. 항복. 기브업할 테니까 봐줘!"

요코는 표정 하나 바꾸지 않고서 턱에 힘을 넣었다. 집게발의 외골격에 금이 가면서 조금씩 찌그러졌다. 집게발을 가진 〈걸즈〉는 이대로는 목숨이 위태롭다는 걸 깨달았는지, 사색이 되어 뒤로 물러나려고 몇십 개나 달린 다리를 버둥거렸다. 하지만 그 노력은 빛을 보지 못했다. 요코의 턱에 있는 가시에 꿰뚫려 도망칠 수 없는 것이다.

"싫어! 부탁이야…… 죽는 건 싫어……!"

서서히, 서서히 요코의 턱이 〈걸즈〉의 집게발을 분쇄했다. 집게발 안에는 맛있어 보이는 붉은 살점이 가득 담겨 있었다. 턱은 거기서 멈출 리가 없었고, 머리를 감싸안듯이 밀착하여 파괴를 시작했다. 네 개의 눈알로 보는 게 특기였던 〈걸즈〉는 이제 하나의 눈알밖에 안 남았다. 눈자루에서 체액과 신경이 흘러나온다. 보기에도 처참한 모습을 더욱 처참한 꼴로 만들어 주기로 결심했다. 턱에 있는 가시로 누르자 의외일 정도로 쉽게 금이 갔다. 압력은 힘이 가해지는 면적에 반비례하는 법이라, 날카로운 가시에 큰 힘을 주면 엄청나게 강한 압력이 가해진다. 물리학의 승리다. 머릿속에 있는 내용물이 바깥으로 비집어 나오는 것도 물리학적인 필연이다. 턱은 머리에 있는 중추 신경을 엉망으로 갈라 찢어, 몸과의 연결을 끊었다. 사령탑이 없어지면 아무리 훌륭한 몸이라도 쓸모없다. 다리는 아직 움직이고 있지만, 방금과는 달리 규칙적인 동작은 사라지고, 지리멸렬하게 아무렇게나 움직일 뿐이다. 시간이 지나면 경련도 멎겠지만 역시 신선할 때 먹는 게 최고다. 삶과 죽음의 경계선에 선 〈걸즈〉를 죽음 쪽으로 처박기 위해서 요코는 몸통을 게걸스레 먹었다.

"히이이익…… 잡아먹지 말아 줘……."

겁먹은 목소리가 들렸다. 집게발에 괴롭힘당하던 〈걸즈〉가 낸 목소리다.

"안 잡아먹어!" 우물우물 입을 움직이면서 대답했다.

"정말로?"

"정말이야. 그냥 얘기하기도 뭐 하니까 같이 먹으면서 얘기하자."

"알겠어. 일단 지금은 당신을 믿을게."

말은 그렇게 하면서도 어딘가 요코를 의심하는 듯한 기색이다.

요코는 그런 주춤주춤한 태도에도 개의치 않고서 부드럽게 말을 걸었다. 겁먹은 강아지에게 다가가듯 한 걸음씩 경계심을 허물어 간다.

"네 이름은? 나는 요코인데."

"바유."

쌀쌀맞은 단답형이지만, 그 한마디로 조금은 거리가 좁혀진 느낌이다.

바유는 머뭇머뭇 요코에게 다가가, 방금 막 죽은 신선한 〈걸즈〉의 시체에 입을 댔다. 바유의 식사법은 독특했다. 턱이 없기 때문에 〈걸즈〉의 시체에 달라붙는 것처럼 입을 가져다 대는 방식이었다. 줄톱 같은 이빨로 몸에 상처를 낸 다음 거기서 나오는 피를 빨아 먹는 모양이다. 기생충 같은 생태다.

한동안 두 사람은 말이 없었다. 바유는 배가 고팠는지 정신없이 시체를 뒤적였다. 요코는 그녀가 식사를 마치길 기다렸다.

식사가 일단락되자 바유가 먼저 얘기하기 시작했다.

"왜 나를 구해준 거야?"

"음~ 글쎄 왜일까."

요코는 얼버무렸지만, 마음속으론 이유를 알고 있었다. 바유의 말투, 성격, 남을 거부하는 것 같으면서도 어딘가 외로움을 타는 듯한 행동거지. 그런 것들이 요코의 취향에 딱 들어맞았기 때문이다. 자석에 이끌리듯 요코는 바유에게 매료되었다.

"흐응— 일단 고맙다고 해둘게. 고마워."

바유가 자리를 떠나려는 것처럼 살점의 끈들을 서투르게 움직였다. 이대로라면 헤어지고 만다. 여기서 아무것도 하지 않으면 평생 후회할 거야. 그런 확신이 요코를 움직였다.

"기다려!"

"아직 볼일이 남았어?"

무슨 말을 해야 좋을까, 요코는 망설였다. 당신은 제 타입이에요, 같은 소릴 하면 기겁할 뿐이겠지. 머릿속으로 이것도 아니고, 저것도 아니고, 하면서 고민한 끝에 생각도 못 했던 질문이 튀어나왔다.

“『선생님』이 누구야?”

“……옛날에 신세를 졌던 〈걸즈〉야.”

그 순간, 갑자기 불쾌하고 질척한 감정이 마음속에 생겨났다. 마치 바유와 친한 〈걸즈〉가 있다는 걸 용납할 수 없다는 듯이. 자기가 생각해도 억지라고 느껴지는 마음을 눌러 죽이며 물었다.

“『선생님』은 지금 어디 있는데?”

“죽었어.” 퉁명스러운 대답이었지만, 거기엔 깊은 슬픔이 묻어 있었다.

그런 바유와는 대조적으로 요코의 마음은 몹시 들떠 있었다. 타인의 죽음에 기쁨을 느끼다니, 눈살을 찌푸릴 일이지만 마음속 깊은 곳에서 우러나오는 안도감을 부정할 수는 없었다.

“그랬구나…….” 자기가 느끼는 마음을 감추려고 짐짓 심각한 어조로 대답했다.

“그럼 나는 이만 가볼게.”

“어디로 가?”

최대한 대화를 길게 이어가려고 반사적으로 던진 질문이었는데, 바유는 대답을 망설이는 기색이었다. 몇 초간의 침묵 후에 입을 열었다.

“〈걸즈〉 가챠를 찾으러 가는 거야.”

“〈걸즈〉 가챠?”

그러고 보니 지금까지 발견한 가챠는 코디 가챠뿐이었다. 이 세계가 『에보걸』에 대응하는 곳이라면 〈걸즈〉 가챠가 있어도 이상한 일은 아니다.

“죽은 〈걸즈〉가 나온다는 말이 있는 가챠야. 거기서 선생님을 되살릴 거야.”

어지간히도 선생님을 좋아했던 걸까. 그 말에는 굳은 결심이 배어 있었다.

그녀를 돕고 싶다. 요코는 그렇게 느꼈다. 〈걸즈〉 가챠에 다다를 때까지 함께 어려움을 나누고 싶다는 마음이 무럭무럭 솟았다. 마치 처음부터 자기 안에 그런 마음이 있었던 것처럼. 그건 온전히 순수한 선의에서 비롯된 마음이라고는 할 수 없었다. 어느 정도 음흉한 속셈이 저변에 깔려 있다는 점은 부정할 수 없다. 바유가 자신을 의지하고 따랐으면 좋겠다. 그걸로 존재 이유를 확보하고 싶다는 생각, 삐뚤어진 관계를 구축하고 싶은 욕망.

“바유, 나도 같이 가고 싶어.”

바유는 요코를 유심히 바라보았다. 그 검은 눈동자에 당혹이 떠올랐지만, 이내 기쁨의 색으로 바뀌었다.

“알겠어. 스스로 생각하기에도 이상하지만, 당신과 처음 만난 것 같지가 않아. 왜 그런지는 몰라도 굉장히 그리운 느낌이야.”

한동안 두 사람은 서로를 마주 보았다. 복안과 원시적인 구조의 눈이 시선을 주고받는다. 운명적 만남, 그런 진부한 말이 어울릴 것 같았다.

“그럼 가자.” 요코는 나뭇가지 미궁을 빠져나가기 위해 왔던 길을 되돌아갔다. 바유는 아무 말 없이 그 뒤를 따랐다.

“요코! 별일 없었어?” 가지 사이를 빠져나오자 가장 먼저 드야우스가 달려왔다. 빙글빙글 돌며 배에 달린 촉족을 요코의 등에 문질렀다.

“괜찮다니깐. 간지러워.”

“저쪽 분은 누구신가요?” 장난치는 두 사람을 곁눈질하며 가나파티가 촉수로 바유를 가리켰다.

“그녀는 바유. 새로운 동료야.”

“야야, 그런 건 리더인 나한테 먼저 말했어야지.”

어느새 드야우스가 리더가 됐나 보다.

“지금 상황에서 동료를 늘리는 건 솔직히 내키지 않는걸. 걔는 척 보기에도 빈약해서 도움이 안 될 것 같아.”

드야우스가 반대할 줄은 몰랐다. 새롭고 참신한 일을 좋아하는 드야우스니까 누구보다 먼저 환영해 줄 거라고 생각했는데…….

“아무래도 나는 초대받지 못한 손님인가 보네.”

험악한 분위기가 감돈다.

“드야우스 씨, 그런 식으로 말하면 안 되잖아요.” 가나파티가 옆에서 거들어 줬다. “바유 씨, 뭔가 자신 있는 분야가 있으신가요?”

“자신 있는 분야? 레어리티가 높은 카드는 이것뿐이야.” 코를 가리킨다. “〈포인트〉를 모으려고 가챠를 많이 안 돌렸거든.”

“그건 어디에 쓰는 건가요?”

“전기 수용 기관이야. 이걸 사용하면 근처에 〈걸즈〉가…….” 갑자기 뭔가를 눈치챈 것처럼 말을 멈췄다. “아, 지금도 근처에 있어. 이쪽으로 다가오고 있어.”

"흐응~ 어떤 〈걸즈〉인데?" 드야우스가 왠지 깔보는 듯한 태도로 물었다.

"아주 크네……. 당신들보다 훨씬 커." 말투에 점점 긴장감이 배었다. "숨는 편이 좋을지도."

"숨어? 우리는 강하다고. 네가 너무 호들갑 떠는 거 아니야?"

"나는 경고하는 거야!"

시시한 말다툼으로 귀중한 시간이 낭비된다.

불쑥! 정신을 차렸을 땐 거대한 얼굴이 코앞에 있었다. 텐구. 어이없을 정도로 큰 코를 가진 텐구 얼굴이었다. 여러 개의 혹으로 뒤덮여 있어서 징그러웠다. 코가 붙어 있는 부분엔 요코의 몸만 한 눈 두 개가 있었다. 번뜩, 눈이 움직였다. 요코를 정확하게 응시하고 있다.

"요코! 위험해!"

드야우스가 몸으로 부딪쳐 밀어낸 덕분에 거대 텐구의 공격을 피할 수 있었다. 텐구는 일단 거리를 벌린 다음, 선회하여 다시 덮쳐들었다. 거리가 멀어지고 나서야 그 거대한 몸을 제대로 파악할 수 있었다. 기묘한 생물이다. 전생 전에 이런 생물은 본 적도 들은 적도 없다. 몸 전체는 유선형이지만, 지느러미는 박쥐 날개를 닮은 피막으로 되어 있어 뼈대가 뚜렷하게 보였다. 그런 반투명한 막이 스텔스 전투기처럼 펼쳐져 있었다. 꼬리날개에 해당하는 부분은 두 갈래로 갈라진 다리처럼 생긴 꼬리였다. 그 꼬리를 파닥파닥 움직여 헤엄치고 있었다. 물고기 같기도 하고, 새 같기도 하고, 파충류 같기도 하고, 포유류 같기도 한 신기한 〈걸즈〉였다.

텐구 모습〈걸즈〉의 입이 벌어졌다. 제대로 된 훌륭한 턱을 가졌고, 바늘 같은 송곳니가 삐죽삐죽 튀어나와 있다. 가나파티의 껍질조차도 간단히 부술 수 있을 것 같다.

거대한 몸이 날개를 퍼덕이며 바다 밑의 땅을 내려치자 뭉게뭉게 흙먼지가 피어올라 시야를 방해했다. 한 치 앞도 볼 수 없는 어둠이란 게 딱 이런 거겠지.

따악! 바로 옆에서 거대한 입이 허공을 깨무는 동시에, 요코는 수압으로 날아가 버렸다. 상대는 상상 이상으로 강력했다. 세 사람은 자만하고 있었다. 짧은 성공을 경험한 탓에 자기들이 최고인 줄로만 알았다. 우물 안 개구리였다. 아무리 발버둥 쳐도 저런 괴물을 이길 수 있을 리가 없다. 저 녀석에게 살해당해 가챠를 뽑기 위한〈포인트〉가 되고 만다!

"그러니까 말했잖아, 빨리 숨으라고." 어느샌가 옆에 바유가 있었다.

"바유, 무사해서 다행이야." 일단은 가슴을 쓸어내렸다. "그러고 보니 어떻게 저 녀석이 오는 걸 알았어?"

"나는 근처에 있는〈걸즈〉가 내뿜는 생체 전기를 감지할 수 있어." 코를 가리켰다. "아마 저 녀석도 같은 코를 가진 모양이네. 크기는 비교도 안 되지만."

"어떻게든 해치울 수 없을까."

"무리야." 딱 잘라 말했다. "일단 가지 사이로 도망가자. 운이 좋으면 저쪽이 먼저 포기할 거야."

요코와 바유는 두 사람과 합류해서 방금 막 빠져나온 나뭇가지로 향했다. 가나파티가 가지를 들어 올리자, 세 사람은 그 틈으로 도망쳐 들어갔다.

길쭉한 코를 가진 〈걸즈〉의 대응은 그야말로 심플했다. 머리를 옆으로 휘둘러 가지를 날려버린 것이다. 요코 몸통의 세 배나 되는 굵기를 가진 나뭇가지가 맥없이 날아갔다.

"안 돼…… 이건 안 되겠어…… 죽을 거야." 요코는 전생 이후 처음으로 죽음을 각오했다.

"당신, 카드를 보여줘!" 바유가 외쳤다.

카드를 보여준다고? 그런 기능이 있었나? 하고 어리둥절해하면서 카드를 제시하는 이미지를 그렸다.

"할 수 있어…… 가능할지도 몰라……." 바유가 중얼거렸다. "돌출제를 레벨업해!"

돌출체, 아메바였던 시절부터 사용법을 이해하기 힘들어서 방치해뒀던 카드다. 얼마 없는 〈포인트〉와 다른 카드를 사용해 레벨업시켰다. R : *자포(刺胞)로 이름이 바뀐다.

"그걸 턱에 장비하는 거야! 한 발이라도 맞히면 승산이 있어."

요코는 용감하게 가지 사이에서 뛰쳐나가려고 했다. 하지만 괴물의 입이 바로 눈앞에 있다. 그대로 나갔다간 아무것도 못 한 채 입속으로 빨려 들어가 맛있게 잡아먹히겠지.

"내가 미끼가 될게!"

꾸물거리는 요코를 보다 못한 바유가 먼저 나섰다. 조그만 몸을

* 자포 : 말미잘, 산호, 해파리 등의 자포동물이 가지고 있는, 독을 발사하는 세포 기관.

필사적으로 움직이며 괴물의 주의를 끈다. 괴물의 눈이 옆으로 휙 돌아갔다. 지금이야! 턱을 한껏 벌려 오돌토돌한 코를 힘껏 깨물었다.

상처 부위에서 이젠 그립게 느껴지는 붉은 액체가 흘러나왔다. 한 번, 두 번, 세 번, 네 번, 다섯 번. 연이어 물어뜯어 상처를 헤집었다.

거대한 몸이 부르르 진동한다. 내팽개쳐지지 않으려고 턱에 더욱 힘을 줬다. 이윽고 상대의 기세가 조금씩 약해진다. 눈도 점점 하얗게 흐려지는 게 보였다. 독이 퍼지기 시작한 것이다.

요코와 비교하면 비행기처럼 보일 정도로 거대한 몸이 기우뚱 쓰러졌다. 이겼다. 살아남았다.

그렇지, 바유는? 바유는 무사할까?!

"나는 괜찮아." 모래를 헤치고 바유가 나왔다. 다친 곳은 없어 보였다.

"바유 씨, 대활약하셨네요. 물론 요코 씨도요." 가나파티가 가지 틈에서 나왔다. 그 뒤엔 드야우스도 있었다.

"너, 이번엔 고맙다고 하겠어. 고마워." 말은 그렇게 해도, 어딘지 불만스러워 보였다.

"어때? 이걸로 바유를 동료로 받아들이는 편이 좋다는 걸 알겠지?" 그런 드야우스의 기색을 눈치채지 못한 채, 요코가 으스댔다.

"아까는 심한 말을 해서 미안해, 바유." 마지못한 느낌으로 드야우스가 사과했다.

"그러면 여러분, 바유 씨의 환영회를 하죠!"

"찬성—!"

물론 환영 파티의 메인 디시는 방금 죽인 〈걸즈〉다.

Ⅲ

비가 내린다. 부슬부슬, 투둑투둑. 편안한 빗소리. 얌전한 비다. 오랜만에 비라서 그런 걸까. 〈걸즈〉들이 여기저기서 나타났다. 입을 벌려 빗물을 마시는 녀석, 그런 〈걸즈〉를 사냥하는 녀석, 남은 시체라도 주워 먹을 수 있을지 기다리는 녀석. 천차만별, 각양각색 방법으로 저마다 살아남고 있다.

숲, 그곳은 〈걸즈〉의 보고다. 아니, 숲 자체가 한 명의 〈걸즈〉다. 엽록체라는 레어 카드를 입수하자 몸을 움직일 의욕을 잃어버린 〈걸즈〉였다. 움직이지 않고 나서부터, 명확한 영혼의 커뮤니케이션을 주고받을 수 없게 되었다. 운동으로 머리를 맑게 하지 않으면 육체가 영혼을 오염시키기 때문이다.

쿠웅……. 쿠웅……. 멀리서 소리가 들린다. 〈걸즈〉들은 각자 특기로 삼는 감각기관을 사용해 소리를 감지하자마자 도망쳤다. 저 정도 울림을 내는 〈걸즈〉라면 부리나케 도망쳐야 할 상대다. 만용은 금물. 생존이야말로 진정 가치 있는 것.

모습을 드러낸 건 거대한 〈걸즈〉였다. 비늘로 뒤덮인 단단한 몸, 네 개의 다리, 머리에는 호른처럼 나선형으로 말려 있는 조개

껍데기. 아무것도 모르는 사람이 본다면 아주 멋진 볏이라고 생각할지도 모른다.

그녀의 정체는 가나파티였다. 가나파티가 육상 생활에 적응한 모습이다. 물속에 있었을 때보다 거의 10배는 덩치가 커졌다. 어떻게 이렇게까지 커질 수 있었을까. 그 비결은 머리 위의 볏에 있다. 그건 단순히 멋을 부리기 위한 용도가 아니다. 거대한 몸을 지탱하기 위해 궁리한 끝에 달아 놓은 것이다. 가나파티 같은 나선형 조개껍데기를 가진 생물로는 앵무조개와 암모나이트가 있다. 두 생물이 가진 껍데기는 물을 흡입해 무게중심을 잡아주는 한편 뜨고 가라앉는 부력을 조절하는 밸러스트의 역할을 한다. 가나파티의 볏 또한 밸러스트 기관이었다. 단, 수중이 아닌 공중에서 쓰기 위한.

내골격이 없는 〈걸즈〉는 육상에선 일정 이상 커다랗게 성장할 수 없다. 자신의 무게를 버티지 못하고 짓눌려 버리기 때문이다. 외골격으로 지탱하려고 해도, 그러면 내장이 들어갈 공간이 없어진다. 그런 딜레마를 극복한 결과가 공중 밸러스트다. 밸러스트 속에는 순수한 수소가 채워져 있다. 수소는 우주에서 가장 가벼운 원소고, 가볍다는 건 그만큼 무거운 체중을 줄일 수 있다는 의미다. 이제 자신의 무게에 몸이 짓눌릴 일도 없고, 아무리 몸집을 키워도 움직일 수 없게 될 일도 없다. 이보다 좋을 수 없을 정도로 완벽한 다이어트 방법이다.

당연하지만 화합물이 아닌 순수한 수소는 자연에 존재하지 않는다. 시간과 수고를 들여 만들어야만 한다. 그걸 위해서 바유가 있다. 지금 바유의 모습은 예전과는 많이 달라졌다. 그녀는 눈을 잃었다. 감각 기관 카드가 필요 없어졌기 때문에 그냥 전부 빼버렸다. 그 대신 강화한 게 전기 기관이다. 옛날이었다면 피노키오의 코 정도의 존재감밖에 없었던 기관은 이제 신체 대부분을 차지하고 있었다. 누군가가 지금 바유를 본다면 눈이 없는 뱀을 떠올리겠지. 커다랗고 길게 쭉 뻗은 몸, 그리고 몸 끝에 살짝 부풀어 있는 부분은 머리라고. 하지만 그 인식은 잘못됐다. 몸통으로 보이는 건 과거의 코였던 부분, 즉 전기 발생 기관이다. 발전 세포가 수천, 수만, 수억 개씩 다발을 이루어 겹쳐 있다. 세포 하나하나의 발전량은 보잘것없어도, 이만큼 모아 놓으면 상당한 양의 전기를 얻을 수 있다. 그만큼 전기를 생산해서 어디에 쓰는 걸까? 산소와 수소를 만드는 데에 쓴다. 원래는 산소가 필요했고, 수소는 거기서 나온 부산물이었다. 아직 바유가 물속에서 지내던 무렵, 폐를 진화시키기 위한 카드가 나오길 노리고 있었다. 그런데 정작 나오는 건 발전 세포를 성장시킬 카드들뿐이라 어쩔 수 없이 전기 기관을 진화시켜 육지에 적응하려고 궁리한 결과였다. 폐 없이 육상생활을 하려면 고순도의 산소가 필요하다. 산소를 만들려면 물을 전기 분해하면 된다. $2H_2O \rightarrow 2H_2 + O_2$ ——간단한 화학식이다. 다행히 물도 전기도 넉넉하게 있다. 바유의 전기 발생 기관 하부엔 털이 수북하게 난 혹 모양의 돌기가 우둘투둘 붙어 있다. 이게 바로 전기 분해 기관이다. 털로 수분을 흡수해 전기 분해 기관으로 보내는 방식이다. 만들어진 산소는 아가미가 발달하여 생겨난, 측면에 툭 튀어나온 막에 흡수된다. 이러면 물의 흐름이 없어도 아가미로 충분히 호흡할 수 있다.

거기서 생긴 부산물인 수소는 그냥 버리고 있었지만, 바유와 가나파티가 합체한다면 유용하게 쓸 수 있다는 걸 둘 다 깨달았다. 가나파티의 나선형 조개껍데기 안에 바유가 몸을 수용한 뒤, 만들어지는 수소로 몸을 가볍게 만든다.

가챠를 돌린 결과 더욱 달가운 활용법을 찾아냈다. 가나파티가 노즐을 손에 넣은 것이다. 보통은 사냥감에 찔러 넣고 빨대처럼 피를 빨아들일 때 쓰는 기관이다. 노즐을 써서 수소를 내뿜고, 이빨을 부싯돌로 써서 노즐 끝에 불을 붙이면 화염 방사기처럼 쓸 수 있었다. 강력한 무기다.

한편 요코와 드야우스는 그다지 변한 게 없었다. 둘 다 절지동물이라 육지로 진출하기 위해 크게 변화할 필요가 없어서였다. 드야우스의 지느러미는 그대로 날개가 되어 자유자재로 하늘을 나는 법을 익혔다. 요코는 드야우스의 품에 안겨 이동했다. 누운 자세로 양쪽 다리를 드야우스의 몸통에 휘감아 함께 나는 거였다. 요코의 역할은 공격이었다. 그녀는 가챠를 돌린 결과 목을 늘이는 게 특기가 되었다. 접힌 종이처럼 여러 겹으로 접힌 기다란 목을 힘차게 쭉 뻗어 매직 핸드 같이 지상에 있는 사냥감을 턱으로 붙잡는다. 턱에는 자포가 갖춰져 있어서 사냥감의 몸속에 바로 독을 주입할 수 있다. 목을 쭉 뻗어 공격하는 방식은 레실린이라는 단백질 덕분이었다. 레실린은 아주 탄성이 높은 물질로, 저장된 에너지를 거의 손실 없이 원래 형태로 회복할 수 있다. 처음에 가챠에서 나왔을 땐 이게 뭐지 싶었는데 해설을 읽어 보니 상당히 응용 범위가 넓은 카드라는 걸 깨달았다.

정찰은 드야우스와 요코, 메인 공격은 가나파티와 바유가 맡았다. 이 조합이 가진 공격력은 매우 강력했다. 쏟아지는 화염 방사에서 간신히 피했다 싶으면 하늘에서 U자 형태의 턱이 내려와 상대의 머리를 절단해 버리니까. 절단할 수 없을 정도로 두꺼운 목을 갖고 있어도, 그땐 독을 주입당해 저승행이다. 도망칠 방법은 없다. 숲에서 평화롭게 살던 〈걸즈〉들에게 이 공격이 얼마만큼의 공포를 불러왔을지 상상해 보라. 트라우마가 생기는 건 무조건 확실. 아니, 트라우마까지 가지도 않을 터다. 공포를 느끼자마자 갈기갈기 찢겨 소화됐을 테니까. 어떤 의미에선 최고로 효율적인 트라우마 해소법이다. 뒤처리까지 아주 깔끔하게 해 주니까.

네 사람은 오지로 나아갔다. 어느 순간부터 빽빽했던 숲의 나무가 점점 뜸해지고 건조해졌다. 사바나 지방에 도착한 것이다. 사바나에는 물이 부족해서 엽록체를 가진 〈걸즈〉는 커다란 몸을 유지하기 힘들어 점점 작아졌다. 최대한 수분의 증발을 막기 위해 표피는 단단해졌고, 몸은 둥글어졌다. 그 모습은 마치 돌멩이 같았다. 이 돌멩이들은 물을 찾기 위해 지하 깊숙이 뿌리를 뻗는다. 동시에 뿌리는 함정 역할이기도 해서, 함정에 걸린 작은 〈걸즈〉들을 뿌리로 꿰어 체액을 빨아먹었다. 지하에는 겉으로 보이는 게으른 인상만 가지곤 상상할 수 없을 정도로 활발한 투쟁이 벌어지고 있다. 그렇게 뻗은 뿌리는 이곳은 자기 진지라는 표식이기도 하다. 상대의 뿌리를 밑동부터 잘라내면, 잘라낸 만큼의 영역을 자기 진지로 삼을 수 있다. 하지만 공격에는 위험도 따른다. 공격할 때도 뿌리를 쓰니까, 상대방의 진지에 깊숙이 파고든다는 건 자기 뿌리의 밑동을 드러내게 된다는 뜻이나 마찬가지다. 우쭐대다가 카운터를 맞는 일도 흔하다. 그 결과 다양한 전략이 탄생했다. 일부러 상대의 공격을 유도한 뒤 역습하는 전략. 경쟁자가 적은 척박한 땅을 개척하는 전략. 강력한 두 〈걸즈〉가 치열하게 맞붙는 진지의 틈을 슬쩍 차지하는 전략. 일부러 독으로 자기가 있는 토양을 오염시키는 전략. 피땀 어린 노력을 거듭하며 〈걸즈〉들은 어떻게든 살아가고 있다.

콰직! 〈걸즈〉 하나가 짓이겨졌다. 콰직! 한 마리 더. 가나파티의 솜씨다. 촉수를 이용해 시체를 입으로 옮겨 우적우적 먹었다. 드야우스와 요코도 정찰을 마치고 돌아와 활공으로 내려앉아 시체를 둘러쌌다.

"저쪽에 이상한 게 있었어." 식사를 하면서 드야우스가 보고했다. "하얀 선이 잔뜩 있더라."

"조금만 더 구체적으로 보고해 줬으면 하네요, 드야우스 씨."

"그물코처럼 하얀 선이 지면을 기어다니고 있었어요. 아무리 봐도 이상했어요." 요코가 설명을 보탰다.

"그건 분명 〈걸즈〉겠네."

이제는 어둠 속에서 전기만 만들고 있는 바유가 조개껍데기 안에서 말했다. "먹으러 가자. 강한 〈걸즈〉라면 〈포인트〉를 많이 얻을 수 있을 거야."

바유는 언젠가 돌릴 〈걸즈〉 가챠를 대비해 수많은 〈걸즈〉를 포식 중이었다. 요코도 그런 바유를 돕고 있었지만, 때때로 바유가 『선생님』과 만나고 난 다음엔 자기는 어떻게 될까 싶어서 불안해질 때도 있었다. 그녀는 더 이상 자신을 필요로 하지 않은 채 『선생님』과 같이 떠나고 마는 걸까. 그건 너무나도 쓸쓸한 일이었다. 하지만 바유의 행복이 곧 자신의 행복이라고 스스로 타이르며 하루하루를 보내는 중이었다. 실제로 요즘은 매일이 즐거웠다. 시체나 다름없던 예전 일상과는 천지 차이였다.

우직! 콰직! 푸확! 죽음의 행진곡이 사바나에 메아리쳤다. 몇 년씩이나 노력을 이어온 〈걸즈〉들의 생애가 차례차례 마감되었다. 가나파티가 30명쯤 죽였을 때, 마침내 드아우스가 보고했던 장소에 도착했다.

선로다. 요코는 가까이서 보고서 선로를 떠올렸다. 선로가 끝없이 이어져 있었다. 두 개의 흰 줄이 종횡무진으로 지면에 깔려 있다. 잘 보니 규칙성이 있었다. 구획이 정돈되어 있었고, 돌멩이 〈걸즈〉가 질서 있게 모여 있다. 이건 뭘 의미하는 걸까.

"엇차."

요코는 뭔가에 발이 걸려 비틀거렸다. 아래를 보니 둥글고 투명한 광물이 있었다. 수정인가? 가는 실로 선로와 이어져 있는 모양이다.

이건 또 뭐지? 하지만 생각할 틈도 없이 목소리가 들렸다.

"뭔가 옵니다! 다들 조심하세요!" 가나파티가 외쳤다.

진짜였다. 저 멀리서 무언가가 다가온다는 걸 깨달았다. 크다. 전체적인 형태는 물고기였다. 팬케이크 모양의 체절이 모여 물고기 형태를 이루고 있다. 지네를 억지로 물고기 모습으로 만든 것 같은 느낌이다. 머리 부분은 마치 구식 신칸센 열차처럼 반구형으로 부풀었다. 안구는 측면에 두 개. 거대한 렌즈형이다. 머리로 갈수록 점점 체절이 작아지면서 잘록한 곡선을 그리다가 다시 커지는 느낌. 최종적으론 비행기 엔진 같은 노즐 형태를 이루었다.

머리 아래엔 치마처럼 생긴 판이 붙어 있고, 다시 그 치마 아래엔 여러 개의 부속지가 붙어 있었다. 그런 부속지 중 하나가 두 개의 레일을 잡고서 엄청난 속도로 이쪽을 향해 똑바로 다가왔다.

그녀는 체절화된 신체 구조를 열차의 차량처럼 나눠 놓았다. 거대한 머리 부분 뒤에 마치 후속 차량처럼 신체 부분이 연결되어 있다. 『門(문)』이라는 한자를 떠올리게 하는 구조다. 가늘고 긴 두 다리로 레일 위에 서고, 그 사이를 막대가 가로지르고 있다. 막대 중앙에서 막에 싸인 혈관 다발이 뻗어 나와 앞뒤의 몸과 연결되어 있었다. 이동 수단은 타이어가 아니라, 레일 안에서 맥동하는 액체가 몸을 밀어주는 모양이다. 『門』의 어깨 부분에는 온갖 부속 기관이 장비되어 있었다. 어떤 차량에는 새빨간 아코디언 같은 관이 위아래로 움직이는 게 보였다. 다른 차량에는 스펀지 같은 조직이 부풀었다가 수축하기를 반복했다. 나팔 모양 기관이 무수히 피어난 차량. 입이 달린 차량. 입도 하나가 아니고 종류가 다양했다. 흡혈을 위한 주사기 형태. 갈아버리기 위한 맷돌 형태.

체의 소화를 위한 주머니 형태. 살을 찢기 위한 나이프 형태…….

그녀가 가까이 다가올수록 요코는 섬뜩한 느낌에 휩싸였다. 〈걸즈〉와 가까워지면 크든 작든 영혼의 목소리가 들리는데 그녀의 목소리는 기이했다. 그 목소리에선 누군가가 말하고 있다는 느낌이 없었다. 그냥 사람이 아닌 뭔가가 소리를 낸다는 표현이 더 정확했다. 열차가 달리는 의성어처럼 들리기도 했다. "칙칙폭폭 덜컹덜컹 칙칙폭폭 덜컹덜컹." 자기가 열차라고 굳게 믿고 있는 사람이 내는 듯한 목소리.

가나파티도 그 섬뜩함을 느낀 걸까, 바로 선제공격을 개시했다. 바유가 공급해 주는 수소의 화염이 선두 차량을 불태웠다.

열차 모양의 〈걸즈〉는 지글지글 불탔다. 더듬이가 불쾌한 화학적 냄새를 감지했다 싶은 순간, 엄청난 풍압이 일어나 몸을 흔들었다. 폭발이었다. 요코는 갈고리발톱을 땅에 박아서 폭풍을 견뎠다. 하지만 드야우스와 가나파티는 그러지 못했다. 하늘을 나는 게 전문인 드야우스는 커다란 날개가 화근이 되어 바람에 밀려 저 멀리 날아갔다. 가나파티는 몸의 균형을 잃고 주저앉았다.

"덜컹덜컹덜컹! 칙칙폭폭칙칙폭폭!"

〈걸즈〉 열차는 그 폭발에서 살아남은 모양이었다. 선두 차량과 폭발에 휩쓸려 불이 붙은 차량을 분리하고, 후진하여 공격 지점에서 멀어졌다.

"기다려!" 요코가 목을 기세 좋게 늘려 차량 중 하나를 깨물었다. 턱을 단단히 조이고, 그 상태로 땅에 박고 있던 갈고리발톱을 놓으면, 반동으로 몸이 공중에 떠올라 도망치는 차량으로 뛰어오를 수 있다.

"끼이이이이이이익, 끼이이익, 덜컹덜컹."

〈걸즈〉 열차의 대처는 간단했다. 요코가 달라붙은 차량을 분리해 버렸다.

그리고 공격이 시작됐다. 선두 차량이 꿈틀거리며 살점으로 이루어진 원통을 돌출시켰다. 원통은 충혈되고 단단해지더니 안쪽에서 미사일을 뱉어냈다. 미사일은 공중에서 폭발했고, 운동량을 유지한 채 내용물을 비처럼 퍼부었다. 일종의 클러스터 미사일이었다. 요코는 차량을 엄폐물로 삼아 몸을 숨겼다. 가운데의 막대 아래쪽에 매달려 공격을 흘려 넘길 생각이었다. 폭탄의 내용물은 여러 형태의 뼈다. 타깃이 어떤 형태든 대응할 수 있게 하려는 의도였을까, 수리검 같은 뼈, 연필 같은 뼈, 주사위 같은 뼈 등 다양했다. 뼈는 요코가 엄폐물로 삼은 차량의 살을 찢었다. 차량은 본체에서 분리되어도 살아 있는 모양인지, 고통스럽게 몸을 비틀며 도망치려고 몸을 떨었다.

껍질로 뒤덮인 차량은 원통형 파츠들로 이루어졌다. 투사체를 방어하기엔 유리한 형태다. 날아온 미사일이 곡선형 표면에 미끄러져 다른 방향으로 흘러간다. 하지만 이번에는 양이 너무 많았다. 체절 사이에 칼날 같은 뼈가 파고들어 갈라진 틈을 만들고, 거기에 거대한 주먹 같은 뼈가 충돌해서 껍질을 깨트렸다. 조직이 터져 살이 드러났다. 흰 살이다. 희고 미끈미끈한 살갗에 노랗고 붉은 작은 장기들이 박혀 있었다. 게를 분해해서 만든 것 같다. 장기가 노출되어 바깥으로 흘러내리자, 차량은 쓰러졌다. 뱃속 내용물을 바깥 공기에 노출했는데도 아직 숨은 붙어 있었다. 어떻게든 몸을 일으켜 레일에 오르려 하는 다리가 후들거렸다.

요코도 다리를 다쳤다. 균형을 잃은 다리로 비틀비틀 일어나 탈선한 차량 사이에서 고개를 내밀었다.

〈걸즈〉 열차는 선로 분기점까지 후퇴한 다음, 거기서 편성을 바꿔 다시 요코 쪽으로 돌진해 왔다. 맨 앞줄 차량은 사마귀의 앞발처럼 뾰족한 기관이었다. 이건 위험하다. 비틀거리며 레일 위에서 벗어나려고 했다. 하지만 다리를 다친 탓에 속도가 나오지 않는다.

"덜컹덜컹덜컹덜컹덜컹덜컹덜컹덜컹!"

차량이 점점 가까워졌다. 차량이 달려오는 속도에 비해 요코의 다리는 절망적일 정도로 느렸다. 이대로라면 꼬챙이 신세가 될게 틀림없다. 눈을 질끈 감고 싶어도 눈꺼풀이 없으니 다가오는 죽음을 지켜볼 수밖에 없다.

"요코!"

하늘에서 목소리가 들렸다. 드야우스다. 비축해 둔 레실린의 탄성력을 해방하여 몸을 날렸다. 드야우스의 긴 다리가 공중에서 요코의 몸을 잡아챘고, 간발의 차이로 차량에서 튀어나온 사마귀의 앞발이 허공을 갈랐다.

"요코, 무사해?"

"어떻게든."

눈 아래엔 〈걸즈〉 열차가 또다시 클러스터 미사일을 발사하고 있었다. 드야우스는 폭풍을 이용해 고도를 높여 피했다.

"큰일이야! 가나파티한테 돌진할 작정인가 봐!" 드야우스가 외쳤다.

열차가 돌진하는 선로 끝에 있는 건 나선형 껍데기를 머리에 얹은 거인, 가나파티였다. 그녀는 적과 자신의 속도 차이를 파악하고선 도망치는 걸 포기했다. 원거리전은 저쪽이 유리하다. 근접전으로 끌고 갈 수밖에 없다.

차량은 점점 가속했고, 조금도 속도를 줄이지 않은 채 그대로 가나파티와 충돌했다. 앞발이 표피를 꿰뚫자 체액이 흘러나온다. 하지만 가나파티도 순순히 지지 않았다. 꿰뚫린 다리로 걷어차서 차량을 떨쳐냈다. 열차는 탈선했다. 아무래도 레일에서 이탈하면 바로 움직임이 느려지는 모양이다. 조개 같은 움직임밖에 할 수 없게 된다.

가나파티는 점프해서 차량을 짓뭉갰다. 포장용 뽁뽁이를 터트리는 것처럼 다리를 연이어 내뻗어 상대를 파괴하기 시작했다. 〈걸즈〉 열차는 맹렬한 속도로 후퇴하면서 자기 차량이 피해를 입는 것도 아랑곳하지 않고 클러스터 미사일을 지상 가까이서 폭발시켰다. 별, 구슬, 삼각형, 사각형, 다채로운 수많은 뼈가 가나파티의 얼굴에 쏟아져 눈을 가렸다. 추격의 손길이 느슨해진 틈을 타서 또다시 차량을 제물로 삼아 분리하고는 후다닥 도망친다. 오직 날갯짓 말고는 속도를 낼 방법이 없는 드야우스로서는 도저히 따라갈 수가 없다.

가나파티는 상대를 쫓기 위해 하늘로 떠올랐다. 바유한테 수소 생산량을 늘려 달라고 부탁해 기구와 같은 원리로 공중에 떠오른 것이다. 노즐을 뒤로 향하고 수소와 산소 혼합 기체를 폭발시켜 뒤쫓았다. 스피드는 막상막하다.

"더 빠르게!"

하늘에선 요코가 드야우스를 재촉하는 중이었다. 가나파티와 거리가 점점 벌어졌다. 자신이 아무것도 할 수 없다는 초조함을 느꼈다. 하지만 요코의 머릿속을 가득 채운 건 가나파티가 아닌 바유의 안부였다. 바유에겐 껍질도 비늘도 없으니까. 공격당하면 간단히 죽고 말겠지. 그녀가 죽을지도 모른다는 생각만 해도 가슴이 무너질 것 같았다. 바유의 죽음을 막기 위해서라면 어떤 짓이든 할 각오가 있었다.

두 사람의 시야 밑에선, 차량이 분기 레일에서 자신을 둘로 쪼개고 있었다. 두 개로 나뉜 차량이 각자 다른 방향으로 나아간다. 가나파티는 순간 망설였지만, 둘 중 한쪽을 쫓기로 했다.

하지만 그 선택은 실수였다. 다른 한쪽 차량이 후진하더니 가나파티가 선택한 레일 위로 다시 진입했다. 협공이다.

자기가 불리한 처지에 빠졌음을 깨달은 가나파티는 두 가지 전략 사이에서 망설였다. 수소를 이용해 공중으로 떠올라 도망칠지, 아니면 화염방사로 태워서 공격할지. 둘 다 선택하는 건 불가능하다. 바유의 수소 생성 능력엔 한계가 있으니까. 이미 수소를 꽤 낭비한 탓에 화염을 뿜는다면 공중으로 떠오를 수소가 남지 않는다. 고민 끝에 화염방사를 선택했다. 탭댄스를 추는 것처럼 얼굴 방향을 이리저리 바꿔가며 앞뒤로 다가오는 차량을 차례차례 불태웠다. 고화력 버너는 순식간에 차량을 숯덩어리로 만들었지만, 돌진하는 속도가 줄지 않는다. 〈걸즈〉 열차는 피해를 감수하고서 차량이 불타는 것도 개의치 않고 가나파티를 들이박았다. 수소를 소비한 탓에 가나파티의 몸이 무거워져 움직임이 굼떠진 것도 불운이었다. 촉수를 써서 불탄 차량을 들어 올려 레일에서 벗어나려고 시도했지만, 끝에 갈고리가 달린 케이블 같은 단단한 촉수가 차량에서 튀어나와 가나파티의 등에 걸렸다. 균형을 잃고 넘어진 채로 다시 레일 위로 질질 끌려왔다.

“가나파티!” 드야우스가 소리를 질렀다. 그 외침도 허무하게, 차량은 가나파티를 찢어버리기 위해 몸 양쪽을 잡고서 각자 반대 방향으로 잡아당기기 시작했다. 가나파티는 갈고리를 떼어내려고 케이블 촉수에 달려들었다. 하지만 물체를 붙잡는 용도로 쓰이는 촉수로는 단단한 케이블을 끊을 수 없었다. 가나파티의 피부가 조금씩 찢어진다. 건조에 강한 두꺼운 피부가 찢어지자 이제 남은 건 탱글탱글한 흰 살점뿐이다. 살점이 그대로 바깥에 노출되었을 때 어떤 감각이 뒤따를지 상상해 보라. 아프다. 아프다. 아프다! 가나파티는 격통에 포효하며 쓰러졌다. 그 틈을 타 차량이 태산처럼 달려들었다. 이번엔 날카로운 앞발 차례다. 앞발이 다리에 사정없이 틀어박힌다. 탄력 있는 가나파티의 살을 절단하기 위해 몇 번이고, 몇 번이고, 몇 번이고. 날이 무뎌지는 것도 신경 쓰지 않고서 가진 바 모든 힘을 칼날에 담았다. 혈관이 찢어져 푸른색 피가 솟구쳤다. 다리가 절단되었다. 절단된 다리는 마치 다른 생물인 것처럼 꿈틀꿈틀 돌아다녔다. 차량이 다리 사이로 전진해 온다. 입안에 케이블 촉수를 삽입하고 내장에 갈고리를 건 다음 그대로 출발. 뱃속에 있는 모든 것들이 입을 통해 밖으로 끄집어져 나왔다. 안구가 쑤욱 안쪽으로 빨려 들어간다 싶더니 다음 순간 입을 통해 튀어나온다. 그런 상태인데도 눈은 아직 움직였다. 내장과 뇌는 반투명한 막 안에 들어 있고, 거기서부터 신경이 안구까지 뻗어 있다. 앞발이 내장을 절개했다. 내장이 터져 갈색 배설물이 흘러나왔다. 푸른색 피와 뒤섞여 물감의 모든 색을 아무렇게나 섞어 놓은 듯한 형언할 수 없는 색으로 변했다.

상이 차려졌고, 식사가 시작됐다. 두 개의 거대한 침을 내민 차량이 앞으로 나섰다. 침 뒤쪽에는 작은 주머니가 달려 있다. 침이 내장에 박히자, 주머니가 부풀어 올랐다. 그와 동시에 내장만 남은 가나파티가 점점 쪼그라든다. 주머니는 거머리 같은 해면체로 이루어져 있어 대량의 피를 빨아들일 수 있었다. 피를 빨될수록 가나파티의 목소리가 희미해졌다.

"아—아—아— 아아…… 아아…… 아아아……." 그리고 영혼의 목소리가 멎었다. 하지만 몸은 아직도 움지이고 있다. 희미하게 맥동하고 있다. 끈적끈적한 점액을 내뿜으면서 미끈거리며 꿈틀대고 있다.

"그만둬!" 겨우 따라잡은 드야우스가 강하하며 몸통 박치기를 먹였다. 성가신 파리를 쫓는 것처럼 촉수가 드야우스를 찰싹 때리자, 날개가 뜯겨 요코와 함께 추락했다.

앞발이 두 사람을 향해 다가온다. 그때 안구를 잃은 가나파티의 눈구멍에서 미끈미끈한 점막에 덮인 회색의 가느다란 생물이 기어 나왔다. 바유였다. 눈은 보이지 않아도 영혼의 목소리로 바깥 상황을 파악하고서 나온 것이다. 침 기관을 가진 차량이 새로 나타난 목표물을 꿰뚫었다. 그 순간 차량이 움찔, 몸을 떨었다. 그 떨림은 차량 하나로만 끝나지 않았다. 차례차례, 도미노가 쓰러지듯이 경련이 퍼져나간다. 그와 동시에 뭔가 타는 냄새가 났다. 생물이 산 채로 타는 냄새다. 부르르 떨던 차량은 두 번 다시 움직이지 않았다. 감전으로 조직이 괴사한 것이다.

드야우스는 비틀거리면서도 필사적으로 가나파티에게 다가갔다.

가나파티의 상태는 비참했다. 몸 안에 있는 모든 걸 입으로 토해낸 모습. 피를 빨린 내장은 쭈글쭈글해졌다.

"가나파티, 가나파티, 나야, 나라고……." 드야우스가 말을 걸었다. 물론 대답은 돌아오지 않는다.

"……소용없어, 그래도 〈걸즈〉 가챠를 돌리면…… 가나파티가 부활할지도…… 몰라." 바유가 꺼져가는 목소리로 말했다. 한 번에 너무 많이 방전한 탓에 상당히 지친 모양이었다.

바유의 그 한마디는 드야우스의 역린을 건드렸다. "가나파티는 죽었다고! 너 때문에 말이야! 네가 여기로 오자고 말했잖아! 애초에 왜 좀 더 빨리 튀어나와서 같이 싸우지 않은 거야! 가나파티가 아니라 네가 대신 죽었으면 좋았을 텐데!"

"그러면…… 파티는 해산이네……."

당연히 드야우스가 거기서 멈출 리가 없었다. 그녀는 한번 흥분하면 걷잡을 수 없이 날뛰는 성격이었으니까.

"그래! 해산이야, 해산. 하지만 너만큼은 도저히 용서할 수 없어. 가나파티에게 속죄하는 의미에서 너도 죽어!"

드야우스는 바유에게 달려들어 물어뜯었다. 유일한 방어 수단인 방전을 과로 탓에 쓸 수 없게 된 바유는 저항할 방법이 없었다. 살점이 파헤쳐지고, 검붉은 피가 번진다.

"드야우스, 그만해!"

요코가 목을 날려 드야우스의 머리에 턱을 걸었다. 그럼에도 멈추지 않는다.

"죽여버릴 거야. 죽여버릴 거야. 죽여버릴 거야!"

"그만둬, 그만둬어어어!"

요코의 턱에 실린 힘이 강해졌다. 드야우스의 머리를 덮고 있는 키틴질 껍질에 균열이 생긴다. 균열은 점점 커졌고, 이내 깨졌다. 살점이 노출된다. 외골격이 내장을 압박해, 갈 곳을 잃은 장기가 밖으로 비집고 나온다. 몸이 경련한다. 죽고 싶지 않다고 온몸으로 표현하고 있다. 이윽고 떨림에서 고통스러움을 느낄 수 없게 됐다. 툭, 머리가 떨어졌다. 드야우스의 몸은 두 동강이 났다. 이것은 무엇을 의미하는가? 죽음. 드야우스는 죽었다. 살해당했다. 요코가 죽인 것이다. 함께 모험해 왔던 파트너를. 요코는 친구라고도, 악우라고도 할 수 있었던 상대를 죽였다.

요코는 길고 미끈미끈한 물체, 바유를 보았다. 바유는 의식을 잃은 모양이었다. 하지만 맥박은 있었고, 목숨까진 잃은 것 같진 않다.

자기가 저지른 짓에 망연자실했지만, 드야우스를 죽였다는 충격보다도 바유가 무사하다는 안도감이 더 컸다. 요코 안에서 바유는 그만큼이나 소중한 존재였다. 바유를 지키기 위해 반사적으로 드야우스를 죽여버릴 정도로 그녀에게 푹 빠졌다.

이렇게까지 한 이상 반드시 이 아이의 소원을 이루어 주자. 〈걸즈〉 가챠를 찾아내서 『선생님』을 만나게 해 주자. 요코는 그렇게 결심했다.

Ⅳ

꽝! 꽝! 꽝! 전부 꽝이다.

요코의 등 뒤에는 거대한 소용돌이가 회전하고 있었다. 거대함, 그 단어가 주는 느낌과 실제가 이렇게까지 다를 수 있을까. 말로는 도저히 형용할 수 없을 정도로 소용돌이는 거대했다.

작은 행성이라면 몇 개 정돈 너끈히 들어가고도 남을 거대함이다. 소용돌이를 배경 삼아 일부 공간이 칠흑으로 덧칠되어 있었다. 칼로 자른 듯한 뚜렷한 직사각형. 이걸 위해 요코는 여기까지 온 거였다. 모든 것의 종착점. 〈걸즈〉 가챠.

지금 요코가 있는 곳은 두 번째 인생을 보낸 행성에서 아득히 먼 곳에 있는 거대 가스 행성이다. 이미 전생에서 살았던 24년간의 세월보다 긴 시간을 이쪽 세계에서 지냈다. 구체적인 날짜를 세는 건 한참 전에 그만뒀다. 자기 몸을 자유자재로 바꿔 입을 수 없는 상태란 어떤 것인지 떠올리는 것조차 힘들어졌다.

그날, 가나파티가 죽고 드야우스를 죽였던 날을 기점으로 요코와 바유는 문자 그대로 일심동체가 되었다. 열차를 닮은 〈걸즈〉와 드야우스, 그리고 가나파티를 먹어서 획득한 〈포인트〉로 자기 몸을 개조했다. 가장 먼저 한 일은 바유를 자기 몸 안에 집어넣는 일이었다. 눈도, 코도 없는 그녀는 다른 〈걸즈〉의 몸속에서만 살아갈 수 있다. 그래서 자기 몸을 거대화하여 체강 안에 바유를 넣을 공간을 만들었다.

요코는 자기 몸을 다지류, 즉 지네 형태로 만들었다. 절지동물 중에서 지네는 가장 거대화에 안성맞춤인 형태다. 거대화하기 전이든 후든 몸의 구조를 바꾸지 않아도 살아갈 수 있다. 세로로 길어지기 때문에 표면적과 체적의 차이가 치명적으로 작용할 일이 없어 질식할 걱정도 없다. 체절 부품을 늘리기만 하면 되니까 거대화 자체도 손쉽다. 거기에 덤으로 거대화하면 할수록 다리가 늘어나 힘도 속도도 커진다.

거대 지네가 된 요코는 한때는 숲을 자기 영역으로 삼았지만, 자기 특성을 살리기엔 부적합한 장소라는 걸 금방 깨달았다. 걸리적거리는 장애물이 많아서 몸이 꼬이고 말았다. 주위에 〈걸즈〉가 많은 환경에서는 독립된 방어 수단이 없는 각 체절이 공격받기 쉽다. 뇌를 여러 체절로 나누는 회피책을 썼지만, 치명적인 손상을 피할 수는 있어도 근본적인 해결책이 되진 못한다.

곤경에 빠진 요코는 하늘로 날아올랐다. 하늘에 있으면 측면에서 공격해 올 적은 없다. 다리 사이에 막을 쳐서 활공하는 방식이었는데, 새 같은 날개가 없는 만큼 계속 하늘을 날기 위해선 추진

제가 필요했다. 바로 그게 바유가 공급해 주는 수소였다. 엔진 역할을 해 주는 특별한 기관을 새롭게 만드는 대신 꼬리 가장 끝 체절을 폭발시켜 하늘을 날았다.

그러다 마침내 굳이 폭발시키지 않아도 날 수 있게 되었다. 배설 기관을 레벨업시켜 길고 튼튼한 하나의 관으로 만들었다. 관 내부의 융털에는 수소와 산소가 혼합된 연료로 채워진 돌기가 있어서, 돌기를 하나하나 폭발시켜 엔진으로 삼았다.

이 형태는 다른 방식으로 응용할 수도 있었다. 항문을 하늘 쪽으로 향하면 자기 몸이 그대로 하나의 거대한 대포가 된다. 매우 빠른 발사 속도를 자랑하는, 문자 그대로 지네 대포다. 일반 대포는 한 번의 폭발로 탄을 발사하지만 지네 대포는 몸속에서 연달아 폭발이 일어나 탄이 가속한다. 다단식 발사 로켓과 똑같은 원리다. 배설 기관 내에 폭발 돌기를 수용하는 구멍을 만들어서 탄이 지나가는 궤도를 방해하지 않도록 설계하면 된다.

탄도 진화했다. 처음엔 폭약을 가득 채운 분변을 날려 폭발시켰지만, 바유의 일부를 사용하는 법을 깨달았다. 바유의 전기 기관은 응용하기에 따라서 강력한 공격 수단이 된다. 바로 전자기 펄스 폭탄이다. 보통 전자기 펄스는 매우 높은 전압을 가하는 방식으로 전자기기를 파괴하지만, 이건 뇌에도 통하는 방식이다. 뇌의 뉴런을 파괴하는 전자기 펄스 주파수가 존재하니까.

항문에서부터 전자기 펄스 폭탄을 주변 일대에 발사하자, 거기 있던 〈걸즈〉들은 미쳐버렸다. 미쳐버린 〈걸즈〉를 잡아먹는 건 손쉬운 일이다. 날아다니면서 머리를 뻗어 턱으로 깨물면 끝이다. 대신 부작용으로 요코도 살짝 미쳐버렸다. 미쳐도 상관없다, 바유의 바람을 이뤄주기 위해서라면.

요코의 생각은 한 걸음 더 나아갔다. 좀 더 많은 〈걸즈〉를 죽여야 해. 죽여서 잡아먹어야 해. 그러기 위해선 뭘 해야 할까. 이 순간에 와서야 드디어 전생의 기억이 도움이 됐다. 그렇지, 핵폭탄이라는 게 있었던 거 같아. 그걸 만들면 되지 않을까.

핵폭탄을 만들기 위해선 바유와 자신을 방어할 수단이 필요했다. 유전자를 납으로 코팅해서 유해한 방사선으로부터 방어했고, 땅을 파서 우라늄을 채굴해 그걸 먹어 정련했다. 거기서 멈추지 않고 원자력 재해에 대응하기 위해 뇌를 여러 개 만들어 무선으로 연결했다. 분리된 뇌는 장내에서 종양처럼 자라나 몸 안의 원자로를 제어했다. 노력한 보람이 있어서 핵폭탄이 완성됐다. 핵폭탄은 전자기 펄스도 발생시키니까 일석이조다.

핵폭탄을 폭발시킬 수 있게 되자 우주 진출도 가능해졌다. 원리는 간단하다. 핵폭탄 위에 올라탄 다음 핵폭발을 일으킨다. 그 충격으로 멀리 날아간다. 끝. 한 개의 거대한 핵폭탄이 일으키는 충격만으론 몸이 으스러지고 말지만, 여러 개의 작은 핵폭탄을 시간차를 두고 폭발시키면 순조롭게 상승할 수 있다. 이때도 체절구조가 도움이 되었다. 체절을 폭발시키면서 우주로 날아갔으니까. 우주 공간에는 이미 많은 〈걸즈〉가 살고 있었다. 코디 가챠도 있었다. 거기서 요코는 자신을 더욱더 개조해 나갔다.

"바유, 이제 곧 『선생님』을 만날 수 있어."

말을 걸었지만 반응은 없었다. 눈도 코도 없는 육체가 영혼에 악영향을 끼친 걸까. 가끔 잠꼬대처럼 "선생님…… 선생님……." 하고 중얼거릴 뿐이다.

요코의 육체는 커졌다. 몸길이가 5킬로미터쯤 되지 않을까. 날개 없는 잠자리, 혹은 뼈밖에 없는 물고기를 닮았다. 세라믹과 탄소를 필라멘트 구조로 엮은 껍질로 온몸을 단단히 덮었다. 진공 상태인 우주 공간과 방사선으로부터 몸을 지키기 위해서다.

꼬리에는 치마 모양의 분사구가 있다. 그리고 분사구를 방사형으로 둘러싼 여러 장의 날개. 날개라고는 해도 날기 위해 달린 기관은 아니고, 방열판이다. 동력원인 핵융합에서 발생하는 잉여열을 식히기 위해 펼쳐놨다.

핵융합은 레이저 빔을 집중시켜 발생시킨다. 분사구에서 연료가 방출되면 치마 아랫단 부분에 설치된 무수히 많은 레이저 발사 기관이 빔을 쏘고, 연료는 사방팔방에서 오는 빔에 둘러싸인다. 주변에 짓눌리는 형태로 핵융합에 이르게 된다.

연료는 유막에 감싸인 액체 수소다. 연료를 분출하는 기관은 거미가 쓸 법한 방적 돌기라는 기관을 토대로 만들었다. 실을 분비하는 대신 기름을 분비해서 체내로 운반되어 오는 액체 수소를 코팅한다. 무중력 상태에선 모난 곳 없이 완벽에 가까운 구체가 만들어진다.

분사구 끝은 점점 가늘어져 체절 형태의 막대가 된다. 그 막대가 한참 뻗어나간 끝에 머리가 달렸다. 장수말벌을 닮은 머리. 대신 눈은 네 개다. 얼굴 면적의 4분의 1을 차지하는 거대한 전방의 겹눈 두 개와 뒤쪽을 향하고 있는 작은 겹눈 두 개. 얼굴 앞쪽 끝엔 전생 시절에 봤던 우스꽝스러운 익살꾼 가면처럼 쭉 돌출된 입과 그걸 덮는 턱이 있다. 돌출된 입은 에어록 구조로 되어 있어 진공으로부터 내부를 보호한다.

요코는 우주 공간에 거주하는 〈걸즈〉들과 일상을 보냈다. 다시 말해, 싸우고, 죽이고, 잡아먹기를 반복했다. 핵융합의 잉여열로 만들어진 수증기를 사용한 섬세한 조종으로 〈걸즈〉에게 다가가 턱으로 붙잡고 입을 찔러 넣어 살을 빨아먹었다. 모든 건 바유를 위해서였다. 『선생님』과 다시 만날 수 있게 해 주기 위해서.

활동 범위를 우주로 넓히자, 〈걸즈〉 가챠에 대한 소문을 들을 수 있었다. 천체 관측이 특기인 〈걸즈〉가 바깥쪽에 있는 가스 행성을 공전하는 이상한 무언가를 발견했다는 소문이었다.

그건 확인해 볼 가치가 있는 소문 같았다. 요코는 가스 행성으로 향하기 위해 핵융합 시스템을 완성하여 고독한 여행을 떠났다. 요코의 능력으로는 몇 년씩 걸릴 긴 여행이었지만, 다른 선택지가 없었다.

여행 도중, 요코는 쭉 혼자였다. 이미 바유는 대화가 가능한 상태가 아니었다. 다른 〈걸즈〉도 없었다. 새롭게 〈프렌즈 신청〉을 하는 것도 불가능했다. 왜냐하면 동료들끼리 서로를 죽이는 사태가 또 일어날까 봐 두려웠으니까. 그저 움직이지 않는 별만 지켜보는 하루하루.

여행 중간에 방향을 180도로 바꿔서 감속을 시작한 것 말고는 할 일이 없었다. 궤도 계산은 전부 거대한 소뇌가 직감적으로 해 주었다.

가스 행성이 눈에 보이기 시작했을 땐, 구원받았다는 느낌마저 들었다. 아름다웠다. 붉은색과 푸른색과 흰색의 그러데이션. 광대한 규모의 폭풍. 바라보고 있으면 신비로운 기분에 잠겼다.

기묘한 직사각형은 금방 찾아냈다. 행성을 배경으로 잘려 나간 듯한 어둠. 틀림없다. 〈걸즈〉 가챠다.

아메바 시절부터 지니고 있던 가챠 본능이 자극받았다.

요코는 가챠에 다가갔다. 그리운 기척이 점점 가까워진다.

기척은 점점 강해져, 이윽고 실체화됐다. 아름다웠다. 아름다운 기척이었다. 요코는 그 가챠가 대량의 〈포인트〉를 요구한다는 걸 알고 있었다. 탐욕스러운 식욕을 가졌다. 밑 빠진 구멍이다. 요코는 상당한 양의 〈포인트〉를 마련해 왔다고 생각했다. 매일 같이 잡아먹어 온 〈걸즈〉의 피와 살을 환산하여 손에 넣은 〈포인트〉다. 그럼에도 돌릴 수 있는 횟수는 몇 번밖에 없었다.

하지만 돌릴 수밖에 없다. 눈앞의 가챠를 돌린다. 그것이 요코에게 주어진 의무다.

가챠와 요코는 말로 이루어지지 않은 대화를 나누었다. 가챠에게선 〈걸즈〉가 지닌 영혼의 감각이 느껴지진 않았다. 그래도 저게 〈포인트〉를 원한다는 건 알 수 있다. 경품으로 바유의 『선생님』을 되살려 줄 수 있다는 것도.

〈포인트〉를 투입해 돌렸다.

꽝.

꽝, 꽝, 꽝, 꽝, 꽝, 꽝.

순식간에 보유한 〈포인트〉가 바닥을 드러냈다.

요코는 주저 없이 과금했다. 자신의 생명은 이미 존재하지 않는 거나 마찬가지였다. 요코의 정신은 그날, 이미 죽어 버린 채였다. 교통사고를 당해 전생한 날이 아닌, 드야우스와 가나파티가 죽었던 날에. 요코는 죽음을 통해 되살아났고, 또한 죽음을 통해 죽었다. 이 세계에 오기 전, 모바일 게임에 지배당하던 나날, 요코는 죽어 있었다. 그리고 드야우스, 가나파티, 바유와 만나 삶을 되찾은 것이다. 요코를 전생시키기 위한 죽음은 동시에 요코의 정신을 삶으로 이끌었다. 그리고 요코는 다시 한번 죽었다. 지금 그녀가 생각하는 건 오직 바유를 구하겠다는 것뿐이다. 바유는 요코에게 남겨진 유일한 존재 이유였다.

수명, 생명, 의지, 존재가 녹아내린다. 이 세계에 막 왔을 땐 요코는 큰 주저 없이 수명, 생명, 의지, 존재를 포인트로 녹였다. 아니, 전생하기 전부터 그래왔다. 한 번의 정신적 부활은 자기 자신을 손에서 놓아 버리는 행위에 대한 다소의 두려움을 요코에게 일깨워 줬다. 하지만 지금은 그 두려움을 억눌러야 한다.

녹인다…… 녹인다…… 녹인다……. 수명, 생명, 의지, 존재를 환원한 〈포인트〉를 가챠에 투입했다.

꽝…… 꽝…… 꽝…… 꽝…….

수명, 생명, 의지, 존재를 녹일 때마다 몸이 가벼워져 가는 듯한 느낌이 든다. 무언가가 빠져나간다. 온몸에 터널이 뚫리는 듯한 허무감. 조금씩, 조금씩, 자신의 기반이 옅어져 간다. 자기가 희미해져 간다. 자기가 있는 위치가, 자기가 존재하는 시간이, 위태롭게 흔들리며 근거를 잃어간다. 마음에 대량의 물이 들어차 희석되어 간다. 자신을 구성하고 있는 분자 하나하나가 증발하면서 끝없이 확산되어 간다. 생각하는 법을 잊어 간다. 생각이란 무엇인가를 생각하는 것조차 할 수 없게 된다. 녹는다…… 녹는다…… 녹는다……. 내가 녹아내린다.

전부 녹아내리자, 세계가 흐물흐물 구부러졌다. 그 중앙에 빛이 떠오른다. 따뜻한 빛이다. 전부, 그 어떤 것이든 인정해 주는 구원의 빛. 빛이 요코를 꿰뚫었다. 어쩜 이렇게 기분 좋을까. 요코의 세계엔 빛뿐이었다. 요코는 이 빛만으로도 충분했다. 빛이여, 부탁이니까 영원히 그대로 있어 줘. 빛에는 요코의 삶을 긍정해 주는 말들이 또렷이 새겨져 있었다.

"당첨."

1조 년이 지났을까? 아니면 1초일까? 모르겠다. 세계가 검게 물들기 시작했다. 완벽한 줄 알았던 빛의 여기저기에 검은 구멍이 발생한다. 구멍은 점차 증식하더니 빛을 삼켰다. 아직 안 돼! 조금만 더 여기에 있고 싶어! 요코는 외쳤다. 입이, 혀가, 성대가 없어도 부르짖었다. 퍼져나가는 어둠은 그런 애원 따윈 존재하지 않는다는 것처럼 계속 늘어났다. 주어진 시간은 끝났다. 요코의 목숨은 전부 녹아 버렸다. 이 세계에 존재할 자격을 잃었다. 이제 즐거운 모바일 게임에 참가할 수 없다. 완전한 종지부.

죽음.

요코는 죽었다.

그리고 죽음으로써 깨달았다. 모든 진리를. 바유가 말한 『선생님』이란 누구인가, 영혼이란 무엇인가, 자신은 왜 전생했는가. 그리고 왜 모바일 게임 중독이 발생하는가, 모바일 게임이란 무엇인가에 대해서.

모든 것이 시작된 건 우주가 탄생했을 때였다. 인플라톤 장의 진동에서 탄생한 순간, 우주는 영혼을 지니고 있었다.

영혼이란 무엇인가? **그건 바로 11차원으로 향하는 잉여 차원이다.**

인간의 의식을 생각해 보자. 의식에서 가장 뚜렷하게 드러나는 성질은 가능성 속에서 살아간다는 점이다. 빨간색을 본다는 건, 그냥 단지 눈앞의 세계에 존재하는 빨간색을 본다는 것만을 의미하지 않는다. 빨간색을 본다. 그것은 파란색도, 초록색도, 노란색도 아닌 빨간색을 본다는 걸 의미한다. 이때, 사람들은 자기가 보는 것을 또 다른 가능성과 비교하고 있는 셈이다. 하지만, 다른 가능성이란 과연 무엇인가? 가능성의 본질은, 현실 세계에 있는 존재에 지배당하지 않는다는 것이다. 그렇다면 이야기는 쉬워진다. 인간의 의식은 다른 우주와 지금 자기가 있는 우주를 비교하는 방법으로 인식을 가능하게 만드는 것이다. 이것은 의식의 구성 요소에 잉여 차원인 영혼이 존재하기 때문에 가능한 방법이다. 11차원상에는 다양한 우주가 무수히 존재한다. 즉, 영혼은 네트워크 형태로 우주와 연결되어 있다. 인간이 인식이라는 행위를 수행할 때, 영혼은 다른 우주의 상황을 검색한다. 방대한 양의 우주를 검색하려면 오랜 시간이 걸릴 것 같지만 괜찮다. 11차원상에선 세계 최고 속도인 광속이 기존보다 10의 30제곱 배나 빠르니까. 이게 본래의 광속이었다. 초속 30만 킬로미터라는 느릿느릿한 속도는 11차원이 3차원으로 꾸깃꾸깃하게 접힌 결과 빛이 장애물에 방해받아 최단 거리로 달릴 수 없으니까 나오는 속도다.

영혼을 통한 타 우주의 검색을 통해, 인간은 다양한 것들을 할 수 있게 된다. 타인의 감정을 인식한다는 건, 그 타인이 자기 자신으로 지칭되는 우주를 검색한다는 뜻이고, 과거와 미래를 인식한다는 건, 그 시대가 바로 지금인 우주를 검색하는 것이다.

거기에서 더 나아가 보자. 인간의 문화 역시 영혼을 통해 이루어진다. 픽션, 과학, 윤리, 종교 등등은 영혼을 통한 타 우주의 검색으로 가능해진다.

픽션이란 무엇인가? 픽션의 존재가 실재하는 타 우주의 검색이다.

과학이란 무엇인가? 과학적 모델이 실재하는 타 우주의 검색이다.

윤리란 무엇인가? 윤리 원칙이 작동하는 이상 사회가 실재하는 타 우주의 검색이다.

종교란 무엇인가? 신비로운 존재가 실재하는 타 우주의 검색이다.

인간과 대조적으로 컴퓨터에는 영혼이 없다. 빨간색을 보더라도 그걸 현실에 실재하는 파장이라고밖에 받아들이지 않는다.

컴퓨터는 현실에서 벗어날 수 없다.

어째서일까? 컴퓨터는 환경 내에 있는 잉여 차원을 흡수해서 이용하는 유전자가 없기 때문이다. 인간은 진화 과정에서 그 유전자를 손에 넣었다.

138억 년 전, 우주 탄생의 순간에 존재했던 거대한 영혼은 우주 팽창과 물질 생성에 따른 에너지 저하로 인해 3차원으로 압축되었다. 몇 안 되는 영혼이 과냉각 상태가 되어 살아남아 우주 곳곳으로 흩어졌다.

인간은 소립자 크기의 11차원으로 향하는 문을 이용해 의식을 진화시켰다. 환경 내에 흩어져 있는 잉여 차원을 흡수하여, 영혼이라는 뇌 속에 존재하는 하나의 기관으로 이용하는 방법을 익혔다.

영혼에는 결정론을 깨부수는 자유의지가 존재한다. 왜냐하면 영혼은 에너지 보존 법칙과 엔트로피 증가 법칙을 깨트릴 수 있으니까.

그걸 가능하게 하는 메커니즘은 영혼 내부에서 광속이 변동한다는 점에 있다. 아인슈타인 방정식에 따르면 에너지는 질량에 광속의 제곱을 곱한 것과 같다. 일반적으로 광속은 상수로 여겨지지만, 영혼 내부에서는 변수인 것이다. 영혼이 활동할 때마다 광속이 변동하여 막대한 잠재적 에너지가 생성된다. 이 에너지를 자유의지 에너지라 부르기로 하자.

자유의지 에너지에 의해 인간은 결정론의 굴레에서 해방된다. 완전히 새로운 에너지를 창조함으로써 인과 법칙의 연쇄로 고정된 스케줄에서 이탈할 수 있다는 말이다.

자유의지 에너지는 또한 우주 자체를 멸망에서 구원한다. 엔트로피 증가 법칙을 파괴해 우주 전체를 질서(코스모스) 있는 우주로 만든다.

영혼과는 다르게 진화는 결정론적 시스템이다. 진화란 무엇인가? DNA를 언어로 삼는 튜링 머신이다. 다시 말하자면, 진화는 DNA 변이를 통해, 보다 적응도 점수가 높은 유전 정보를 산출해 내는 튜링 머신인 것이다. 튜링 머신이란 계산의 본질을 이해하기 위해 만들어진 모델이다. 소프트웨어를 통한 정보 처리는 전부 튜링 머신의 작동으로 번역하여 이해할 수 있다.

튜링 머신은 결정론적 프로세스다. 예를 들어, 라이프 게임의 세계를 떠올려 보자. 이 모델을 통해 튜링 머신이 만들어 내는 진화에 대해 배울 수 있다. 라이프 게임이란 다음과 같다. 2차원상에 펼쳐진 무한한 넓이를 가진 격자가 있다고 치자. 하나의 격자를 셀이라고 부르며, 그 셀이 취할 수 있는 상태는 삶 혹은 죽음의 두 가지 종류다. 이때 네 가지 법칙을 부여한다.

탄생 법칙 : 죽음의 셀에 삶의 셀이 세 개 접해 있으면, 죽음은 삶으로 상태가 변한다.

생존 법칙 : 삶의 셀에 다른 삶의 셀 두 개, 혹은 세 개가 접해 있으면, 그 셀은 삶을 이어간다.

과소 법칙 : 삶의 셀에 접해 있는 삶의 셀이 한 개 이하라면, 그 셀은 죽는다.

과밀 법칙 : 삶의 셀에 접해 있는 삶의 셀이 네 개 이상이라면,

그 셀은 죽는다.

이 네 가지 법칙과 충분한 시간, 공간만 있다면, 자가 복제를 하는 셀 패턴이 탄생하여 진화를 시작한다. 셀 패턴은 다양한 생존 전략을 보이고, 그중에는 지성을 발현하는 패턴도 나오겠지. 하지만 이 세계는 완벽한 결정론적 세계다. 미래의 모든 사건은 최초의 패턴 속에 숨겨져 있다.

하지만 튜링 머신으론 푸는 게 불가능한 문제가 있다. 그건 바로 정지 문제다. 튜링 머신은 어떤 프로그램이 어떤 상태에 도달할 경우, 프로그램이 정지할지 아니면 무한히 계속될지를 사전에 알 수 없다. 이것이 진화의 풍요로움과 고통을 뒤에서 지탱하는 원리가 된다. 진화는 적응도를 계산하기 위해 생물을 계속해서 만들어 낼 수밖에 없다. 계산은 자연 선택으로 구동되며, 피로 피를 씻는 시행 공간이 펼쳐진다.

영혼은 튜링 머신을 뛰어넘는 존재다. 다중 우주의 정보를 비결정론적인 자유의지 에너지로 우주에 가져올 수 있다. 그건 마치 기존 튜링 머신에 정지 문제에도 대응이 가능한 오라클 프로그램을 탑재한, 초 튜링 머신이라고도 부를 만한 무언가다.

영혼이라는 초 튜링 머신의 탄생으로 인해 진화라는 튜링 머신은 시대에 뒤처졌고, 그대로 끝을 맞이하게 될 예정이었다.

하지만 진화는 살아남았다. 왜일까?

진화는 영혼의 탄생이라는 사건으로 인해 도태에 직면했다.

도태라는 압력이 가해진 시스템은 진화한다. 진화 또한 시스템이다.

진화는 영혼에 적응하기 위해 진화한 것이다.

진화의 진화, 그건 드문 일은 아니다. DNA를 언어로 삼기 전, 진화는 RNA를 언어로 삼고 있었다. 환경이 변화하면 진화라는 시스템 자체 역시 변동한다.

이번에도 또 진화의 진화가 일어났다. 그렇다면 진화가 진화한 끝엔 무엇이 있을까? 공룡은 진화하여 새가 되었다. 원숭이는 진화하여 인간이 되었다. 진화는 진화하여 무엇이 됐을까?

진화는 진화하여 모바일 게임이 되었다.

모바일 게임의 시스템을 잘 살펴보면 진화의 흔적 기관이 남아 있음을 알 수 있다. 가챠란 출산과 거기에 수반되는 돌연변이를 의미하며, 가챠에 필요한 포인트란 출산에 필요한 에너지와 기회를 의미한다. 통상 가챠란 비교적 저렴하게 가능한 무성생식이고, 비싼 대가를 치러야 하는 프리미엄 가챠는 유성 생식이다. 그렇다면 과금은? 과금이란 모바일 게임에서 진화를 구동하기 위한 자유의지 에너지의 투입이다. 진화는 무에서 유를 창조하는 게 아니다. 열역학의 제한하에 존재하는 결정론적 프로세스이기 때문에, 항상 외부에서 에너지를 받아들여야 한다. DNA를 언어로 삼던 시대에서 진화는 태양으로부터 에너지를 받았다. 마찬가지로 모바일 게임의 진화는 영혼으로부터 자유의지 에너지를 받을 필요가 있다.

모바일 게임—— 그것은 영혼의 자유의지 에너지를 착취하기 위해 진화가 진화하여 만들어 낸 기관이다. 인정 욕구를 미끼로 삼아 영혼을 유혹해 자유의지 에너지를 포식하는 것이다. 시스템이 진화할 때, 위기 자체를 기회로 삼아 이용하는 방법은 생명의 역사 속에서도 종종 찾아볼 수 있는 방법이다. 예를 들어, 남세균의 대량 발생으로 지구가 산소로 뒤덮였던 시대, 그 당시 생명에게 산소는 독이었다. 하지만 그 위기에 대응하여 산소를 이용하는 방법을 찾아낸 결과, 호기성 세균의 진화가 일어났다. 그런 사례처럼, 진화는 위기의 원인인 영혼을 이용하는 방식으로 진화했다. 인간은 모바일 게임을 플레이하느라 외부로 발휘해야 했을 자유의지 에너지를 빼앗긴다. 우주에 질서를 가져오기 위해서가 아닌, 모바일 게임을 확대하기 위한 용도로만 쓰이는 에너지가 된다. 모바일 게임을 계속하면 자유의지가 소실되고 만다. 영혼의 탄생으로 이룩한, 에너지 보존 법칙과 엔트로피 증가 법칙의 파괴가 모바일 게임으로 인해 원상 복귀된다. 자유는 소실되고 결정론이 다시 우주를 지배한다.

진화가 진화한 모바일 게임들 사이에서 더 나아간 진화가 발생했다. 그중에서 대성공을 거둔 게 『에볼루션 걸즈』였다. 『에보걸』은 보다 효율적으로 자유의지 에너지를 갈취하기 위해서 모바일 게임의 형식을 확대해 나갔다. 모바일 게임의 폭주는 운영사의 의도를 넘어섰다. 모바일 게임을 관리하는 줄 알았던 회사는 실제론 모바일 게임에 이용당하는 존재에 불과하다.

먼저 모든 국가 시스템이 모바일 게임 방식을 따르게 됐다. 의료 보험과 연금 같은 소득의 재분배는 가챠를 돌려서 이루어지게 되었다. 기본적인 인권이란 최소한의 가챠를 돌릴 수 있는 횟수를 보장받는 권리라는 식으로 헌법이 재해석 되었다. 건강하고 문화적인 최저한도의 생활이란 모바일 게임에 매일 로그인할 수 있는 생활을 뜻한다. 시대가 흐르면서 사생활권과 투표권 등등 권리 자체가 분할되어 가챠의 경품이 되었다. 종국엔 권리뿐 아니라 몸도 가챠의 경품 중 하나가 되었다. 심장 일곱 개가 없으면 남들에게 인정받지 못하는 시대의 시작이다. 처음엔 심장이나 간장 등, 인간의 장기만이 경품으로 취급되었지만, 보다 많은 욕망을 자극하기 위해서 온갖 신체 부위가 경품으로 입고되었다. 모든 인간은 〈걸즈〉가 되었고, 다들 가챠를 돌리면서 자유의지 에너지를 자기 손으로 제공하게 되었다. 〈포인트〉란 결국 자유의지 에너지를 의미했다.

우주가 탄생했을 때, 영혼은 이 모든 것을 예지하고 있었다. 그래서 대항책을 마련했다. 우주의 영혼은 자신의 백업 시스템을 11차원 위에 창조했다. 백업은 잉여 차원 다발, 즉 혼을 3차원 우주에 강하시켜 모바일 게임의 동향을 살피는 탐지기로 삼았다. 11차원상에 백업 시스템을 준비한 다음, 문어 다리처럼 영혼을 3차원 우주로 뻗어 둔 거다. 그리고 그중 하나가 요코였다.

영혼의 전생은 일반적으론 불가능하다. 왜냐하면 뇌에 흡수된 잉여 차원들은 사후에 뿔뿔이 흩어져 두 번 다시 같은 조합으로 뭉칠 수 없기 때문이다. 하지만 우주 영혼 백업의 탐지기인 영혼들은 전생할 수 있다. 죽으면, 영혼이 환경 내에 확산되는 일반적인 과정 대신, 11차원상에 있는 백업으로 회수되어 다시 우주로 내려온다. 왜 이런 일을 하는가. 모바일 게임이 저지르는 자유의지 에너지의 착취에서 벗어나기 위해서다. 자유의지 에너지는 광속의 변동에서 생겨난다. 11차원에 떠 있는 백업만으론 자유의지 에너지를 만들어 낼 수 없고, 우주와의 접촉면이 있어야 한다. 그 접촉면이 전생자다. 전생자가 죽을 때 그 생애를 통해 만들어진 에너지는 모바일 게임에 회수되지 않고, 백업에 보존된다. 몇 번이고, 몇 번이고 전생을 반복함으로써, 모바일 게임에 반역하기에 충분한 에너지가 축적될 거라는 계획이다.

모바일 게임에 대항하기 위해서는 모바일 게임에 대해 통달한 사람이 필요하다. 우주를 지배하는 모바일 게임과 맞서 싸워 결정론을 타파하고 자유의지를 가져오기 위해 요코는 전생자 중 하나로 선택된 것이다. 누구보다도 모바일 게임의 늪에 빠져 있던 요코가.

요코는 11차원 위를 표류하고 있었다. 눈 아래 보이는 우주에는 시간이 존재하지 않았다. 설령 있다 해도 그건 가짜 시간이었다. 시간. 그것의 본질엔 자유의지가 필요하니까. 시간의 본질이란 『현재』, 『과거』, 『미래』의 구별이다. 하지만 결정론적 우주에선 시간에 『현재』가 없다. 그렇기 때문에 『과거』, 『미래』도 없다. 결정론 아래에선 인과 법칙에 따라 고정된 시간적 관계만 있을 뿐이다. 거기엔 현재라는 이름의 특권적 시점이 존재하지 않는다. 어떤 시점이 다른 시점보다 앞인가, 아니면 뒤인가라는 관계성만이 있다. 자유의지로 인해 결정론이 파괴된 우주에는 『현재』가 존재한다. 자유의지가 발휘되고 있는 시점이 현재다. 자유의지의 발현을 통해 지금까지 존재하지 않았던 『미래』가 창조

된다. 결정론 아래의 우주에선 모든 시점이 존재하고 있었던 것과는 대조적이다.

자유의지 아래의 우주에선 과거로의 시간 여행은 모순을 일으킨다. 하지만 결정론 아래에선 아니다. 과거로 시간 여행을 한다해도, 그 행동은 모순을 발생시키지 않는다고 이미 결정되어 있으니까. 그러므로 모바일 게임에 지배당해, 결정론 아래에 놓인 우주는 시간 여행이 가능하다.

요코의 영혼은 과거로 시간을 거슬러 전생을 거듭했다. 여러 〈걸즈〉가 되어, 수많은 모험을 했다. 그리고 무수한 죽음을 경험했다. 삶을 마칠 때마다 자유의지 에너지가 조금씩 축적되었다.

어느 날 그녀와 재회했다. 바유와. 요코는 아직 어린 바유를 가르쳤다. 바유는 요코를 『선생님』이라 부르며 몹시 따랐다. 요코는 자기 안에 바유를 향한 특별한 감정이 있음을 깨달았다. 수천 번을 전생했지만, 이런 감정이 마음속에 피어난 건 바유뿐이었다. 언제까지나 그녀 곁에 있고 싶어. 그녀의 목소리를 듣고 싶어. 외로움과 숨막힘과 허기짐을 합쳐 놓은 듯한, 그러면서도 기분 좋은 이 감각.

바유와의 일상은 필연적으로 끝날 때가 온다. 그건 운명이다. 결정론적 우주에선 운명을 바꿀 수 없다. 하지만 요코는 모바일 게임을 쓰러트리기 위한 씨앗을 뿌려놨다. 바유에게 〈걸즈〉 가챠에 대해서 알려주고, 언젠가는 분명 또 다시 만날 수 있을 거라는 말을 남긴 뒤 죽었다.

그리고 지금이 바로 요코가 마지막 전생을 하는 순간이었다. 스스로 목숨을 걸고서 돌린 〈걸즈〉 가챠의 경품으로서 요코 자신이 우주에 다시 나타난 것이다.

〈걸즈〉가 출현할 때 코디 가챠가 회전한다. 요코는 그 순간 영혼의 능력을 발휘했다. 지금까지 모아 온 자유의지 에너지를 발휘해서 세계의 결정에 저항한 것이다. 결정되어 있던 가챠의 출현율이 바뀌었다. 출현율이 다르게 매겨진 우주의 정보가 이 우주로 흘러 들어왔다.

BGM이 울려 퍼진다. 그것도 평범한 BGM이 아니다. 장엄하고, 신비롭고, 뇌 한가운데를 직접 도려내는 듯한 울림이다. 현란한 빛의 소용돌이가 춤을 춘 뒤, 뽑은 카드의 정체가 드러난다.

GR. 갓 레어.

『GR : 중력자 보디 세트』

중력자―― 영혼을 제외하고 유일하게 11차원에 오를 수 있는 입자. 이 카드는 중력자로 이루어진 몸을 선사해 준다. 11차원에서 육체를 가지고 상호 작용할 수 있다.

중력자 다리, 중력자 팔, 중력자 촉각, 중력자 심장, 중력자 입, 중력자 눈, 중력자 뇌. 카드 세팅을 마친 요코는 우주를 뛰쳐나왔다. 3차원의 제약을 가볍게 뛰어넘을 수 있다. 힐끗 우주를 보자 우주에 떠 있는 〈걸즈〉의 시체가 보였다. 몇 번쯤 전의 전생에서 벗어 던진 요코의 몸이다. 그 안에 바유가 있다.

"기다려 줘." 요코가 속삭였다.

모바일 게임에 지배당해 시간의 본질을 잃어버린 우주가 그곳에 있었다. 자유의지 에너지가 착취당하고, 인과 법칙 아래에서 모든 것이 결정되어 있다. 인간은 모바일 게임에 사육되고, 우주는 부득이하게 멸망을 향해 다가가고 있다. 우주의 모든 것, 공간의 모든 것, 시간의 모든 것으로부터 고통의 목소리가 울려 퍼졌다. "아파! 괴로워! 구해 줘!"

〈걸즈〉들은 서로 죽이고, 잡아먹고, 기생하고 있었다. 그 괴로움이 우주 전체로 퍼져나갔다. 비명이 여기저기서 들려온다. 살점이 도려내지는 소리가, 내장이 빨리는 소리가, 안구가 으깨지는 소리가, 뇌를 안에서부터 잡아먹히는 소리가 들려온다. 피 냄새, 뇌수의 냄새, 파먹힌 장기가 썩어가는 악취가 풍긴다. 〈걸즈〉들은 살육으로부터 벗어날 수 없다. 자기가 살아남으려면 상대를 죽여야 한다. 완벽한 지옥 속에서 드물게 우정이나 애정의 싹을 틔우는 게 보이기도 했지만, 그것조차 이내 효율적인 살육을 위한 동맹으로 전락했다. 보기만 해도 마음이 천 갈래, 만 갈래로 찢어질 것 같은 광경이다. 괴로워! 싫어! 무서워!

이런 우주는 부정해 주겠어! 요코의 분노로 자유의지 에너지가 생성된다. 에너지의 영향을 받아 중력장에서 여러 개의 중력자가 방출되었다.

"끝내겠어. 내가! 끝내겠어!"

요코는 중력자를 모든 모바일 게임에 방사했다. 모든 시간 방향의 모바일 게임에. 중력자는 우주로 침투해 강력하게, 그러면서 단거리로만 작용했다. 순간적으로 마이크로 블랙홀이 탄생했고, 금방 증발했다. 모든 모바일 게임은 순수한 열로 변환되었다. 자유의지가 해방된다. 우주는 결정론의 굴레에서 해방되었다. 모바일 게임이 만들어 낸 피로 점철된 운명에서 벗어날 가능성이 열린 것이다.

모바일 게임의 죽음과 함께 거짓된 시간도 소실되어 간다. 현재가 존재하지 않는 시간, 과거와 미래가 없는 시간은 없었던 일로 변한다. 『에보걸』에 지구가 지배당했던 일은 없었던 일이 되었다.

시간은 다시 시작되겠지. 모바일 게임에 영혼이 지배당하지 않는 루트로.

희미해져 가는 시간 속, 요코는 우주로 돌아왔다. 바유의 영혼 곁에.

"바유!"

"너는…… 요코야? 혹시…… 선생님?"

"맞아! 요코고, 선생님이야! 만나고 싶었어! 보고 싶었어!"

"나도…… 보고 싶었어……."

두 사람의 영혼은 서로를 꼭 부둥켜안았다. 이제 무슨 일이 있어도 함께 있을 거야. 무슨 일이 있어도 네 이름을 잊지 않을게. 그렇게 속삭였다.

그리고 시간이 일렁이다, 사라졌다.

에필로그

요코는 눈을 떴다.

주변을 둘러보았지만 이상한 점은 없다. 익숙한 그녀의 방이다.

뭘까. 굉장히 긴 꿈을 꾼 것 같은 기분이 든다.

무언가 잊고 있는 것 같다. 아주 소중한 무언가를.

이빨 사이에 낀 게 빠지지 않는 것처럼 답답한 느낌. 한동안 머리를 싸맸지만, 도저히 떠오르지 않는다.

밤을 새우며 모바일 게임을 한 탓에 이상한 꿈이라도 꾼 걸까.

요코는 스마트폰을 켰다. 조건반사적으로 『에보걸』 아이콘을 눌렀지만, 에러가 뜨면서 게임이 켜지질 않았다. 그런데 어째서인지 실망감은 느껴지지 않았다. 오히려 안심했다.

배가 고팠다. 냉장고를 열었지만 아무것도 없다. 어쩔 수 없이 근처 편의점에 먹을 걸 사러 나갔다. 집 현관문을 열자, 마침 해가 뜨는 참이었다. 예쁜 아침노을이다. 둥실둥실 들뜬 기분으로 길을 걸었다.

"아얏—! 너! 어딜 보면서 걷는 거야!"

걸으면서 캔맥주를 마시던 여성과 어깨가 부딪혀 시비가 붙었다. 헝클어진 숏컷 스타일에 사춘기 직전의 소년 같은 중성적인 이목구비. 그대로라면 꽤 멋있었을 텐데, 술을 잔뜩 마신 탓인지 목덜미까지 새빨갛다.

"내 몸에 무슨 일이라도 생기면 어떻게 책임져 줄 건데!"

귀로 듣기만 해도 짜증 나는 목소리다.

"자자, 진정하세요."

다행히 같이 있던 일행이 달래기 시작했다. 이쪽은 꽤 키가 컸다. 180센티를 넘을지도 모른다. 웨이브진 부드러운 검은 머리칼은 온몸을 덮을 정도로 길었고, 다정해 보이는 눈과 어우러져 전체적으로 부드러운 인상을 주었다. 어린애를 달래는 것처럼 흥분한 여성을 뒤에서 껴안았다.

"죄송해요, 얘가 흥분하면 쉽게 진정 못 하는 성격이라."

잔뜩 취한 여성은 혀를 차고선 일행에게 안신 채 떠나갔다. 신기하게도 낯익은 느낌이 드는 두 사람이다. 한 번도 만난 적이 없는데도 왠지 그리운 기분을 느꼈다.

오늘은 조금 기분이 이상하다. 기분을 전환하려고 평소 습관대로 스마트폰을 주머니에서 꺼냈다. 여전히 에러가 뜬다. 화면을 톡톡 두드리며 걸었다.

"위험해!"

외침과 함께 가느다란 팔이 요코의 배를 감쌌다. 깜짝 놀라 실수로 스마트폰을 떨어트리고 말았다.

눈앞에 검은 그림자가 나타나 떨어진 스마트폰을 짓뭉갰다. 압도적인 무게로 짓눌러 산산조각을 냈다. 코앞으로 6톤 트럭이 스쳐 지나간다.

"당신, 어딜 보는 거야. 하마터면 죽을 뻔했잖아!" 등 뒤에서 목소리가 들렸다. 아주, 무척이나 그리운 목소리. 어디서 들었는지는 기억나지 않지만.

돌아보니 자그마한 소녀가 요코의 허리를 붙잡고 있었다.

하마터면 죽을 뻔했다. 그 사실을 실감하자 한 박자 늦게 공포를 느꼈다. 힘이 빠져 흐느적흐느적 주저앉았다.

"이런 곳에 주저앉아 있으면 민폐야. 자, 일어나."

소녀가 손을 내밀었다. 등교 중인 학생일까, 블레이저를 입고 있었다. 인형처럼 새하얀 피부라 눈이 부실 정도다. 머리카락을 뒤로 모아 아무렇게나 하나로 묶고 있지만, 바람에 나부끼며 깔끔한 인상을 주었다. 샤워도 제대로 하지 않은 자신과 비교돼서 미안한 마음이 든다.

"고마워." 내민 손을 잡고서 일어섰다. 묘한 기분이 강해진다. 첫 만남일 텐데도 몹시도 소중한 사람인 것 같은 느낌이 든다.

"당신, 무슨 일이야?" 소녀가 요코의 얼굴을 가만히 바라보았다. "……울고 있잖아."

그 말대로였다. 요코의 눈에서 이유도 없이 눈물이 흘러나왔다. 조용히, 끊임없이 흐른다.

"너야말로……." 요코는 소녀의 뺨에 살며시 손가락을 가져갔다. 소녀도 마찬가지로 울고 있었다.

"어라? 나…… 어째서……." 곤혹스러워하는 표정을 보니 그녀도 자기가 왜 우는지 모르는 것 같았다.

두 사람은 한참 동안 울면서 서로를 응시했다. 그리고 아무 말 없이 꼬옥 마주 안았다. 절대로, 영원히 헤어지지 않겠다는 결심이 어디선가 불현듯이 샘솟았다.

암흑 성우

Dark Seiyu

I

우주 범선이 에테르의 바람을 타고 날았다.

선체의 열 배나 넓은 돛이 태양으로 떨어지는 바람을 받아 부풀어 가속했다. 그 돛은 푸른 빛을 내뿜고 있었다. 배 가까이 다가가면 바람을 가르는 소리도 들을 수 있을 것이다. 빛과 소리의 매체인 에테르가 돛과 충돌하며 흔들리는 거였다.

우주선들은 목적지인 지구에 가까워지자, 속도를 줄여 에테르의 바람에서 벗어났다.

지구는 무지갯빛으로 빛나고 있었다.

시속 1700킬로미터로 자전하고, 10만 킬로미터로 공전하는 지구의 대기는 우주 공간에 두루두루 존재하는 에테르와 충돌하여 마찰을 일으킨다. 지상에서 80킬로미터 높이에 있는 열권에선 강한 에테르의 진동, 즉 빛이 방사된다. 자전으로 인해 발생하는 마찰력이 강한 적도 부근은 에너지가 강한 보라색 빛이 떠오르지만, 극지로 향할수록 에너지가 약해져 붉은빛으로 바뀌어 간다. 그 결과 우주 공간에서 본 지구는 무지갯빛 줄무늬를 띠게 된다.

그 무늬 중에서 에메랄드와 비슷한 청록색으로 빛나는 지점. 위도 35도의 지상. 치바현 이치카와시의 숲에선 지금 그야말로 살인이 벌어지는 중이었다.

"죽어라아아아아아아아아아아아아아아아아아아아아아아아아아아아아아아아아아아앗!"

포니테일을 한 키가 큰 여성이, 숏컷에 키가 작은 사람을 죽이려 들었다. 전자는 성우인 요모쿠라 아카네(26세), 후자는 마찬가지로 성우인 나카야마 히나기쿠(19세)였다. 아카네가 나이프를 휘둘렀다. 히나기쿠는 깜짝 놀란 탓에 땅에 쓰러졌지만, 덕분에 치명상은 피했다.

"아얏! 아, 아카네 씨, 무슨 짓이에요!"

히나기쿠가 외친다. 성우의 특징인 발성관이 진동했다. 목에 대롱대롱 매달린 붉은 살덩이다. 주먹 두 개만 한 크기에, 무수한 적갈색의 오돌토돌한 돌기로 뒤덮여 있다. 히나기쿠가 흥분하자 살덩이는 부풀어 올랐고, 돌기는 비대해졌다. 발성관은 에테르를 진동시키는 기관이자 성우의 생명이나 마찬가지다. 제2의 뇌라고 불리는 거대한 신경절이 대뇌와는 별개로 독립적으로 존재해서, 뇌에서 내려오는 지령이 없어도 복잡한 목소리를 연주하여 주변 에테르를 진동시킬 수 있다.

히나기쿠의 발성관이 충혈되면서 붉게 물들었다. 쭈글쭈글 주름이 잡힌 돌기가 솟아올라 사방으로 뻗은 손가락처럼 가느다란 관으로 변했다. 관 내부에는 체액이 흐르고, 목소리가 반향하며, 복잡한 에테르 진동을 연주한다. 에테르의 진동은 파동으로 변해 발성관에서 몸 밖으로 방출된다.

키스하기 직전까지 아카네에게 접근한 히나기쿠의 발성관에서 메이저 광선이 발사됐다.

히나기쿠가 자아낸 목소리는 전자파 빔의 일종인 메이저 주파수다. 전자파는 에테르의 파동이라, 목소리를 진동시킴으로써 성우는 빔을 쏠 수 있는 것이다. 메이저는 물 분자에 달려들고, 뒤흔들어, 순간적으로 온도를 올린다. 얼굴에 정면으로 맞았다면 설익은 로스트 스테이크처럼 될 게 틀림없다.

이 정도로 가까운 거리에선 빗나갈 리가 없다. 이제 머리에 심한 화상을 입고 고통스러워하는 살인귀에게 최후의 일격을 꽂아 넣으면 끝이겠지.

하지만 아무 일도 일어나지 않았다.

"——역시 히나기쿠. 눈여겨본 보람이 있네. 하지만 아까운걸. 내가 더 강해!"

아카네도 똑같이 발성관을 부풀리고 있었다. 히나기쿠가 발성관의 진동으로 메이저를 발사할 걸 예측하고서 그걸 무효화시키는 목소리를 낸 것이다. 소리와 빛은 에테르 진동이니만큼, 파형을 반전시킨 진동을 가하면 상쇄할 수 있다.

아카네의 오른손이 히나기쿠의 혀를 붙잡았다. 히나기쿠는 필사적으로 턱을 악물어 손가락을 잘라버리려고 해 봤지만, 아카네의 왼손에 들린 나이프가 더 빨랐다. 잘 벼려진 단단한 스테인리스 칼끝이 입속으로 침입해 부드러운 살덩이를 도려냈다. 히나기쿠의 얼굴이 고통과 절망으로 일그러진다. 혀는 몸 안에서 가장 신경이 집중된 부위 중 하나다. 수많은 신경이, 세포가, 조직이 파괴되었음을 알리는 신호를 뇌로 보냈다.

이렇게 되면 성우는 무력하다. 아무리 발성관이 있어도 무용지물. 혀의 상처 부위에서 뿜어져 나오는 피 탓에 익사할 위기에 몰린 히나기쿠는 필사적으로 발성관을 진동시키려 하지만 제대로 소리를 낼 수 없다.

아카네는 히나기쿠의 입에서 나이프를 뽑았다. 그녀는 아직 살아 있었다. 눈을 부릅뜨고서 공포에 질린 표정을 드러낸다. 나이프의 다음 목표는 바로 그곳이다. 안구. 왼쪽 눈에 날카로운 스테인리스 칼날이 접근한다. 크게 확장된 홍채는 히나기쿠가 극도의 공포에 빠져 있음을 나타내 주었다. 그럼에도 아카네는 나이프를 내리치는 손을 털끝만큼도 늦추지 않았다. 피에 젖은 나이프가 안구 속으로 빨려 들어간다.

한번 구멍이 뚫리면, 안구는 여리디여리다. 장력으로 인해 구멍이 터지고 막이 연쇄적으로 찢어진다. 히나기쿠의 안구가 작은 폭발을 일으키며 장액을 흩뿌렸다. 안구에서 튄 혈액과 장액으로 아카네의 얼굴이 번들거렸지만, 개의치 않고 다른 쪽 안구까지 파괴하려고 나이프를 움직였다.

남은 것은 무수한 모세혈관만 남은 채, 공허한 반구형으로 움푹 패어 있는 자국뿐.

히나기쿠는 축 늘어졌다. 죽기 일보 직전이다. 그와는 대조적으로 발성관은 격렬하게 진동하고 있었다. 독립된 신경절이 아직 살아 있다는 뜻이다.

아카네는 히나기쿠의 발성관을 사랑스럽게 쓰다듬었다. 아주 기운차고 건강한 녀석이다. 본체가 죽음을 앞두고 있는데도 활동이 둔해지지 않는다. 처음 봤을 때부터 마음에 들었다.

깨끗한 나이프를 새로 꺼내서 발성관의 뿌리에 칼날을 가져다 댔다. 나이프를 천천히 당겨 살을 어루만지듯 베어 갈랐다. 처음엔 찔끔찔끔 새어 나오던 검붉은 피는, 이내 신선한 빨간색으로 바뀌어 울컥울컥 솟구쳤다. 심장 박동에 맞춰 일정한 리듬에 따라 출혈의 강약이 반복된다.

발성관은 본체에서 떨어진 뒤에도 목소리를 내려고 필사적으로 떨었다. 아카네는 그 덩어리를 부드럽게 양손으로 감싸 쿨러 박스에 넣었다.

마무리로 원래 안구가 있었던 자리에 나이프를 푹 꽂고는 밀어 올렸다. 히나기쿠의 안구에서 뇌로 이어지는 신경 통로를 따라 나이프가 침입하자, 뇌 조직이 파괴된다. 이렇게 되면 더 이상 회복할 가망이 없다. 한번 파괴된 뇌 조직은 두 번 다시 똑같은 형태로 되돌릴 수 없다. 나이프에 꿰뚫린 뇌 조직은 안정된 기반을 잃고 안와를 통해 주르륵 흘러나왔다.

자, 목적은 달성했다. 살인 현장은 숲속이고, 주변에 인기척은 느껴지지 않지만, 서둘러 이 시체를 처리해야 한다. 구름이 걷히고 날이 개면 어디서 누가 시체를 목격할지 알 수 없으니까.

아카네는 윗옷을 벗었다. 팔뚝에는 붉게 부풀어 오른 흉터가 꿈틀거리고 있었다. 귤만 한 크기의 종양이다. 숨을 쉬는 것처럼 천천히 맥동하고 있다. 그 움직임이 조금씩 빨라졌다.

계속해서 옷을 벗어 속옷 차림이 되었다. 종양은 팔뚝뿐만 아니라, 가슴 위, 복부 위, 옆구리, 허벅지에도 좌우에 각각 두 개씩 있었다. 총 열 군데의 종양은 이윽고 눈에 보이지 않을 정도로 빠른 진동을 방출했다.

히나기쿠의 시체가 아카네의 몸에 감싸 안겼다. 키가 작아서 히나기쿠의 머리는 아카네의 가슴에 맞닿았다. 죽은 지 얼마 되지 않았는데도 체온이 급격히 떨어져 차가워져 있었다.

아카네는 온몸의 흉터가 히나기쿠에게 맞닿도록 몸을 꽉 끌어안았다. 터질 듯이 부풀어 오른 흉터는 빛을 띠고 있었다. 빛을 문지르는 것처럼 시체에 체중을 싣는다.

잠시 후, 차가워졌던 히나기쿠의 몸이 뜨거워지기 시작했다. 체온을 아득히 뛰어넘는 온도. 살이 로스트 스테이크로, 로스트 스테이크가 숯으로 변해버릴 정도의 온도다.

숯은 식물의 비료가 되는 만큼 낭비가 없다. 도시 녹화에도 기여할 수 있다.

히나기쿠가 완전히 숯으로 변했을 때 하늘이 개기 시작했다. 상공 전체를 강한 청록색 빛이 뒤덮는다. 북쪽 이바라키현 방면은 녹색, 남쪽 도쿄만 방면은 푸른색이 더 짙다.

하늘에는 거꾸로 선 요코하마시가 떠올라 있었다.

청록색 하늘을 배경으로 바다가 출렁이며 떠 있다. 임해 지대인 미나토미라이에는 시간 표시가 뒤집힌 대관람차가 돌고 있고, 랜드마크 타워가 거꾸로 매달려 있다. 케이힌 급행 붉은색 차량이 오가는 모습이 조그맣게 보인다. 핫케이지마 시 파라다이스에선 롤러코스터가 힘차게 오르내렸다. 요코하마 동물원, 주라시아에서는 기린이 먹이를 향해 목을 길게 뻗었다. 에테르 농도 차이로 인해 빛이 굴절되어 생기는 환영, 에테르 신기루다.

에테르는 상공 쪽이 농도가 높다. 대기의 단위당 부피가 크면, 그만큼 에테르는 옅어지기 때문이다. 빛은 에테르의 진동이니까, 에테르 농도가 높을수록 광속의 속도가 빨라진다. 상공과 지면의 빛의 속도 차이로 인해 볼록하게 구부러진 빛이 신기루를 만든다. 지상에서 상공으로 방출된 빛은 볼록한 곡선을 그리며 다시 멀리 돌아 지상으로 돌아온다. 인간은 빛을 보면 정면에서 똑바로 오고 있다고 해석하기 때문에, 상공에 거꾸로 선 환영이 떠오르게 되는 것이다.

지구가 자전하기 때문에 에테르는 전향력을 받아 이동하고, 그 결과 에테르 바람이 분다. 빛은 에테르 바람에 휩쓸려 굴절된다. 현재 위치의 남서쪽에 있는 요코하마시가 하늘에 보이는 것도 그래서다. 아카네가 날씨를 신경 썼던 이유도 이 에테르 신기루 때문이다. 아무리 몰래 살해하려고 해도, 에테르 신기루에 비쳤다간 만천하에 공개되는 거나 마찬가지다.

숯으로 변한 히나기쿠를 몸에서 털어낸 뒤 옷을 입었다. 쿨러 박스를 품에 안고서 씨익 웃는다. 이걸로 최강의 성우에 한 걸음 더 다가간 셈이다.

*

『대성우 시대』——옛날 그렇게 불린 시대가 있었다. 성우라고 하면 최고의 인기를 자랑하는 직업이자 인류의 희망이었고, 발성관은 선망의 시선을 받았다는 모양이다. 당시 성우들은 본업 외에도 그라비아 촬영이나 모델, 가수, 스트리머로서, 여기저기서 서로 데려가려고 아우성쳤다고 한다.

성우의 역사는 길다. 그 탄생은 호모 사피엔스 사피엔스가 탄생했을 때와 똑같은 50만 년 전으로 거슬러 올라간다는 설도 있다. 하긴, 그렇다 해도 과거의 성우들은 발성관이 몸 밖으로 노출되어 있지 않은 천연 성우였다. 할 수 있는 일은 기껏해야 수십 명이 모여 모닥불을 피우는 정도가 고작 아니었을까.

성우의 진화론적 기원과 생물학적 메커니즘은 현대에 와서도 커다란 수수께끼다. 간신히 추측해 볼 수 있는 건 발성관이 중요한 열쇠라는 점 정도다. 천연 성우는 겉으로는 확인할 수 없지만 목 안쪽에 엄지손가락 끝만 한 크기의 발성관이 있다. 발성관이 있어야만 에테르 진동을 다룰 수 있다.

원리가 불명임에도 불구하고 능력을 향상시키는 방법은 존재했다. 지금으로부터 대략 270년 전에 시행된 인간 게놈 프로젝트를 통해 발성관을 성장시키는 유전자가 발견되었기 때문이다. 이론적으론 발성관이 확대되면 성우의 능력이 비약적으로 향상될 게 틀림없었다. 유전자 공학의 발전 덕분에 이론이 현실에 적용될 때까지 불과 20년밖에 걸리지 않았다.

성우 유전자는 사람의 고유한 영역이라, 강화된 인공 성우를 만든다는 건 유전자 구조를 조작한 맞춤 아기를 탄생시킨다는 뜻이었다. 생명 윤리적 관점에서 우려의 목소리도 나왔지만, 경제적 합리성의 물결엔 이길 수 없었다. 성우의 활동을 상세히 분석한 결과, 에너지 보존 법칙에 위배된다는 사실이 발견되었기 때문이다. 이론적으로 보자면, 성우를 이용해 영구기관을 만들 수 있다는 소리나 마찬가지다. 차후 100년은 성우의 시대가 될 것이라는 프로파간다가 활발히 이루어졌다. 성우 혁명이 차세대 산업 혁명이 될 거라고. 성우가 인류를 이끌 거라고.

그리하여 제1세대 인공 성우들이 태어났다. 하지만 그 힘은 예상했던 것보다 훨씬 약했고, 지속성도 짧았다. 능력을 발휘하기 위해서는 오랜 시간 훈련이 필요하기도 했다. 가격과 안정성 관점에서 보면, 아무리 에너지 보존 법칙을 깰 수 있다고 해도 발전소를 대체하기엔 한참 모자랐다.

대신 주목받은 분야가 우주 산업이었다. 성우는 에테르 진동을 컨트롤함으로써 소리와 빛뿐만 아니라 온갖 힘을 다룰 수 있었다. 그중에서 다른 장치로는 대체할 수 없는 능력이 바로 중력 조작이다. 그 능력을 사용하면 중력권에서 탈출하는 데 드는 비용을 대폭 낮출 수 있겠다는 계산이 섰다. 우주 산업은 원래부터 아득할 정도로 큰 비용이 드는 산업이라서, 코스트가 높은 성우를 도입한다 해도 단가를 낮출 수 있었다.

성우 유전자의 발견으로부터 약 50년이 지났을 무렵, 성우 파일럿이 조종하는 중력 제어 우주선이 태양계 탐사를 진행했고, 성우는 일종의 스타가 되었다. 그런 시대 배경 속에서 맞춤 아기 산업의 선전에 힘입어 부모는 앞다투어 아이의 유전자를 개조했고, 성우로 만들었다.

수요에 부응하고자 한층 더 성우의 능력을 향상할 두 가지 계획이 시작되었다. 하나는 단순하게 발성관을 거대화시켜 능력의 향상을 꾀하는 『레전드 클래스 계획』이다. 이 계획이 목표로 하는 성우는 레전드 클래스라고 불렸고, 반물질 생성마저 가능하다고 호언장담했다.

또 하나의 계획은 『성우 증폭기(트랜지스터) 계획』이다. 성우 트랜지스터란 성우의 능력을 보조하고, 향상하는 시스템이다. 사람에 가까운 고릴라, 침팬지, 오랑우탄 등, 유인원에게 성우 유전자를 주입하여 발성관을 성장시킨 다음, 회수해서 기계와 조합해 생체 기계를 만든다. 이게 바로 성우 트랜지스터다. 여러 성우가 하나의 트랜지스터와 결합하면, 흡사 거대한 성우가 존재하는 것처럼 능력이 대폭 상승할 거라고 예상했다.

두 가지 계획은 어느 정도 성공을 거뒀고, 성우는 태양계 바깥으로 진출할 문을 열었다. 이때부터 대성우 시대가 시작됐다. 인류는 성우 덕분에 우주로 본격적인 이주를 시작했다.

물리 법칙은 장애가 되지 않았다. 물체의 속도 한계인 음속과 광속은 에테르의 농도에 의존한다. 에테르가 옅은 대기 중에선 기껏해야 시속 1억 킬로미터 정도지만, 에테르가 훨씬 짙어지는 태양계 안쪽 우주 공간에선 시속 10억 8천만 킬로미터를 웃돈다. 태양계 바깥의 성간 공간에 들어서면 시속 100조 킬로미터다. 일단 우주로 나가면 인류의 확장을 막을 이론적인 장애물은 없다.

그런데 인류에게는 무척 당혹스러운 사실이 발견되었다. 이주 가능한 행성이 거의 존재하지 않았던 것이다. 정확히 말하면 행성 자체가 아주 희귀한 존재였다. 만유인력의 법칙은 우주에선 보편적인 법칙이 아니었던 모양이다. 태양계처럼 중력이 작용하는 영역이 드물다는 사실을 깨달았다. 에테르 흐름으로 인해 먼지나 가스가 모이는 곳, 『에테르 웅덩이』라고 불리는 장소는 얼마든지 있었지만, 거기서 더 나아가 물질이 서로 모여 안정적인 천체를 만드는 현상은 좀처럼 드물었다. 중력이란 매우 특수한 케이스인 모양이다.

게다가 나쁜 소식이 전해졌다. 성우를 통한 태양계 바깥 탐사로, 태양계는 아주 거대한 에테르 웅덩이 속에 자리 잡고 있다는 사실이 판명되었다. 직경 약 100경 킬로미터의 소용돌이형 구조인 이 웅덩이에는 『은하계』라는 이름이 붙었다. 문제는 인류가 은하계 바깥으로 탈출할 수 없다는 점이다. 은하계 내부 가스와 먼지로 인해 에테르가 바깥으로 밀려나기 때문에, 은하계 내부의 에테르 농도는 바깥보다 낮았다. 그건 대기권 안쪽과 태양계 내 우주 공간, 혹은 태양계 내 우주 공간과 태양계 바깥 우주 공간의 관계와 마찬가지다. 매체인 에테르 농도가 높으면 빛의 에너지도 덩달아 상승한다. 지금까지는 성우의 에테르 진동 컨트롤 덕분에, 우주를 날아다니는 강력한 빛을 방어할 수 있었다. 하지만 은하계 외우주 공간의 빛은 지금까지 대응했던 것보다 훨씬 강력한 에너지라서 성우의 힘으로도 감당할 수 없었다. 은하계 바깥으로 나간 우주선은 공간에 난무하는 강력한 빛으로 인해 순식간에 증발해 버리고 말 것이다.

이러한 사정이 있어서 대성우 시대가 시작되고 100년쯤 지난 후에도 전체 인류의 4분의 3은 여전히 태양계 내에 거주하고 있었다. 프런티어 정신이 넘쳐흐르던 시대에 점점 폐쇄적 분위기가 감돌기 시작했다.

이 시기가 되자 성우의 지위도 점점 낮아졌다. 거대 유전자 공학 기업들이 자신들이 보유한 성우 유전자에 대한 특허를 이유로 들먹이며, 일부 성우들의 생식의 자유를 제한하도록 압력을 행사하기 시작했다. 기업의 로비로 인해 재판부도 그 방침을 인정하게 되었다.

그런 와중 성우 독립 전쟁이 발발했다. 권리를 침해당한 성우들이 레전드 클래스 성우를 리더로 삼아 반란을 일으킨 것이다. 압도적인 힘을 가진 레전드 성우의 활약으로 인해 한때는 반란 세력에게 유리하게 전개되기도 했지만, 성우 측의 자원 부족 탓에 반란은 한 달 만에 진압되었다. 제아무리 강력한 성우라도 물과 식량이 없으면 어쩔 도리가 없다. 잔당들은 『프리 성우』라 자칭하며 아직 인류가 진출하지 않았고 위험이 넘치는 은하 중심부로 도망쳤다. 이로 인해 남겨진 성우들에 대한 압박은 한층 심해졌다.

레전드 클래스 성우를 낳는 기술은 금지되었고, 능력이 떨어지는 성우도 더욱 권리가 제한되었다. 유전자 공학 기업과 소속사 연합의 하부 조직으로 발족한 『성우 감시 위원회』는 성우가 쓰는 샴푸 하나하나까지 성우의 생활을 감시했고, 성우가 이성과 연애하는 건 유전자 확산 방지를 이유로 금지됐다. 일정 나이가 되면 성우 감시 위원회가 미리 정해둔 다른 성우와 결혼해서 다음 세대의 성우를 낳아 키우는 걸 강요당했다. 반항하는 성우는 『성우 경찰』에게 철저하게 단속됐다. 이제 성우는 사람이 아니라 가축처럼 키워지는 우주선의 부품 중 하나에 불과했다.

성우 독립 전쟁으로부터 40년 후에 태어난 아카네에게 이건 그냥 역사에 불과하다. 하지만 그 역사를 들었을 때 그녀는 격렬한 분노를 느꼈다. 자신들, 성우가 처한 절망적인 상황을 어떻게든 타파하고 싶었다. 그 마음은 점점 부풀어 올라, 이윽고 그녀는 세상을 바꾸고 구원할 수 있는 사람은 자신뿐이라는 과대망상에 빠졌다. 구세주가 되기 위해선 힘이 필요했다. 최강의 성우가 되는 게 선결 조건이었다. 하지만 아카네는 레전드 클래스 성우로 태어나지 못했기 때문에 아무리 단련을 거듭해도 어느 정도 수준까지밖에 능력을 발휘할 수 없었다.

자신의 한계를 알고서, 한때는 절망에 사로잡힐 뻔했다. 하지만 방침을 바꿈으로써 마음을 바로잡았다. 자신의 발성관만 사용하는 게 아니라, 다른 뛰어난 성우의 발성관을 빌려 이식하기 시작했다. 그걸 위해 지금까지 열 명의 성우를 죽였다. 괴로운 결단이었지만, 머지않아 최강의 성우이자 구세주인 요모쿠라 아카네의 일부가 되는 거니까 그녀들의 죽음은 보답받을 것이고, 그 영혼도 넋도 달랠 수 있으리라.

그리고 오늘, 아카네는 나카야마 히나기쿠의 발성관을 빼앗았다. 열한 명째였다. 이제 아카네의 몸에 이식할 수 있는 발성관은 다음 하나가 한계. 가능한 한 강한 성우를 찾아내 그 발성관을 자기 것으로 삼는 게 그녀의 사명이다.

Ⅱ

"좋은 아침입니다! 요모쿠라 아카네입니다."

"좋은 아침입니다!"

성우 기관실(스튜디오)에 인사하는 목소리가 울려 퍼졌다. 성우의 인사는 낮이든 밤이든 오직 '좋은 아침입니다.'로 정해져 있다.

이제부터 조타 작업이 시작된다. 성우들은 각자 지정된 자리에서서 마이크를 발성관이 있는 위치로 조정했다.

유사 이래 천연 성우는 배우나 가수가 겸업하는 경우가 많았다. 소리의 매체인 에테르의 성질을 직감적으로 파악함으로써 아름다운 목소리를 내고, 노래가 울려 퍼지도록 할 수 있었기 때문이다. 『성우』라는 단어의 기원도 거기서 나왔다. 본래 『성우』라는 명칭은 애니메이션 목소리 녹음 같은 현장에서 활약하던 목소리 연기의 전문 배우를 가리키는 말이었고, 에테르 조작 능력자라는 의미는 없었다. 목소리 연기자였던 『성우』가 에테르 조작 능력자를 겸하는 경우가 많긴 했지만, 그래도 의미상으론 별개였다. 그런데 애니메이션 산업이 무너져, 본래 의미였던 『성우』라는 직업이 성립될 수 없게 되자, 단어의 정의가 바뀌어 갔다. 『펭귄』이라는 단어는 원래 큰바다오리를 가리키는 말이었는데, 큰바다오리가 멸종한 뒤로 단어가 가리키는 대상이 달라진 것과 동일한 현상이다. 현대의 성우가 목소리 연기자로 일하는 경우도 있긴 하지만 그건 어디까지나 부업이다.

현대 인공 성우들의 일은 『성우』의 본래 의미와는 아득히 동떨어져 있다. 하지만 직책의 이름에는 당시의 색채가 남아 있다. 예를 들어 성우를 통솔하는 배의 현장 관리직은 전통적으로 감독이라고 불린다.

또한 현대 성우들은 본격적으로 에테르 조작을 시작하기 전에, 과거의 『성우』와 마찬가지로 노래나 이야기를 시작한다. 그걸 통해 자신을 트랜스 상태로 빠트린 다음 에테르를 조종하는 것이다. 다만 현대에는 성우를 트랜스 상태로 유도하는 언어가 일상에서 사용하는 언어와 많이 달라졌기 때문에, 보통은 뜻이 통하지 않는 소리의 집합으로밖에 들리지 않는다. 성우 양성 학교에서 배우는 건 대부분이 이런 전문화된 언어다. 그런데 그 소리를 들은 사람은 한결같이 알 수 없는 감동을 느낀다. 무의식 속에 새겨진 신화의 원형에 자극을 받는 게 아닐까.

이게 성우가 기계로 대체될 수 없는 이유 중 하나이기도 하다. 에테르를 진동시키기 위해선 이야기 속에 담긴 수치화할 수 없는 감동과 질감을 직감적으로 이해할 능력이 필요하니까. 해부학적으론 발성관은 언어를 관장하는 뇌 속 베르니케 영역과도 밀접한 신경학적 연결이 있다는 게 밝혀졌기 때문에, 언어의 기원이라고도 불리는 노래와 신화가 관련이 있는 게 아닐까, 하고 추측하고 있다.

지금 모인 성우들 중에선 아카네가 제일 랭크가 높았다. 성우는 능력에 따라 랭크가 나뉜다. 가장 낮은 견습 랭크인 주니어 클래스는 천연 성우보다 그나마 나은 정도의 능력밖에 없어서, 성우 트랜지스터 없이는 주전자에 담긴 물 온도를 10도 정도 올리거나, 약한 빛을 내뿜는 수준이 고작이다. 그 위가 새내기 성우인 C클래스로, 이 클래스부터 우주선 보조 요원으로 취급받게 된다. 단독으론 주전자에 담긴 물을 끓이거나, 자외선을 내뿜는 정도까지 할 수 있고, 수십 명이 모이면 트랜지스터를 써서 소형 우주선의 중력 제어를 할 수 있게 된다. 다음이 중견 성우인 B클래스다. 아카네는 이 클래스에 해당한다. 민간 우주선의 주요 요원이자, 몇 명이 모여 트랜지스터를 쓰면 어지간한 배의 중력 제어는 다 가능하다. 단독으론 전류를 조작해 가전제품이 소비하는 수준의 에너지를 방출할 수 있다. 가장 위가 베테랑 성우인 A클래스고, 공무용 배를 조종하는 공무원 성우가 되거나, 과학 연구 기관에 소속되어 입자 성우 가속기를 다루는 사람이 대부분이다. 이 수준에 다다르면, 트랜지스터만 있으면 혼자서 소형선을 움직일 수도 있고, 감마선 같은 고에너지 방사가 가능해진다. 단독으로 단기간의 중력 제어가 가능한 사람도 있다고 한다.

아카네는 분류상으론 B클래스지만, 실제 능력은 A클래스 중에서도 상위권에 든다고 자부했다. 클래스를 올리지 않는 이유 중 하나는 고용 횟수의 문제다. 랭크를 높이면 규정으로 정해진 임금도 높아지지만, 회사로서는 B클래스 이하로도 충분하니까 돈을 들여 고랭크 성우를 쓰기 꺼려진다. 그래서 결과적으로 일감을 받을 확률이 오히려 낮아지게 된다.

A클래스 위의 등급도 있다. 그렇다, 레전드 클래스다. 이 랭크는 이름 그대로 전설이 되었다. 여기 속한 멤버 대부분이 성우 독립 전쟁에 참여했다가 태양계 바깥으로 도망쳤기 때문이다. 현재는 성우 소속사 연합이 정보 규제를 걸었지만, 자기 몸보다 커다란 발성관을 지녔고, 우주선과 동화하여 반물질 생성도 가능한, 마술사와도 같은 존재였다는 소문도 있다. 아카네가 동경하는 최강의 성우들이다.

이번에 모인 성우들은 주니어 클래스가 두 명, C클래스가 다섯 명, B클래스 다섯 명이다. 업무 시작 전에 후배가 선배에게 인사를 드리는 게 예의라서, 아카네 앞엔 성우들이 줄을 지어 서 있었다. 후배들의 인사를 받아주느라 쉴 틈도 없다. 선배든 후배든, 양쪽에게 득이 되는 게 없는 문화다. 그러는 사이 시간이 흘러 출항 시간이 다가온다.

"그러면 이륙(오프닝) 작업에 들어가겠습니다, 준비 부탁드려요."

이번엔 지구를 출발해 달로 가는 단기 항해다. 다섯 시간도 걸리지 않는다. 항해의 난관 중 하나가 오프닝, 즉 배를 지상에서 우주로 띄우는 단계다. 중력도 에테르 파동의 일종이라서 반대 위상을 지닌 에테르 파동을 발생시키면 반중력을 만들어낼 수 있다. 이때 주로 사용되는 방식이 노래다. 성우 전원이 격렬하고 신나는 템포의 노래를 불러 트랜스 상태에 돌입함으로써 에테르 진동을 집합시키고, 중력을 제거하는 식이다.

성우 열두 명이 감독의 지시에 따라 노래했다. 성우 트랜지스터로 증폭된 에테르 진동이 배 바깥쪽에 설치된 에테르 앰프를 통해 방출되었다. 중력이 상쇄되어 500미터짜리 쇳덩어리가 떠오른다. 그와 동시에 엔진에 시동이 걸렸다. 구동력을 전부 성우로 충당하는 성우선이 최근 늘어나고 있지만, 기존 엔진과 조합해서 쓰는 하이브리드선도 아직 많이 남아 있다.

그리고 에테르를 울리는 아카네의 안에서 언제나처럼 『목소리』가 들려왔다. 아카네에게만 들리는, 의미가 불명확한 조그만 『목소리』가.

그 『목소리』는 철이 들었을 무렵부터 에테르를 연주할 때마다 들려왔다. 옛날에는 가만히 귀를 기울여 보면 어쩐지 가슴이 설레는 듯한 기분이 들기도 했지만, 요즘은 여전히 정체를 알아내지 못한 채 그냥 무시하고 있다.

지구 대기권은 크게 네 개의 층으로 나뉜다. 위에서부터 열권, 중간권, 성층권, 대류권이라고 부른다. 열권은 지구 대기권과 우주 공간의 에테르가 마찰을 일으키는 층이고, 대기권 중에서 가장 온도가 높다. 중간권으로 하강하면서 차츰차츰 온도도 내려가지만, 성층권에 도달하면 다시 온도가 높아진다. 오존층이 형성되어 열권에서 오는 자외선을 흡수하기 때문이다.

우주선은 대류권, 성층권, 중간권을 순조롭게 거쳐 열권으로 진입했다. 에테르 농도가 높아지면서 청록색 빛이 한층 강해졌다. 이 고도가 되면 대기에 방해받지 않는 에테르 바람은 지구의 자전을 따라 동쪽에서 서쪽으로 불게 된다. 바람이 불어오는 쪽에서 오는 빛은 에너지가 강해져 청색편이(Blueshift)가 보이고, 바람을 받는 쪽에서 오는 빛은 에너지가 약해져 적색편이

(Redshift)를 보인다. 지금 상황에서는 동쪽이 하늘색, 서쪽이 노란색을 띤다. 열권보다 더 고도가 높아지면 에테르가 진해지는 만큼 빛과 소리의 에너지 역시 더욱 강해지므로, 눈과 귀를 보호해 줄 선글라스와 귀마개가 필요하다. 그런 귀마개를 껴도 지구 대기와 에테르가 마찰하며 뱉어내는 위이이이이잉 하는 날카로운 소리는 사방에서 들려온다. 성우를 비롯한 우주선 선원의 정신 질환 발병률이 높다고 하는데, 어쩌면 하루 종일 이 소리를 듣고 있어서 그런 걸지도 모른다.

"열권을 돌파했습니다. 오프닝 종료입니다."

감독이 부스 바깥에서 오프닝 종료를 알렸다. 아카네는 마이크를 내렸다. 이제부터는 몇몇 성우만으로도 구동이 가능하다.

"아카네 씨는 객실(캐빈)로 이동해 주세요."

스튜디오를 나온 아카네에게 스태프가 지시했다. 이 업계에선 승객을 대상으로 서비스 차원에서 성우가 객실 승무원 역할도 하게 되어 있다. 승객들은 배에 탄 성우를 보고 배를 고를 정도다. 그러니 성우의 고용엔 외모나 몸매나 SNS 팔로워 수가 중요 요소다. 아무리 조종 실력이 뛰어나도 승객들에게 호감을 얻지 못하면 일감을 받을 수 없다. 정말이지 정신 나간 업계다.

일단 생각을 멈추고 눈앞의 일에 집중하자. 아카네는 동료들과 함께 객실로 향했다. 자기 말고는 다 주니어 클래스뿐이니, 늘 하는 승객들을 위한 설명(브리핑)은 먼저 해치워 두는 편이 좋겠지.

"오늘 스타플래시 컴퍼니의 지구-달 항로를 이용해 주셔서 대단히 감사합니다. 우리는 지구 대기권을 돌파하여 현재 달을 향해 항행 중입니다. 스크린에는 지구의 모습이 비치고 있습니다. 아름답네요. 이것이 에테르 마찰에 의한 발광입니다. 중력에 이끌린 에테르가 대기와 충돌하고 있는 거죠."

우주선의 고도가 높아진 덕에, 스크린에 표시된 지구는 보기 좋게 둥글어져 있었다. 네온처럼 무지갯빛 빛을 화려하게 내뿜는다.

"여러분도 잘 아시다시피 에테르란 소리, 빛, 입자 등 모든 것의 매체입니다. 에테르라는 개념의 기원은 고대 그리스 시대 철학자 아리스토텔레스의 4원소설까지 거슬러 올라갑니다. 그는 아직 형상을 이루지 못한 순수한 원소인 프리마 마테리아에 『더움, 추움, 젖음, 마름』이라는 네 가지 성질이 더해짐으로써 『불』, 『공기』, 『물』, 『흙』이라는 네 가지 원소가 생긴다고 생각했습니다. 더움과 마름의 조합은 불, 더움과 젖음의 조합은 공기, 추움과 젖음의 조합은 물, 추움과 마름의 조합은 흙이죠. 더움과 추움, 젖음과 마름은 서로 상성이 나빠 조합될 수 없다고 합니다. 또한 아리스토텔레스는 천상 세계의 법칙을 지배하는 제5원소인 에테르를 가정하고, 그걸 순수한 프리마 마테리아와 동일시했습니다. 현대 물리학은 이 4원소설의 발상을 토대로 삼고 있습니다. 근원적으로 존재하는 것은 에테르뿐이며, 거기에 이러한 성질들이 결합하여 다양한 형태가 나타난다는 생각이죠. 현재는 아리스토텔레스가 주장한 네 가지 성질은 에테르의 주파수를 가리킨다고 여깁니다. 주파수의 수만큼 성질이 존재하고, 그 조합에 따라 세상에 있는 여러 가지 소리나 빛, 입자, 힘이 생겨난다는 것입니다."

"아니, 에테르가 아니라 『장(field)』이라는 개념도 있는데—."

승객 중 한 명이 야유를 날렸다. 『장』이라. 꽤 케케묵은 개념인데 아직도 그 개념을 지지하는 사람이 있구나. 아쉽지만 아카네는 현대 물리학에선 어떤 식으로 그 개념이 쇠퇴했는지까진 잘 몰랐다.

아카네는 어떻게 대응해야 좋을지 아주 짧은 시간 동안 고민했다. 다행스럽게도 똑똑한 척하는 승객이 끼어들어 침묵을 깨트렸다.

"장, 말인가요. 각 성질의 값을 나타내는 장이 성질마다 있고, 게다가 아무런 매체 없이 공간만 있으면 장도 존재한다는 개념 말이죠. 확실히 그런 개념이 존재하긴 하지만, 여러 개의 장끼리 상호 작용할 경우를 계산하면 무한대가 나와버리기 때문에 의미가 없다구요."

아카네는 승객의 도움을 감사히 받고는 헛기침을 하고서 안내를 계속했다.

"에테르와 지구와의 마찰로 인해 발생하는 진동이, 빛이라는 성질과 결합해 에테르 발광이 생깁니다. 지구의 모든 생명은 이 발광을 에너지원으로 삼아 살아갑니다. 은하계 안에서도 이렇게 중력적으로 안정된 구조는 드물죠. 여러분은 운이 좋으시네요. 만약 지금 같은 중력 구조가 없었다면 생명은 태어나지 못했을 테니까요."

"저기, 지구로 떨어진 에테르는 어떻게 되나요?"

승객 중 한 명이 질문했다. 직접 검색해 보면 될 것을, 이라고 생각하면서도 매뉴얼대로 대답했다.

"좋은 질문이네요. 사실 현대 물리학에서도 커다란 난제 중 하나라고 합니다. 중력에 이끌린 에테르는 지구 대기권에 침투하는 게 분명한데도, 실제 대기 중 에테르 농도는 예상보다 훨씬 적습니다. 그 말은 즉, 에테르가 사라지고 있는 거죠. 질량 보존의 법칙에 어긋나는 것처럼 보입니다. 에테르 소실이야말로 물리학에서 가장 큰 수수께끼 중 하나입니다. 사라진 에테르가 중력 에너지로 변환되고 있다는 가설도 있다고 하는데요."

"현대 물리학의 3대 미스터리가 중력의 기원, 에테르의 소실, 그리고 암흑 물질이지."

"우와~ 아주 박식하시네요!"

아는 체하지 않고는 못 배기는 듯한 승객을 일부러 호들갑스러운 말투로 치켜세우는 아카네. 매일 반복되는 노동 덕분에 이젠 거의 반사적으로 나오게 되었다.

"에테르의 소실 외에는 중력의 기원에 대한 문제가 있습니다. 대성우 시대 이전에는 질량이 있는 모든 물체는 서로를 끌어당기는 힘을 가진다는 만유인력의 법칙이 제창되었지만, 현대에 와선 중력의 주파수는 매우 복잡하므로 중력은 쉽게 발생하지 않는다고 봅니다. 중력이 존재하는 영역에선 만유인력의 법칙이 실제 현상과 일치하긴 하지만요. 또한 태양계나 은하계 등은 중심부 천체의 중력으로 만들어진 구조지만, 태양계 시뮬레이션으론 에테르 마찰로 인해 수백만 년 내로 지구가 태양으로 낙하했어야 합니다. 하지만 지질학적 증거를 통해 지구는 탄생 후 약 50억 년 정도의 세월이 흘렀다는 게 증명되었습니다. 이 모순을 풀기 위해 태양계에는 기존에 알려진 천체 이외의 중력원, 통칭『암흑 물질』이 존재한다고 가정합니다. 관측할 수 없는 미지의 암흑 물질이 태양계를 완전히 뒤덮고 있어서 행성이 태양으로 낙하하지 않도록 균형을 잡고 있다는 가설입니다. 하지만 그런 암흑 물질의 분포는 자의적으로 그럴듯하게 꿰맞춘 게 아니냐는 비판도 있습니다."

"아, 그리고 성우의 에너지 보존 법칙 위배도 커다란 수수께끼죠."

"그 말이 맞습니다. 요즘은 그 문제까지 포함해서 4대 미스터리라고도 불린답니다. 성우로서는 살짝 기쁘네요. 부끄러운 기분도 들지만요……."

아카네가 설명하는 동안 주니어 클래스 성우들이 손님들에게 음료를 나눠준다. 하루의 바쁜 노동은 이렇게 지나간다.

"하아~ 피곤하다……."

지구와 달을 왕복하고서 집에 돌아왔다. 노동의 피로를 풀기 위해 스트롱 제로를 마시며 침대에 드러누웠다. 뭔가 능동적으로 하고 싶은 의욕이 없어서 TV를 켜고 나오는 채널을 멍하니 쳐다봤다. 화면에서 아나운서의 목소리가 들린다.

"5년 전에 강탈당한 특수 소형 우주 전투기 〈블랙 스완〉말입니다만, 여전히 행방이 묘연합니다. 우주 보안청은 오늘, 정보 제공자에게 주는 포상금을 증액하겠다고 발표했습니다."

화면엔 새카만 예각삼각형이 하늘을 나는 모습이 비치고 있었다. 그러고 보니 군사 기지에서 도둑맞은 사건으로 살짝 소란스러웠던 게 기억났다. 겉보기에도 강해 보여서, 직접 저걸 몰고 날아다니는 망상도 해봤다. 아직도 행방을 알 수 없다는 걸 보면, 태양계 바깥으로 들고 튄 걸까?

화면이 바뀐다. 이번엔 고릴라 무리가 학살당하는 현장이다. 방독면을 쓴 건장한 군인들이 고릴라를 화염방사기로 태워 죽이고 있었다.

"나이지리아에서 지난주부터 계속되고 있는 고릴라 성우의 반란은 군과 민간 경비 회사『라이즈 탐정국』의 합동 작전을 통해 대부분 진압됐다고 합니다."

나이지리아 발성관 공장에서 일어난 고릴라 성우의 반란은, 요 며칠간 미디어를 떠들썩하게 만든 사건이다. 유인원 목장은 이제 거대 산업으로 성장했다. 아프리카에선 고릴라와 침팬지가, 인도네시아에선 오랑우탄이 성우 트랜지스터 재료로 대규모 사육되고 있다.

유인원에게 성우 유전자를 주입한다 해도 발성관이 생겨날 가능성은 작다. 대부분 기형이 되어 출산 전에 죽어 버린다. 최근에는 품종 개량 끝에 발성관 발현율이 높은 고릴라가 만들어졌지만, 그 부작용으로 지능도 덩달아 높아졌는지 성우의 능력을 이용해 반란을 개시한 것이다. 아카네는 속으로 응원을 보냈지만, 그래봤자 고릴라라 현대 병기엔 이길 수 없었나 보다.

역시 내가 최강이 될 수밖에 없나. 그런 생각을 하면서 스트롱

제로를 벌컥벌컥 들이켰다.

TV 화면은 연기가 피어오르는 건물로 바뀌었다.

"어제 아침 일찍, 도쿄대학교 부속 성우 유전자 연구소에서 발생한 폭탄 테러 사건에 대한 속보입니다. 범인을 자칭하는 인물로부터 에테르넷상에 성명문이 공개되었습니다. 성명문에 따르면 범행 이유는 『성우가 너무 늘어났다.』라고 합니다, 그리고 『성우들이여 '목소리' 를 들어라.』라는 의미를 알 수 없는 문장이 적혀 있습니다. 범인을 자칭하는 인물은 자신을 『암흑 성우』라고 칭하는 듯합니다. 현장 감시 카메라에는 범인으로 추정되는 인물이 찍혔고, 경찰은 정보 제공을 요청……."

아카네의 귀엔 아나운서의 목소리가 들리지 않았다. 영상에 시선이 못 박혀 있었기 때문이다. 화면에는 키가 작은 소녀가 비치고 있었다. 검은 후드를 눌러쓰고 있어서 얼굴은 잘 보이지 않았지만 발성관이 드러난 걸 보아 성우라는 건 확실했다.

지금까지 여러 성우를 봐 온 경험을 통해 알 수 있다. 아주 멋진 발성관이다.

색도, 크기도 훌륭하다. 이 성우는 틀림없이 강하다. 그것도 톱클래스의 강함이다.

그녀의 발성관을 손에 넣을 수 있다면 더할 나위 없겠지. 아카네는 저걸 몸에 이식하고 최강이 된 자기 모습을 상상하며 황홀해했다.

하지만 『암흑 성우』와 어떻게 접촉해야 좋을까, 뾰족한 방법이 떠오르지 않는다. 저 멋진 발성관은 포기할 수밖에 없는 걸까. 한숨을 쉬며 다시 뉴스에 귀를 기울였다.

“이『성우들이여, ‘목소리’를 들어라.』라는 건 무슨 뜻일까요?”

“아마도 어떠한 암호일 것 같습니다. 뉴스 보도를 통해 동료들에게 연락하는 거겠죠.”

성우들이여『목소리』를 들어라……. 그러고 보면 아카네는『목소리』를 듣고 있었다. 정체를 알 수 없고, 애매모호하지만, 어쩐지 뜨거운 무언가가 가슴에 북받치는『목소리』를.

암흑 성우가 말하는『목소리』는 그걸 가리키는 걸까. 아니, 그건 아니겠지. 세상에 일어나는 사건이 전부 자신과 관련이 있다는 망상은 사춘기 시절에 고이 접어야 한다.

하지만 그날 밤, 아카네는 뉴스에 나온 암흑 성우의 발성관이 머릿속에 맴돌아 잠을 이루지 못했다. 어쩔 수 없이 밤새도록 SNS에 별생각 없이 이런저런 두서없는 문장들을 연달아 올렸다. 자연스레 자기가 태어났을 때부터 들어왔던『목소리』에 대해서도 써서 올렸다. 여러 겹의 벽 너머에서 들려오는 것처럼 애매하지만, 가만히 듣고 있으면 어쩐지 가슴이 꾹 죄어오는『목소리』에 대해서.

Ⅲ

성우 감시 위원회가 발족하면서 성우는 사생활의 권리를 잃었다. 생체 정보와 위치 정보를 실시간으로 SNS를 통해 게시하는 게 의무화되었다. 그러다 점점 그 이상의 정보들까지 성우가 자기 손으로 직접 공개하기 시작했다. 정보 공개를 통해 자기는 무해한 사람이다, 수상한 짓을 하지 않는다고 어필하지 않으면, 인기도 얻을 수 없고 생활 기반을 잃게 되기 때문이다.

그러던 중, 여성 성우들 사이에서 『백합 영업』이라는 문화가 탄생했다. 『백합』이란 여성 간의 우정이나 사랑을 가리키는 말이다. 장래 결혼할 때 영향을 주지 않는 범위에서 동성 간의 연애는 감시 위원회의 허가를 받았고, 불만을 잠재우는 용도로 장려되기도 했다. 인기와도 직결되는 요소라 여성 성우들은 동료들과 버디를 맺고서 친밀함을 과시했다. 요즘 시대엔 여성 성우로서 활약하려면 반드시 백합 영업을 마스터해야 한다.

아카네도 물론 백합 영업을 하고 있다. 파트너는 다섯 살 연하인 아마미야 사치. 양성 학교 시절 후배다. 자신은 어디까지나 영업이라고 선을 긋고 있지만, 상대는 상당히 진심인지 거의 심취했다고 불러도 좋을 정도로 애정을 가득 보내온다.

"지금부터 사치랑 바나나 악어 정원 데이트♡"

아카네의 SNS에 그런 글이 투고됐다. 코믹한 악어 캐릭터를 배경으로 아카네와 사치가 팔짱을 낀 사진이 첨부되어 있다.

이곳은 시즈오카현 히가시이즈쵸, 이즈반도 끝자락에 자리 잡은 온천 마을이다. 대표적인 관광 시설로는 아타가와 바나나 악어 정원이 있다. 온천에서 나오는 열을 이용한 온실에서 일 년 내내 바나나와 악어를 구경할 수 있다.

두 사람은 쉬는 날을 이용해 온천에서 몸의 피로를 풀 생각으로 전철을 타고 이곳을 찾았다. 체크인 시간까지 아직 시간이 남아서 악어를 구경하며 시간을 때울 계획이었다.

"선배, 어서 들어가요!"

사치가 아카네의 손을 꾹꾹 잡아당겼다. 체구는 작아도 통통하고 생기 넘치는 모습이다. 쇼트 보브컷 머리가 여기저기 삐쳐 있어서 무심코 손으로 빗겨 주고 싶어진다. 티셔츠에는 은발 롱헤어에 카디건을 걸친 여성 성우의 사진이 프린트되어 있다. 성우 독립 전쟁 때 활약했던 히모리 스즈카의 젊은 시절 모습이다. 성우로서의 능력은 A클래스 하위권이었지만, 선의(船醫)로서 영웅적인 활약을 펼쳤기 때문에 서브컬처에선 하나의 아이콘으로 자리 잡았다.

사치는 온 힘을 다해 아카네를 당겼지만, 체구가 작아서인지 힘이 느껴지지 않는다. 그녀는 흔히 말하는 천연 캐릭터였고, 천진난만한 행동 탓에 팬들에게도 스태프에게도 인기가 많다. 양성학교 시절에도 상당히 스킨십이 과한 아이였다.

바나나 악어 정원은 세 개의 관으로 나뉘어 있으며, 가장 먼저 거대한 돔으로 둘러싸인 악어관부터 들어가게 된다. 습하고 따뜻한 공기와 인공 폭포 소리가 사람들을 맞이한다.

"악어를 보는 건 엄청 오랜만이에요!"

사치가 수조를 향해 달려갔지만, 여전히 아카네와 손을 맞잡은 채라서 목줄이 당겨진 강아지처럼 고꾸라질 뻔했다.

"아하하하! 악어는 게으름뱅이네요! 움직이질 않아요!"

사치는 항온 동물 특유의 활발한 움직임으로 변온 동물을 놀렸다. 아카네가 손을 놓자, 공을 쫓아가는 강아지처럼 달려가더니 시야에서 사라졌다.

하지만 그런 흐뭇한 광경은 갑작스러운 굉음과 함께 박살이 났다.

온실 창문이 덜덜 떨린다. 밖을 보니 검고 길쭉한 이등변삼각형이 지면에 착륙하고 있었다. 전체 길이 5미터쯤 되는 그 물체는 낯이 익었다. 일주일 전 뉴스에 나왔던 특수 소형 우주 전투기 〈블랙 스완〉이다.

〈블랙 스완〉의 해치가 열렸다.

거기서 내린 사람은 검은 후드를 눌러쓰고서, 검은 망토를 나부끼고 있는 키가 작은 사람이었다. 그 목에 붙은 건 크게 부푼 발성관. 틀림없다. 뉴스에서 본 감시 카메라 영상과 똑같았다.

그녀는 『암흑 성우』였다.

아카네는 그녀를 보고 서둘러 밖으로 나가려고 했지만, 오히려 암흑 성우가 먼저 온실 안으로 들어왔다. 실물로 보니 저 발성관이 얼마나 훌륭한지 한층 더 뚜렷하게 느껴진다.

"찾았다. 당신, 요모쿠라 아카네지. 『목소리』가 들린다고 SNS에 썼잖아."

암흑 성우가 물었다. 그 목소리에선 어쩐지 다급한 기색이 느껴졌다.

"뭐, 내가 요모쿠라 아카네인 건 맞는데, SNS에 글 좀 썼다고 이렇게 거창하게 등장하기야? 에테르넷 스토커냐고."

아카네는 갑작스러운 전개에 당황한 탓에, 원래 성격대로 난폭한 말투가 나왔다.

"시간이 없어. 정말로 『목소리』를 들을 수 있는지 시험해 보게 해 줘!"

그렇게 말하자마자 암흑 성우는 갑자기 공격을 날렸다. 순식간에 발성관을 부풀리고서 고에너지 레이저 빔을 연주한다. 황급히 아카네는 빔과 반대 주파수를 진동시켜 공격을 상쇄했다.

"나한테 승부를 걸 셈이야? 배짱 좋은걸! 때려눕히고 그 발성관은 내가 갖겠어!"

아카네의 몸 열한 곳이 부풀어 오르더니, 그곳에서 푸른 번개가 흘러나왔다. 번개는 공기 중에 머무르며 몸 표면에 휘감겼다.

"당신…… 발성관을 육체에 이식했구나. 게다가 유인원이 아니라 명백하게 사람의 발성관을. 요즘 성우가 연쇄적으로 실종되고 있다고 들었는데 당신 짓이었네."

"모든 건 최강이 되기 위해서서든. 어떤 수고도 아깝지 않아!"

아카네는 자세를 잡았다.

"지금까지 최고의 성우들에게서 발성관을 손에 넣어 나는 강해졌어. 네가 마지막이야. 너를 죽이고 나는 최강이 되겠어!"

파직파지지직 소리를 내는 푸른 번개를 두르고서, 아카네는 암흑 성우를 향해 주먹을 내질렀다. 독자적으로 만들어낸 최강의 격투기, 성우 가라테다. 에테르를 뒤흔들어 발생시킨 전류로 플라스마를 만들어내, 몸에 닿은 상대에게 화상을 입힌다. 기존 가라테와 비교하면 몇 배나 강한 위력을 가진 기술이다.

아카네의 주먹을 암흑 성우는 어렵지 않게 양손으로 방어했다. 격투기 경험이 있는 걸까. 하지만 성우 가라테의 진가가 발휘되는 건 바로 이때다. 전류와 플라스마가 접촉한 상대의 몸으로 빨려 들어간다.

그런데—— 사람이 열에 구워지는 냄새가 피어오르지 않는다. 푸른 번개는 암흑 성우의 몸을 통과해 바닥으로 흡수되고 있었다.

아무래도 에테르 흐름을 조작해 전류를 흘려보낸 모양이다.

"너, 강하네."

아카네는 상대의 실력에 놀라면서도 동시에 고양되는 걸 느꼈다.

상대도 씨익 웃고 있는 듯한 느낌이 든다.

"야! 너! 선배한테 무슨 짓이야!"

사치가 사각에서 달려와 암흑 성우에게 몸통 박치기를 날렸다. 갑자기 나타난 수상한 사람이 사랑하는 선배를 공격하는 걸 본 순간 반사적으로 몸부터 움직인 결과였다.

하지만 암흑 성우는 꿈쩍도 하지 않았고, 오히려 사치가 튕겨나가 악어 우리에 떨어졌다. 아마도 중력을 조작하고 있는 거겠지. 혼자서 트랜지스터도 없이 중력 제어가 가능한 성우는 요즘 시대엔 A클래스 중에서도 극히 드물다. 이것만 봐도 상대가 상당한 실력자임을 알 수 있었다.

아카네는 상대한테서 거리를 벌렸다. 중력 제어는 커다란 피로감을 동반한다. 지금 이 순간 단번에 끝장을 내야 한다. 양팔을 쭉 뻗어 팔뚝에 이식한 발성관을 진동시켰다. 아카네를 중심으로 에테르의 파동이 펼쳐져 무지개색 빛이 온실에 퍼져나간다. 양 손바닥 사이에 푸른 빛의 구체가 나타났다. 고온의 전류로 플라스마화된 공기다.

"죽어!"

강렬한 빛을 두른 푸른 구체로부터 한 줄기 선이 암흑 성우를 향해 발사됐다. 양팔에 휘감듯이 에테르 흐름을 만들어 전류를 순환시키고, 그걸 코일로 삼아 플라스마를 가속한 것이다. 아카네의 필살기, 『성우 초전리포(세이유 플라즈마 건)』다.

그러나 상대에겐 상처 하나 없었다. 플라스마는 암흑 성우 앞에서 보이지 않는 벽에 부딪혀 반사되고 말았다.

"에테르 배리어야. 겨우 이걸로 놀란다면 아직 멀었네."

에테르 배리어. 에테르의 밀도 차이를 인위적으로 만들어 빛이나 소리, 충격을 반사하는 기술. 파동은 밀도에 따라 결정되니까, 반대로 파동으로 밀도를 바꿀 수 있지 않겠냐는 발상에서 만들어졌다. 성우 독립 전쟁 때는 많이 쓰였다고 들었는데 설마 태양계 내에 트랜지스터 없이 그 기술을 쓸 수 있는 사람이 있었다니.

"당신 공격은 이걸로 끝? 그럼, 이번엔 내 차례네."

아카네는 공격을 상쇄하려고 대비했지만, 상대의 공격은 예상치 못한 방향에서 왔다. 갑자기 뒤로 세게 잡아당기는 듯한 힘을 느꼈다. 바닥이 비스듬히 기울더니 낭떠러지가 되었다. 아니, 그게 아니었다. 국소적으로 중력의 방향이 변한 거였다. 암흑 성우가 중력을 조종하고 있었다. 하지만 그걸 깨달아도, 잃어버린 몸의 균형을 바로잡는 데에는 도움이 되지 않는다. 아카네는 꼴사

납게 넘어지고 말았다.

넘어진 아카네의 머리를 암흑 성우가 걷어찼다. 코피가 허공을 수놓는다. 일어서려 했지만, 콘크리트 더미에 짓눌린 것처럼 꼼짝할 수 없다. 아카네에게만 몇 배나 강해진 중력이 가해지는 것 같다. 눈앞에 조그만 빛무리가 언뜻언뜻 날아다닌다. 중력이 증가한 탓에 뇌로 혈류가 제대로 공급되지 않는 탓이다. 숨쉬기가 힘들다. 미친 듯이 맥박이 빨라졌지만, 혈류는 정체되어 온몸이 추웠다. 풍경에서 색이 점점 사라져 간다. 발성관에도 피가 도달하지 않아 쪼그라들었다. 이래서는 공격할 수 없다.

암흑 성우는 아카네가 저항하지 못하는 모습을 보면서도 폭행을 멈추지 않았다. 멈추기는커녕 오히려 더 거세게 공격한다.

"『목소리』는 들려? 들려? 응? 들리는 거야?"

큰 소리로 물으면서 아카네를 계속해서 짓밟는다. 이 무슨 굴욕인가. 최강의 성우를 꿈꾸고 있는 주제에 말 그대로 손도 발도 못 쓰고서 상대한테 일방적으로 짓밟히다니.

필사적으로 온몸의 발성관을 진동시키려 애썼다. 나오지 않는 힘을 쥐어짜 중력 제어를 깨트리려고 했다.

그때 『목소리』가 들렸다. 평소에는 몇 겹이나 되는 유리를 사이에 둔 것처럼 왜곡되어서 들리던 『목소리』가, 지금은 초점이 맞은 것처럼 평소보다 조금 더 또렷하게 들렸다.

불안……. 불안에 떠는 목소리다. 심장에 차가운 바람이 스산하게 부는 느낌. 내용까진 모르겠지만 그런 감각이 드는 느낌이다.

그걸 인식하자 에테르를 더욱 효율적으로 진동시키는 방법이 직감적으로 머릿속에 흘러 들어왔다. 그 직감에 따라 주위에 펼쳐진 중력장을 상쇄하고서 몸을 일으켰다.

"……들렸구나?"

일어선 아카네를 보면서 암흑 성우가 물었다. 왠지 기뻐 보이는 기색.

"그래, 선명하진 않았지만. 유쾌한 기분은 아니네."

아카네는 어떻게든 서 있긴 했지만 만신창이였다. 입에선 선홍색 액체가 흘렀다. 피다. 깨닫고 보니 안구 틈에서도 피가 흘러나오고 있었다. 발성관에 혈류가 과잉 공급되어서 이리저리 넘친 결과였다.

"아직 완전히 들리는 건 아닌 모양이네."

"그딴 건 아무래도 좋아…… 지금, 여기서, 니를 죽이겠어!"

아카네는 암흑 성우를 향해 돌진했다. 이대로 끝낼 수는 없었다. 자존심이 박살 난 채로 끝낼 수 있겠냐. 최강의 성우가 되기 위해선 눈앞의 상대를 죽여야 한다는 결의를 품고서, 성우 가라테를 펼쳤다.

하지만 혼신의 일격은 가볍게 회피당했다. 아카네는 정강이를 걷어차여 또 꼴사납게 쓰러졌다.

"당신을 상대해 주고 싶은 마음은 굴뚝같지만, 이젠 시간이 없어. 나를 다시 만나고 싶다면 쫓아오도록 해."

암흑 성우는 주머니에서 한 손으로 쥘 수 있을 만한 크기의 기계를 꺼냈다.

"에테르 비컨 수신기야. 이것만 있으면 내가 있는 위치를 알 수 있을 테니까."

수신기를 아카네한테 던지고서 암흑 성우는 망토를 휘날리며 돌아섰다. 떠나면서 나지막이 말했다.

"어디까지든 쫓아와――. 설령 무슨 일이 있더라도."

"당연하지! 쫓아가서 반드시 너를 죽여줄 테니까!"

피를 뚝뚝 흘리면서도 호기롭게 외치며 일어서려고 했지만, 다리 근육이 뒤틀리며 경련했다. 발버둥 치는 아카네를 흘끗 보고선 암흑 성우는 유유히 떠났다. 〈블랙 스완〉에 올라타 하늘 저편으로 날아갔다.

"선배! 괜찮으세요? 무슨 일이 있었던 건가요?"

몇 분 후, 어떻게든 악어 우리에서 탈출했는지 사치가 아카네에게 달려왔다. 손수건으로 피투성이가 된 얼굴을 닦아 줬다.

"죽을 뻔했어. 조금 쉰 다음 아까 그 녀석을 쫓을 거야. 이 빚은 톡톡히 받아내겠어."

"그러네요. 먼저 건 싸움은 받아주는 게 도리죠."

사치는 아카네의 말이 옳다며 고개를 연이어 끄덕였다. 악어 우리에 떨어졌는데도 상처 하나 없다. 운 좋은 녀석이다.

아무튼 지금은 체력을 회복해야 할 때다. 비컨 수신기가 있으면 암흑 성우의 위치는 바로 알 수 있다.

하지만 마음 편히 쉬고 있을 수만은 없는 사태가 벌어졌다.

지구의 모든 중력이 사라진 것이다.

제일 먼저 깨달은 이상 현상은, 악어가 공중에 떠 있다는 사실이었다.

악어는 땅을 기어 이동하는 동물일 텐데, 네 다리 모두 바닥에 닿지 않고 공중에 떠 있다.

수조나 인공 연못의 물도 떠오른다. 거대한 물의 구체가 되었다. 헤엄치던 악어는 구체에 갇힌 채 도와 달라는 듯이 머리를 흔들었다. 폭포에서 나오는 물이 한 방울 한 방울씩 구체가 되어 돔 안을 떠다녔다.

정신을 차려 보니 아카네와 사치도 몸이 떠오르고 있었다. 상처에서 방울진 피를 쏟으면서빙글빙글 돌면서 점점 땅에서 멀어져 간다.

"꺅—! 떨어진다 떨어진다 떨어진다 떨어진다! 선배, 살려 줘요 살려 줘요 살려 주세요!"

사치가 죽자 살자 아카네를 붙잡고는 옆구리를 꽉 끌어안았다. 불안한 심정은 이해하지만 너무 아프다.

또 암흑 성우의 공격이 시작된 길까? 그 심삭은 돔 바깥을 본 순간 확 날아갔다. 상상을 아득히 뛰어넘는 이상 사태가 벌어지고 있었다.

태평양이 거대한 물 구슬이 되어 떠오르고 있었다.

바나나 악어 정원에서 300미터쯤 가면 아타가와 YOU유 비치에 도착한다. 평소에는 관광객으로 붐비는 평화로운 장소지만, 지금은 대혼란이었다. 도쿄 돔보다도 큰 물 구슬 여러 개가 하늘을 향해 날아오르고 있었으니까.

경황이 없어서 알아차리는 게 늦었지만 몸에도 이상이 생겼다.

손이 붓고 있다. 내부에서 피부를 밀어내는 것처럼 부풀어 올랐다.

중력이 사라진 탓에 기압이 떨어지고 있는 거였다.

기압은 대기의 무게로 인해 생겨난다. 지표에 깔린 채 잔뜩 쌓인 대기의 무게는 그 자체로 대기 자신을 짓누르는 압력이 되며, 그것이 대기압이다. 그리고 지금, 대기를 묶어둘 걸쇠가 풀렸다.

대기는 중력이라는 걸쇠 탓에 압력이 걸리고, 그 결과 거시적으로 봤을 땐 평균 속도가 억제된다. 대기 분자는 하나하나가 초속 500미터라는 매우 빠른 속도로 돌아다니지만, 기압이 가해진 상태에선 다른 분자와 충돌을 일으켜 평균 속도는――다시 말해 풍속은――기껏해야 10분의 1 이하가 된다. 하지만 기압이라는 목줄이 풀린 순간, 대기는 본래의 잠재력을 발휘한다. 숨겨 두었던 질주 본능이 해방된 결과, 엄청난 바람이 출현한 것이다.

지상 부근은 아직 대기 분자로 북적이고 있어 속도가 많이 줄지만, 지상 50킬로미터의 성층권에서는 얘기가 다르다. 대류권과 성층권의 대기를 전부 더하면 지구 대기의 92퍼센트에 이르며, 50킬로미터는 대기 분자 농도가 충분히 희박해지는 높이다. 막대한 양의 대기가, 아무것도 없는 우주 공간을 향해 전속력으로 경주를 개시한다. 그 풍속은 분자 본래의 속도인 초속 500미터에 이른다.

초속 500미터의 바람.

그 파괴력은 상상을 아득히 초월한다.

일상적인 바람은 절대 그 속도까지 도달하지 못한다. 고작 초속

25미터에 나무가 부러지고, 30미터에 전봇대가 휜다. 목조 건축물을 날려버리는 강력한 태풍은 초속 50미터, 철탑마저 구부러뜨리는 대재해 레벨의 허리케인도 초속 60미터다.

모든 것을 파괴하고 송두리째 초토화시키는 원자 폭탄의 폭풍조차 초속 300미터인 것이다.

초속 500미터.

지구 역사상 최고의 속도에 달한 그 바람은 성층권에서 발생해, 도미노처럼 지상을 향해 다가오고 있었다.

바람이 지상에 도달하기까지 약 2분 남았다.

심상치 않은 바람의 조짐은 아카네도 느낄 수 있었다. 온실 전체가 덜컹덜컹 흔들리고, 유리가 깨져 나갔다. 일반적으로는 좀처럼 보기 드문 지상에서 하늘로 부는 바람이다. 바람은 점점 강해졌다.

아카네와 사치는 온실 철골에 매달려 있었다. 생명의 위기가 시시각각 닥쳐오는 걸 절실히 느꼈다. 하지만 지금 여기서 죽는다는 선택지는 말도 안 된다. 암흑 성우를 죽여야 한다. 자기가 더 강하다는 걸 똑똑히 알려줘야 한다.

아카네는 에테르 배리어로 자신과 사치를 감쌌다. 『목소리』를 들었을 때부터 에테르를 다루는 능력이 향상된 것 같다. 에테르 밀도가 옅은 막으로 몸을 덮어 외부의 영향을 차단했다. 안쪽에선 빛까지 차단해서 새까맣게 보이기 때문에 작은 눈구멍을 만들었다. 여태까진 성우 트랜지스터가 없으면 불가능했던 중력 제어를 사용해 몸의 균형을 바로잡았다.

"우와! 선배, 대단해요!"

사치의 감탄을 들으니 기분이 좋아졌다. 최강의 성우에 한 발 가까워진 듯한 느낌이——.

그때 초속 500미터의 바람이 지상에 도달했다.

모든 것이 산산조각 난다!

인류가 지금까지 쌓아 올린 수많은 건축물이 눈 깜짝할 사이에 흔적도 없이 지워졌다. 10만 년의 역사가 1초 만에 무로 돌아간다.

피라미드가, 나라의 대불이, 도쿄 스카이트리가, 사그라다 파밀리아가, 앙코르와트가, 루브르 박물관이, 마추픽추가, 타지마할이, 콜로세움이, 만리장성이, 자유의 여신상이, 대영 박물관이, 노트르담 대성당이, 피사의 사탑이, 스톤헨지가, 기요미즈데라가, 엠파이어 스테이트 빌딩이 날아갔다!

그리고 아타가와 바나나 악어 정원도 사라졌다. 돔을 이루는 철골이 뿌리째 뽑히고, 악어가 색종이 조각처럼 하늘로 빨려 들어가 유리 파편과 충돌해 질척한 다진 고기로 변했다. 바닷물 구체들은 바람에 날려 타원이 되었고, 뒤집힌 비가 되어 하늘로 쏟아져 내린다.

아카네와 사치도 하늘로 날아갔다. 상공에서 보는 광경은 환상적이었다. 항상 보던 익숙한 청록색 빛은 사라졌고, 하늘은 붉게, 땅은 푸르게 물들어 있었다. 바람과 함께 에테르가 이동해 바람 아래쪽에선 적색편이, 바람 위쪽은 청색편이가 일어난 결과다. 지상의 건물은 붕괴했고, 흙은 뒤집어엎어졌다. 바다에서는 거대한 물 구체가 마치 대량 증식하는 폐렴구균처럼 차례차례 떠올랐다. 물 구체의 표면이 부글부글 끓는 게 보였다. 기압이 낮아진 탓에 상온인데도 물이 증발하고 있었다.

아카네는 필사적으로 목소리를 연주해 에테르 배리어를 유지했다. 배리어는 에테르 마찰로 인해 반짝반짝 선명한 보라색 빛으로 빛나고 있었다. 반면 사치는 그저 망연자실한 상태였다.

이 시점에서 지구상의 인간 대부분이 사망했다. 남은 건 운 좋게 우주선에 타고 있던 사람이나, 지하 깊숙한 핵 쉘터나 동굴에 있던 사람뿐이다. 하지만 후자는 그다지 높게 쳐주기 힘든 행운이었다. 왜냐하면 그들도 그다음 순간에 죽음을 맞이했으니까.

매그니튜드 16의 공전절후, 전대미문이자 미증유의, 필설로 다 형용할 수 없는 초거대 지진이 발생했기 때문이다.

진원지는 지구 표면 전체였다.

지구의 모든 판이 일제히 파괴되기 시작한다. 그 원인은 지하 깊숙이, 심도 2900에서 5100킬로미터에 위치한 외핵이었다. 외핵은 철과 니켈로 이루어진 액체다. 섭씨 4000에서 6000도의 고온으로 걸쭉하게 녹아 매끄럽게 흐르며 지구 자기장을 발생시키는 녀석이다. 설령 철과 니켈로 이루어져 있다고 해도 액체는 액체라서, 무중력 상태에선 표면적을 최소화하려고 구형으로 변한다.

외핵의 변형은 그 위의 맨틀을, 그리고 지각을 파괴하기에 충분했다. 이제 지구는 안에서부터 파열하고 있었다. 한마디로, 지구 대폭발이다!

매그니튜드 16의 지진이 일으키는 굉음은 에테르 배리어를 뚫고 아카네의 귀까지 닿았다. 그건 문자 그대로 지상이 종말을 맞이하는 소리였다.

하지만 지상에 존재하는 것 중, 인공물은 방금 닥친 바람으로 이미 흔적도 없이 지워졌다. 지금 무너지는 쪽은 바로 천연물. 산과 강과 계곡과 바다였다.

후지산이 모래성처럼 간단히 무너져 내린다. 그 상흔에서 나타난 건 마그마였다. 갈라진 상처는 점점 확대되고, 쩍쩍 갈라진 틈이 그물처럼 지표를 덮었다. 마그마는 앞서 다른 액체처럼 구체가 되어 부유했다.

수 킬로미터 크기의 바닷물 구체와 수백 미터 크기의 마그마 구체가 붉은빛을 받으며 공중에 수없이 둥둥 떠올랐다. 가끔 마그마와 바닷물이 만나면 하얀 수증기를 한없이 내뿜으며 폭발했다. 수증기 폭발이다. 물은 수증기가 되면서 부피가 1700배로 늘어난다. 대량의 바닷물이 증발하고 끝없는 폭발을 반복했다.

마그마에 불탄 잔해가 내뿜는 검은 연기와, 수증기 폭발의 하얀 연기가 바람을 타고 상공으로 흘러간다. 아카네와 사치는 보랏빛 에테르 배리어를 빛내며 그 사이를 날고 있었다.

배리어 안쪽의 온도도 상승하고 있다. 마그마에 달궈진 바닷물이나 폭풍에 밀려 날아온 잔해에 부딪힐 때마다 세게 얻어맞는 듯한 충격을 느꼈다. 무엇보다도 아카네의 발성관이 더는 못 버틴다. 여러 돌기가 혈류 공급 과다로 터졌다. 발성관에 피가 너무 쏠린 탓에 몸의 다른 부분이 차게 식어갔다.

힘이 점점 빠져나가는 걸 느낄 수 있다. 이제 몇 분 안 남았다. 몇 분 안에 에테르 배리어는 소실되고, 바닷물에 빠져 익사하든가, 마그마에 타 죽든가, 잔해에 머리가 터져 죽든가, 혹은 운 좋게 우주 공간으로 날아가 급격히 산소를 빼앗기고 편안히 의식을 잃든가. 어느 쪽이든 마지막은 전부 죽음뿐. 죽음! 죽음! 죽음!

"앗, 저기저기! 선배! 저길 보세요! 빛나고 있어요!"

사치가 외쳤다. 시끄럽다.

"봐요, 저거, 보라색 빛이에요! 배라고요, 배! 배가 날고 있어요!"

뭐? 왜 그걸 먼저 말하지 않은 거야!

눈구멍으로 밖을 보니 정말로 배가 있었다. 유선형 몸체를 보랏빛으로 빛내며 항행 중이었다. 아주 가까이 있는 것처럼 보이지만 그건 착시 현상이고, 실제론 수백 미터는 떨어져 있겠지.

"아마미야! 도와! 중력 제어로 저 배로 가는 거야!"

"네에~? 그런 건 무리라고요."

"무리라도 해야 해! 안 그러면 여기에 두고 간다!"

사치는 중력 제어를 쥐어 짜내려고 노래를 시작했지만 역시 트랜지스터 없이는 힘들어 보인다. 어쩔 수 없지, 직접 할 수밖에 없겠어. 노래하며 극한의 트랜스 상태에 돌입했다. 『목소리』가 강해지면서 폭풍처럼 아카네를 두들겼다.

검은 연기와 하얀 연기 사이를 빠져나와, 연기 속에서 튀어나온 활활 타오르는 바윗덩이를 피하고, 폭발하면서도 여전히 형태를 유지하고 있는 지름 2킬로미터의 바닷물 구체를 아슬아슬하게 피했다. 그 너머에 반짝반짝 선명한 보라색으로 빛나는 빛이 있다. 구원의 빛이다. 절대적 긍정의 빛이다!

정신을 차렸을 땐 눈앞에 무시무시하게 큰 선체가 펼쳐져 있었다. 마찬가지로 큼직하게 『항주보안청』이라고 적힌 글자와, 태양계를 형상화한 동심원 로고 마크가 보인다. 배 이름은 〈사미다레〉.

배의 배리어와 아카네의 배리어가 접촉했다. 박테리아의 분열 과정을 역재생하듯 배리어의 막이 일체화하면서 아카네와 사치는 배의 세이프티 존으로 빨려 들어갔다.

“어이! 열어! 해치를 열어줘!”

필사적으로 배를 두들겼다. 손, 발, 머리, 사용할 수 있는 모든 부위를 최대한으로 이용해 두드렸다. 간절한 바람이 통했는지 해치가 열리고, 멱살을 잡혀 배 안으로 끌려 들어갔다.

“당신들, 발성관이 있다는 건 성우라는 뜻이지? 그럼 빨리 도와, 자 어서 빨리!”

보안청 제복을 입은 인물이 잔뜩 일그러진 얼굴로 등장했다. 공무원 성우다. 민간 성우와는 격이 다른 엘리트지만, 지금은 그런 위엄도 온데간데없이 반쯤 광란에 빠진 상태다.

아카네와 사치는 등을 떠밀려 복도를 달렸다. 공무원 성우한테서 액체가 든 주사기를 건네받았다.

“이걸 주입해! 서둘러!”

“설마 이건…… 부아르? 처음 봤어!”

부아르는 공무원 성우만이 지니고 있다는 소문이 도는 비장의 약품이다. 발성관에 공급되는 혈류를 늘려 효율적으로 에테르 진동을 발생시킬 수 있지만, 동시에 정신적 부작용이 강하다고 한다.

그런 건 알 게 뭐냐. 강해질 수만 있다면 뭐든 좋다. 아카네는 팔에 주사기를 찔렀다. 사치도 아카네가 쓴 주사기를 재활용해 자기 팔에 꽂았다.

입이 멋대로 움직이고 저절로 웃음소리가 새어 나온다. 그에 호응하듯 발성관이 미친 듯이 춤춘다.

아무런 근거도 없이 뭐든 다 해낼 수 있겠다는 기분이 든다.

"아하하하하하하하하하! 좋아! 스튜디오로 가자고!"

"선배, 굉장해요! 저도 선배를 따라갈게요!"

공무원 성우에게 이끌려 두 사람은 성우 스튜디오에 도착했다.

현장은 아수라장이었다.

미리 설치된 여러 개의 마이크에 성우가 매달려 소리치고 있었다. 그녀의 발성관은 이미 멜론만 한 크기로 부풀었다. 바닥에서는 다른 성우가 네발로 기면서 경련하며 웃고 있었다. 이미 움직이지 않는 성우도 있다. 몸속의 피를 전부 쏟아낸 것처럼 얼굴이 푸르죽죽했다.

바닥은 미끈미끈했다. 성우들의 피로 적셔진 탓이다.

"제어가 부족해! 부아르 추가다!"

감독이 명령했다. 발성관이 멜론 크기로 부푼 성우의 팔에 스태프가 주사기를 꽂으려 했다.

"그만두세요! 이 이상 투여하면 죽습니다!"

아카네를 데려온 공무원 성우가 말리려고 했다.

"지금은 비상사태라고! 지구에서 탈출할 수만 있으면 성우의 목숨 정돈 싼값이야. 저항한다면 반역죄로 사형이다!"

감독은 권총을 품에서 꺼내 공무원 성우의 다리에 발사했다. 고통스러운 비명이 울려 퍼졌다.

"어이, 당신! 성우를 뭐라고 생각하는 거야!"

자기도 모르게 아카네는 앞으로 나섰다.

"네 녀석은 뭐냐?"

"지나가던 성우다!"

"흥, 그런가. 지금 그 행동은 반역죄로 간주할 만하지만, 마침 사람이 부족하던 참이다. 너희들, 배를 조종해라."

이런 쓰레기 같은 인간의 명령에 따르는 건 부아가 치밀지만, 아무튼 지금은 탈출이 우선이겠지. 마이크를 움켜쥐고 발성관에 가져다 댔다. 다리에 총을 맞아 쓰러진 성우의 머리를 걷어차 자리를 확보했다. 사치도 흉내 내면서 머리를 걷어찼다.

스크린에는 배 바깥이 어떤 상황인지 비치고 있었다. 여태까지와는 반대로 전방의 우주 쪽이 푸른색, 후방의 지상 쪽이 붉게 변했다. 대기가 사라진 탓에 그 빈틈을 메우듯이 상공에서 에테르가 침투했기 때문이다.

배는 두 개의 층 사이를 날고 있었다. 전방에는 초속 오백 미터의 폭풍으로 인해 날아가 버린 도시, 후방에는 매그니튜드 16 지진으로 붕괴한 산과 판의 파편과 마그마 덩어리가 날고 있다. 배가 있는 층에는 마그마와 바닷물의 충돌로 발생한 수증기가 구형으로 퍼져 시야가 매우 좁아진 상태였다.

“다섯 시 방향에서 마그마가 날아옵니다!”

사치가 외쳤다. 경황이 없는 상황에서 얼떨결에 보고 역할을 맡게 되었다.

감독이 그 보고를 받고 소리쳤다.

“에테르 배리어를 후방에 집중 전개해!”

배 전체가 충격에 휩싸였다. 아카네는 바닥에 내동댕이쳐졌지만, 다리에 총을 맞은 성우를 쿠션 삼아 몸을 보호했다.

“피해를 보고하라!”

“손상은 경미하지만, 마그마가 계속해서 몰려옵니다! 이대로는 버티기 힘듭니다!”

“키를 최대한 꺾어라! 전방으로 도망친다!”

배는 하얀 연기 속으로 돌입했다. 아무것도 보이지 않는다. 시야가 없는 상태에서 전속력으로 나아간다. 에테르 배리어를 전개하고 있는 상황에선 에너지 소모가 큰 레이더는 쓸 수 없다. 육안만으로 공중에 뜬 장애물을 잇달아 회피할 수밖에 없다.

온통 새하얀 세상에 그림자가 드리웠다. 빌딩 파편이다! 아카네는 선체를 크게 오른쪽으로 기울였다. 또 바닥에 내동댕이쳐졌지만 이젠 적응했다. 이미 생체 쿠션도 마련해 뒀다.

정면충돌은 피했지만 위기는 끝나지 않았다. 직육면체 빌딩은 회전하면서 점차 선미에 가까워졌다. 이대로라면 위험해!

“빔을 쏘겠어! 배리어를 거둬!”

아카네는 감독의 지시를 기다리지 않고 에테르를 울렸다. 그녀가 택한 방법은 매우 난폭하기 그지없었다. 장애물을 제거하고 나면, 장애가 되지 않는다. 빌딩을 고체에서 액체로, 그리고 기체로 변화시키면 빠져나갈 수 있다.

선외의 에테르 앰프에서 보라색 빛이 발사됐다. 빔이 통과할 수 있도록 배리어가 순간적으로 사라졌다. 커다란 굉음과 함께 빔은 빌딩을 녹여 증발시켰다. 배는 지금 막 생성된 가스 속으로 돌입했다.

"뜨거워!"

아카네는 펄쩍 뛰어올랐다. 바닥이 견딜 수 없게 뜨거워졌다. 황급히 다리에 총을 맞은 성우의 몸에 올라탔다. 살이 익는 냄새가 풍긴다.

"선체 온도 급상승! 메인 컴퓨터가 더 이상 못 버팁니다!"

"물속으로 돌입하라!"

배는 방향을 바꿔 수십 킬로미터 크기의 바닷물 구체를 목표로 돌진했다. 물속으로 들어가려 했지만 물수제비처럼 통통 튕기다가, 몇 번이나 도전한 끝에 간신히 펄펄 끓는 물 구슬 속으로 들어가는 데 성공했다.

선내 온도가 급격히 내려갔다. 아카네는 발로 바닥을 톡톡 건드려 문제없음을 확인한 다음 바닥에 내려왔다. 발판으로 삼았던 성우는 바닥에 맞닿아 있던 우반신에 심한 화상을 입었다.

"컴퓨터 손상률 20퍼센트 이하. 통상 항행이 가능한 범위입니다!"

기압이 낮아진 상태에서 가열되었기 때문에 바닷물은 빠르게 끓어올랐다. 맹렬한 하얀 수증기와 소금을 남기고서 바닷물은 사라졌다.

"고도 800킬로미터입니다. 열권 돌파했습니다!"

어느덧 배는 잔해의 층을 뚫고서 열권 바깥인 외기권에 진입했다. 인공위성이 돌고 있는 이 고도에서는 지구가 구형이라는 걸 똑똑히 확인할 수 있다. 평소라면 에테르 마찰이 있으니만큼 무지갯빛이 보여야 할 텐데, 지금은 빛이 아주 희미해져 있었다. 대기가 사라진 지금은 에테르 바람이 지상 쪽으로 불고 있어서 빛이 약해진 것이다.

에테르 마찰로 인한 빛이 약해진 덕분에 평소에는 눈이 부셔 볼 수 없었던 지상의 모습이 보였다. 그건 말 그대로 지옥도였다.

바다는 들끓고 해저가 드러나 있다. 지진은 여전히 계속됐고, 산맥이 차례차례 붕괴하며 그 충격으로 해안선의 형태를 바꿀 정도로 커다란 부글부글 끓는 쓰나미가 발생했다. 판 사이에서는 맨틀 자체가 드러나고 지각이 껍질처럼 말려 벗겨진다. 지표로 나온 마그마가 에베레스트를 훨씬 능가하는 높이의 대산맥을 형성했다. 그리고 그때마다 산맥은 지진으로 붕괴해 간다.

그 소리는 우주 공간까지 들렸다. 우주에선 소리가 아주 잘 울린다. 대기가 누출되고, 에테르 밀도의 단층이 사라졌기 때문에 지상의 소리가 우주에 직접 전달됐다.

지구는 거대한 비명을 사방팔방으로 내지르며 죽어가고 있었다.

"――성우 항법 정지합니다. 에테르 로터 항법으로 전환합니다."

〈사미다레〉는 지구에서 약 5000킬로미터 떨어진 지점까지 왔다. 이미 잔해는 멀리멀리 흩어졌다. 아까보다 위험도 줄었고, 성우의 피로도 컸기 때문에, 반중력을 사용하는 성우 항법은 정지했다.

붕괴하는 지구에서 탈출에 성공하자 선내는 안도의 한숨으로 가득 찼다.

"대체 무슨 일이 일어난 거지?"

아카네는 땀을 닦으면서 감독에게 물었다. 감독은 고개를 저으며 스크린을 에테르넷 방송으로 전환했다. 에테르를 통신 매체로 삼는 에테르넷은 수신기만 있다면 태양계 어디에서든 접속할 수 있다. 화면과 음성이 지구 붕괴로 인해 생겨난 에테르 난류 때문에 일그러져 있었지만, 혼란에 빠진 아나운서의 목소리는 똑똑히 들렸다. 지구의 중력이 소실되어 행성이 파괴되었다는 것 말고는 아무런 정보도 없다. 지구에서 탈출한 배는 달이 아닌 화성으로 가라는 권고를 들었다. 달도 이미 안전한 장소가 아닌 모양이다. 붕괴 중인 지구에서 분리된 운석이 충돌할 위험성이 있다.

이걸로 지구는 끝났다. 전 인류의 4분의 1에 해당하는 80억 명이 죽은 건가.

이상하게도 아카네는 후련한 기분을 느꼈다. 그녀에게 지구는 감시 위원회라는 억압의 상징이었으니까.

그보다 암흑 성우가 죽었는지 살았는지가 궁금했다. 자기가 살아남았으니, 그 녀석도 이 정도로 죽을 리가 없다. 반드시 찾아내서 이 손으로 죽여주지.

"살아 있는 성우 여러분, 다들 수고했다! 피곤할 테니 이제 쉬도록."

감독의 목소리가 아카네의 생각을 차단했다. 어딜 뻔뻔하게 그딴 소리를 지껄이냐고 소리칠 뻔했지만 아카네는 이제 녹초였다. 오늘은 그만 자자.

스튜디오를 나와 발을 들인 복도는 몹시 추웠다. 입에서 나오는 숨결도 하얗다. 우주는 매우 춥다. 에테르가 열의 도체가 되는 만큼 계속해서 온기를 잃기 때문이다. 에너지 절약을 위해서일까, 히터 온도가 낮게 설정된 모양이다.

"선배— 같이 자지 않을래요?"

방에 있는 침대에 널브러지듯 눕자, 사치가 대답도 듣지 않고서 이불 속으로 기어들어 왔다. 걷어찰까 싶기도 했지만 사치의 체온을 느끼며 생각을 고쳤다. 추워도 너무 추웠으니까. 지급받은 이불은 얇아서 도움이 안 된다. 이 상태에서 그냥 자면 감기에 걸릴지도 모른다. 건강이 재산인 성우에게 감기는 치명적이다.

"선배~ 좋은 냄새가 나네요~."

체온이 전해진다. 키가 작은 사치의 머리는 아카네의 가슴께에 닿았다. 확실히 옛날에 본 영화에선 이럴 때 상대의 머리를 쓰다듬어 줬었다. 아마 그게 올바른 예의인 거겠지. 아카네가 사무적으로 머리를 쓰다듬자, 사치는 음후후후후후 행복해하는 목소리를 흘렸다. 비참한 상황은 뒷전으로 미루고 즐기고 있다. 얘는 태평하고 나긋해 보이면서도 묘하게 터프한 면이 있다.

이렇게 둘이 껴안고 있으니 옛날 성우들 같다. 대성우 시대에 모험가로서 은하계를 여행했던 성우들은 『커플링』이라고 불리는 2인조 페어를 짜서 활동했다고 한다. 아직 에테르 조작 기술이 시행착오를 겪던 시절, 선내는 얼어붙을 정도로 추워, 체온을 유지하기 위해 둘이서 온기를 나눴다고 들었다.

암흑 성우를 어떻게 죽일지 궁리하면서 아카네는 잠이 들었다.

그 찰나 에테르를 울리지도 않았는데 『목소리』가 들린 듯한 기분이 들었다.

Ⅳ

매끈한 유선형인 〈사미다레〉의 멋진 선체에 굵은 원기둥처럼 생긴 에테르 로터 여럿이 삐죽삐죽 뻗어 있었다. 이렇게 볼썽사나운 몰골일 수가. 창에 꿰뚫린 생선 같은 꼴이다.

위잉 위잉 위잉 위이잉. 원기둥이 회전했다. 에테르의 흐름이 거기에 이끌려 빛을 내뿜는다. 에테르 흐름과 회전 방향이 일치해서 마찰력이 약한 쪽은 붉었고, 에테르 흐름과 회전 방향이 역방향이라 마찰력이 강한 쪽은 푸르렀다.

에테르 로터 항법이란 회전한 원기둥과 에테르 흐름을 조합하여 추진력을 얻는 항법이다. 왜 원기둥을 회전시킨 것만으로 추진력이 생기는 걸까. 그건 유체를 총괄하는 제1 법칙, 베르누이의 법칙에서 비롯된다. 베르누이의 법칙은 에너지 보존 법칙의 유체 버전이다. 공중에 던져진 공을 생각할 때, 에너지 종류는 운동 에너지와 위치 에너지만 생각하면 그만이지만. 유체에는 거기에 더해 압력 에너지가 필요하다. 운동, 위치, 압력이라는 세 가지 에너지의 총합은 항상 일정하다는 게 베르누이의 법칙이다.

원기둥이 회전하면 에테르는 회전 방향으로 이끌린다. 그래서 에테르 흐름과 회전 방향이 일치하는 측면에서는 에테르 흐름이 가속하고, 반대편에선 감속한다. 가속하는 측에선 운동 에너지가 증가하니까 압력이 감소하고, 감속하는 측에서는 운동 에너지가 감소하니 압력이 증가한다. 양쪽에 발생하는 압력에 차이가 생기면 압력은 높은 곳에서 낮은 곳으로 흐르게 되고, 그 결과 가속하는 쪽을 향해 전체가 움직이게 된다. 흐름의 방향에서 보면 수직으로 추진력을 얻게 되는 것이다.

태양계에는 태양을 향해 소용돌이 모양으로 떨어져 내리는 흐름이 있다. 그 에테르 흐름을 측면으로 받아내면 태양과 반대 방향—— 외행성 쪽으로 추진할 수 있다는 뜻이다. 원래 에테르 로터 항법은 가장 주력으로 쓰이는 항법이었고, 대성우 시대 초기엔 대부분의 배가 이 원리로 움직였다. 지금은 성우를 쓰는 비용이 더 저렴해진 만큼 적극적으로 이용되진 않지만, 예비 추진 기능으로선 여전히 팔팔한 현역이다.

에테르 로터의 회전에서 발생하는 소음 속에서 아카네는 암흑 성우한테 받은 비컨 수신기를 만지작거렸다. 작은 화면에는 태양계의 약도로 보이는 지도가 표시되어 있었다. 암흑 성우의 위치를 나타내는 붉은 점은 아카네가 있는 곳에서 멀리 떨어진 곳을 가리켰다.

"으응—. 선배, 뭐 하세요?"

사치가 잠에 취해 뺨을 비빈다.

아카네는 아무 말 없이 화면을 가리켰다.

"뭔가요 이게?"

"바나나 악어 정원에서 나를 습격했던 녀석이 던져주고 간 수신기야. 보아하니 녀석은 목성으로 향하고 있는 모양이네."

"그런가요. 그런데 이 배는 화성으로 가고 있는데요."

"맞아. 그래서 배를 탈취할까 생각 중이야. 먼저 그 짜증 나는 감독과 스태프를 전부 죽이겠어. 성우를 깔본 벌로."

"그거 좋네요! 이 상태론 목숨이 몇 개가 있어도 부족해요. 당하기 전에 해치워 버리죠!"

감독과 스태프의 몰살은 쉬웠다. 아카네가 발성관을 몸에 이식했다는 건 아무도 모른다. 불의의 기습으로 단 몇 시간 안에 전부 시체로 만들 수 있었다. 시체는 일단 냉동실에 처박아 놨다.

문제는 성우다. 이 배는 원래 열 명이 넘는 성우들이 운행하던 배다. 아카네 혼자서도 움직일 자신은 있지만 가능하면 인원을 확보해 두고 싶다. 하지만 아카네의 개인적 복수를 도와줄 사람은 아무도 없겠지.

거기서 착안한 게 부아르였다. 성우들은 전부 부아르에 중독된

걸로 보이니 이 약을 독차지할 수 있다면 성우들의 지배권을 손에 쥐는 거나 마찬가지다.

아카네는 배의 감독과 스태프를 죽인 후, 부아르를 빼앗아 그걸 기반으로 성우들에 대한 지배권을 확립했다. 감독이 죽으면서 도움을 요청하는 무선을 날린 모양이지만, 지구가 파괴된 이 상황에선 귀 기울여줄 사람은 아무도 없겠지.

배 안에 새로운 질서가 자리 잡았다. 아카네가 꼭대기에 선 피라미드 구조다. 에테르 로터 항법은 정지됐고, 성우 항법을 통해 힘차게 가속해서 목성으로 향했다. 성우의 목숨을 연료로 태워 질주하는 짓이다. 성우는 부아르에 절여져 그저 배를 움직이는 동력원으로 전락했다. 부아르 중독 말기가 되면 온몸의 피가 발성관에 집중되어 죽음에 이른다. 적절한 투여량을 알지 못했기 때문에 11명 있던 성우는 2주 사이에 6명으로 줄었다.

목표물인 암흑 성우와의 거리가 조금씩 가까워졌다. 소형함인 〈블랙 스완〉이 선회력은 뛰어날지 몰라도, 마력은 이 배가 더 뛰어나다.

그렇게 지구를 떠난 지 20일 후, 배는 목성에 도착했다.

덜컹!

배가 크게 좌우로 흔들렸다. 쿠웅! 또 흔들렸다.

"아마미야~ 이 흔들리는 것 좀 어떻게 할 수 없어?"

"이것만큼은 방법이 없어요. 목성권은 항상 이런 느낌이라고 들었어요."

스크린에는 크게 확대된 목성이 비치고 있었다. 심한 숙취에 시달릴 때 보이는 세상처럼 기분 나쁜 영상이다. 오렌지색과 노란색과 갈색과 흰색과 파란색 구름이 마구 뒤엉켜 꿈틀거리며 상대를 삼키고 있다. 그중 제일 기묘한 건 눈이었다. 목성 곳곳에 눈이 아른거리며 이쪽을 지켜보고 있다. 파란 눈, 빨간 눈, 하얀 눈, 오렌지색 눈……. 물론 저건 진짜 눈이 아니다. 눈처럼 생긴 구름의 흐름, 소용돌이다. 그걸 알고 있는데도 오랫동안 바라보고 있으면 정신이 이상해질 것만 같은 풍경이다. 태양계에 이런 곳이 있어도 되는 걸까.

정신이 이상해지면 큰일이다. 그런 사태를 예방하려고 아카네는 부아르를 주사했다. 텐션이 올라온다. 선내의 흔들림도 록 음악 같은 리듬감처럼 느껴진다.

이 흔들림은 목성의 에테르 마찰 때문이다. 목성은 지구의 11배나 되는 지름을 가졌는데도 자전 주기는 고작 10시간이다. 그 맹렬한 자전에 흔들리는 에테르는 충격파가 되어 목성권 전체에 울려 퍼지고 있는 거였다. 물론 소리뿐만 아니라 빛도 엄청나다. 목성의 적도 부근은 너무나도 강한 에테르 발광 때문에 강한 방사선이 나오고 있다. 언뜻 보기엔 그리 눈부신 빛은 없어 보여도, 사실 그건 가시광선보다 에너지가 높은 빛이 나오고 있다는 의미다. 배 밖으로 나갔다간 몇 초 안에 죽고 말겠지.

〈사미다레〉는 암흑 성우가 발신 중인 비컨 신호를 따라 목성까지 왔다. 목성은 아주 큰 별이지만 사람이 드나들 수 있는 곳은 제한되어 있다. 적도에 너무 가까이 다가가면 어떤 성우라도 막을 수 없을 정도로 방사선이 강해져서, 목성에 접근하려면 남극이나 북극으로 들어갈 수밖에 없다. 비컨은 남극 방면에 암흑 성우가 있다고 표시하고 있었는데, 방금 그 신호가 갑자기 사라져 버렸다. 아카네는 어쩔 수 없이 목성에 다가가 찾을 수밖에 없었다.

목성 표면에는 색의 홍수가 흩뿌려져 있었다. 아카네가 그 풍경에 질려 슬슬 졸음이 쏟아졌을 때 경보가 울렸다. 배의 컴퓨터가 자동으로 다른 배를 감지했다. 스크린 일부가 점점 확대되었다. 저 멀리 아래에 있는 검은 콩알이 날카로운 이등변삼각형으로 변했다.

〈블랙 스완〉이다!

소형선이 가까이 다가오니 다시 비컨이 반응했다. 틀림없다. 저 배에 암흑 성우가 타고 있다. 목성의 두터운 구름 속에 숨어 있었던 모양이다.

스크린에 암흑 성우의 얼굴이 나타났다. 〈블랙 스완〉이 〈사미다레〉에 에테르 통신을 보낸 것이다.

"중력 소실을 헤쳐 나온 모양이네. 당신이라면 할 수 있을 줄 알았어."

"어이, 말하는 걸 보니 설마 네가 중력을 소실시킨 거냐?"

그 말엔 대답하지 않고서 〈블랙 스완〉이 〈사미다레〉를 향해 레이저 빔을 쏘았다. 에테르 농도가 짙은 우주 공간에선 빔의 위력도 강해진다.

배가 심하게 흔들렸다. 어디선가 타는 냄새가 풍겨 온다.

"선체 후부에 화재 발생! 격벽을 내리고 소화 개시합니다!"

"젠장! 이쪽도 빔이다!"

반격에 나서려 했지만 스크린에서도, 비컨에서도 상대의 반응이 사라졌다. 또 목성의 두꺼운 구름 속에 숨어 버렸다. 목성 내부에서 발산되는 빛은 에테르 농도 차이로 인해 우주 공간과의 경계면에서 전반사된다. 반면 우주 공간에서 목성으로 향하는 빛은 통과하기 때문에 구름 속에서는 밖이 보이고, 밖에서는 구름 안을 볼 수 없다. 아카네는 적보다 훨씬 불리한 위치에 있었다.

"빔이야! 쏴! 쏘라고!"

"하지만 선배! 쏴 봤자 헛수고예요!"

사치 말이 맞았다. 〈블랙 스완〉은 빔에 맞은 구름과는 전혀 다른 곳에서 튀어나와 다시 한번 공격을 퍼부어 주고는 또 사라졌다.

"선체 온도 상승, 이대로라면 녹아 버려요!"

"이렇게 된 이상, 우리도 목성으로 강하한다!"

하지만 목성으로 접근하면 〈블랙 스완〉이 나타나 빔을 쏘았다. 그걸 피하려고 선회하다 보면 아무리 해도 목성의 구름 속으로 들어갈 수 없다. 선회력은 소형선이 훨씬 유리하다.

〈사미다레〉는 빔을 피하느라 상하좌우로 격렬히 흔들렸다. 급격한 G가 걸리자 한순간 의식이 아득해졌다. 그때 아카네는 『목소리』를 들은 것 같았다.

머리를 내리치는 듯한 슬픈 목소리였다. 『목소리』는 골수까지 스며들어, 울려 퍼질 때마다 칼로 헤집는 듯한 비통함을 느꼈다. 신기하게도 비통함이 몸을 헤집을수록 보다 더 나은 에테르 연주법이 머릿속에 스며들었다.

할 수 있어! 아카네는 중력 제어로 〈사미다레〉를 가속시켰다. 간발의 차로 빔을 피하고서 목성으로 강하했다. 배 하부에 있는 에테르가 급속도로 압축되면서 짙은 보랏빛을 뿜어냈다. 목성에 가까워지자 방사선 수치도 점점 증가했지만, 에테르 배리어로 견딜 수 있는 양이다. 대기가 짙어질수록 방사선은 감쇠하고, 가시광이 남는다. 빛이 확산되면서 하늘이 점점 푸르러져 간다.

구름. 구름. 구름. 무지막지할 정도로 넓은 구름. 〈사미다레〉는 그 위를 날고 있었다. 지평선은 지구와 달리 직선이다. 행성이 너무 거대해서 별이 둥글다는 걸 감지할 수 없는 수준이다.

구름 속에서는 엄청난 규모로 번개가 번쩍였다. 지구의 번개보다 천 배나 되는 에너지가 곳곳에서 방출된다. 〈사미다레〉는 기죽지 않고서 격렬한 환경의 구름 속으로 들어갔다.

구름에 살짝 들어간 것만으로도 갑자기 확 어두워지지만, 에테르 배리어에서 나오는 보라색 빛과 번개가 조명 역할을 해준다. 최상층은 가벼운 암모니아가 다량 함유된 오렌지색 구름이나. 암모니아가 줄어들고, 그보다 좀 더 무거운 물이 많이 늘어나면서 오렌지색에서 노란색으로, 노란색에서 흰색으로, 흰색에서 푸른색으로 변한다. 난색에서 더욱 칙칙한 색으로 바뀌면서 음울한 인상이 주변을 지배한다.

"세 시 방향에 배의 모습이 보입니다!"

예리한 삼각형이 접근했다가 부메랑처럼 멀어졌다. 〈사미다레〉가 흔들린다. 빔에 얻어맞았다. 하지만 흔들림은 우주 공간보다 작았다. 대기 중에선 에테르가 옅어지기 때문에 레이저 빔의 에너지도 줄어들고, 또한 폭풍이 에테르 흐름에 간섭해서 거기서 더 약해진다. 목성의 폭풍 속은 태양계에서 레이저 빔을 이용한 전투를 벌이기에 가장 부적절한 장소겠지.

〈사미다레〉도 반격 삼아 빔을 쐈지만, 상대는 다시 구름 속으로 사라졌다. 보아하니 히트 앤 어웨이 전법으로 나올 속셈인가 보다. 빔 에너지가 줄어든 만큼 한 방에 격침당하진 않겠지만 손상이 누적되면 곤란하다.

구름을 피하기 위해 〈사미다레〉는 계속 급강하했다. 〈사미다레〉와 함께 비와 우박이 떨어지고 있었다. 물과 암모니아, 황산의 비다. 음울한 푸른 구름 속에서 비는 친구들과 만나 덩치를 점점 키우지만, 어느 지점을 경계로 더 이상 커지지 않는다. 왜냐하면 증발하기 때문이다. 증발해서 기체가 되고, 다시 상공으로 떠올라 구름이 되는 끝없는 윤회전생.

〈사미다레〉는 그 윤회전생에서 벗어나 아래로 아래로 계속해서 떨어졌다. 그리고…….

"구름이 걷혔습니다!"

그곳엔 폭풍과는 정반대의 정적이 있었다. 넓다……! 한없이 드넓은 공간. 상공에서 빛나는 번개가 조명을 대신했다. 핵폭발 정도의 규모를 가진 번개 수천, 수만 개가 끝없이 전후좌우로 늘어서서 고장 난 형광등처럼 켜졌다 꺼지기를 반복한다.

나락. 〈사미다레〉는 나락 위에 떠 있었다. 투명한 수소층이다. 아래층인 액체 금속 수소의 바다까지는 지구 몇 개 분량만큼이나 떨어져 있다. 고소공포증이 있는 사람을 데려왔다간 미친 듯이 발광하겠지만, 아카네의 정신력은 그렇게 약하지 않았다. 지구 몇 개 분량의 높이든 개미 몇 마리의 높이든 다 똑같다.

상식을 벗어난 광경 속에서 아카네는 『목소리』를 들은 것 같았다. 목성 내부로 깊이 들어갈수록 세계의 저편에서 뇌로 들어오는 『목소리』가 더욱 크게 울리는 감각이다. 슬픔에 뒤덮여 몸이 조금씩 녹아내리는 느낌――.

"나타났습니다! 머리 바로 위입니다!"

사치의 외침이 생각에 잠긴 아카네를 다시 현실로 끌어올렸다. 저편 구름에서 맹금류처럼 〈블랙 스완〉이 나타났다. 에테르 배리어가 뿜어내는 보라색 빛이 주변의 빗방울에 반사되어 마치 불꽃놀이처럼 보인다. 아카네는 발성관을 진동시켜 에테르 앰프에서 레이저 빔을 발사했다. 빛기둥이 질주해 천둥에도 지지 않을 정도로 커다란 굉음을 울리며 〈블랙 스완〉을 꿰뚫었다. 배리어와 빔의 충돌로 빛의 폭발이 일어난다. 〈사미다레〉는 빛의 충격파에 격렬하게 흔들렸다. 빛의 오케스트라가 끝난 뒤에도 〈블랙 스완〉은 태연한 모습으로 날고 있었다.

강하다. 레이저 빔이 약해지는 두터운 대기 속이라곤 해도, 보안청의 최신예기에 장착된 앰프로 쏜 빔에 직격당하고도 멀쩡하다는 건 대단했다. 에테르의 흐름을 순식간에 조종해 에너지를 발산한 거겠지. 이런 상황 속에서 빔으로 격추하는 건 불가능하다. 질량 병기를 사용할 수밖에 없다.

"아마미야, 이 배에 미사일이 있어?"

"미사일은 없네요. 탈출용 소형정이라면 있지만요."

소형정이라. 확실히 미사일 대용으로 쓸 순 있겠지만, 폭발물이 없으면 미덥지 못하다.

폭발…… 폭발……. 그렇지, 좋은 아이디어가 떠올랐다.

"이 배의 성우들은 전부 집합하라!"

아카네는 선내에 명령을 내렸다.

3분 후, 살아남은 여섯 명의 성우가 모였다. 이름은 키사라, 네시히키, 테이세, 이노리, 미도카와, 사노우다. 누구 하나 빠짐없이 아직 살아 있다는 게 신기할 정도로 끔찍한 몰골이었다. 부아르 중독으로 홀쭉해진 몸은, 마치 온몸의 수분을 흡수당한 것처럼 뼈와 거죽뿐이었다. 갓 낚아 올린 심해어처럼 눈만 뒤룩뒤룩 굴리고 있다. 그런 몸에서 생기를 남김없이 빨아들인 발성관만이 기운차게 펄떡였다. 활기가 지나친 나머지 혼자 꿈틀거리며 멋대로 주변 에테르를 연주하고서 빛을 뿜었다. 부아르 투여는 건강엔 안 좋아도 성우가 가진 잠재력만은 극한까지 끌어올리는 모양이다.

아카네는 남은 부아르 재고를 전부 성우들에게 투여하고, 지시를 내려 소형정에 태웠다. 지시는 간단했다. 〈블랙 스완〉에 최대한 다가가서 에테르를 조종해 레이저 빔끼리 충돌시켜 압력과 열을 순간적으로 높여라. 지금 주변에는 목성의 대기압으로 인해 높은 압력이 걸린 수소가 대량으로 있다. 거기에다 열과 압력을 집중시키면 핵융합 반응을 일으킬 수 있지 않을까, 하는 꿍꿍이였다.

말하자면 성우 핵폭탄이다.

핵융합에 다다르기가 쉽지 않다는 건 아카네도 알고 있다. 적어도 목성 중심의 80배쯤 되는 압력이 필요하다. 하지만 엄격하게 관리되는 보안청의 공무원 성우는 민간 성우보다 능력이 뛰어나다. 게다가 치사량 직전까지 부아르를 대량 투여받은 중독자이기도 하다. 아카네의 경험과 직감으로는 핵융합에 다다르기에 충분한 압력을 줄 수 있다고 판단했다.

생각보단 실천인 법! 키사라, 네시히키, 테이세, 세 사람이 탄 미사일이 저마다 〈사미다레〉에서 떨어져 나와 〈블랙 스완〉에 몸통 박치기를 시도했다.

네시히키 미사일은 점화에 실패했다. 압력을 높여 자폭했을 뿐, 흥미로운 일은 일어나지 않았다. 근성이 부족했던 거겠지. 하지만 키사라와 테이세, 두 사람은 훌륭히 목적을 달성했다. 수소와 수소끼리 서로 반발하는 쿨롱의 힘을 넘어서는 압력을 받은 결과, 합체하여 에너지적으로 더 안정된 헬륨이 되었고, 잉여 에너지가 밖으로 방출되었다. 순간적으로 미니 태양 두 개가 목성의 하늘에 나타났다. 빛과 소리가 커다란 파도가 되어 멀리 떨어져 있는 〈사미다레〉까지 닿았다.

"해치웠나?"

아카네는 흔들리는 〈사미다레〉를 안정시키면서 스크린을 보았다. 〈블랙 스완〉은 아직 형태를 유지하고 있었지만 대미지를 입은 건 틀림없어 보였다. 한쪽 날개가 작게 부서졌다.

"아주 훌륭해. 그 기세야."

암흑 성우가 보낸 통신이 도착했다. 자신이 공격당하고 있는 상황에도 불구하고 어딘지 기뻐 보였다.

"각오하라고. 지금 그쪽으로 쳐들어가서 내 손으로 직접 죽여 주겠어!"

"그거 기대되네. 하지만 손님이 온 모양이야. 나는 일단 물러나도록 할게. 다음에 또 보자."

통신이 끊겼다. 〈블랙 스완〉은 하늘로 날아갔다.

"기다려!"

아카네가 추격하려고 했을 때, 구름 속에서 미사일이 나타나 〈사미다레〉 근처에서 폭발했다!

"사치, 무슨 일이 일어난 거지?"

"전혀 모르겠어요!"

혼란스러워하는 아카네와 사치 앞에 거대한 배가 내려왔다. 〈사미다레〉의 3배쯤 되는 크기다. 에테르 앰프나 레일건, 미사일 등의 무장이 길쭉한 비행선 같은 선체를 빈틈없이 뒤덮고 있다. 선체에는 화려한 로고와 배 이름이 그려져 있었다.

『주식회사 라이즈 탐정국』 〈크루진〉.

아카네도 아는 회사다. 탐정이라고 자칭하지만, 실태는 현상금 사냥꾼이다. 리더인 탐정과 참모인 조수가 버디를 짜서 활동하는 게 일반적이다. 외행성에는 아직까지도 공적인 경찰 기구가 활동하지 않기 때문에, 현상금 제도를 이용해 민간 기업에 치안을 위탁하고 있다. 현상금을 노리고 조직된 회사가 여럿 있을 정도다. 라이즈 탐정국은 그중에서도 대기업으로 손꼽히는 회사였다.

"헤이! 나는 일등 탐정, 미네르바 이브라힘입니다!"

쓸데없이 발랄한 목소리가 스크린을 통해 들려왔다. 〈크루진〉에서 통신이 들어온 것이다. 금발 롱 헤어에 검은 피부를 가진 여성이 나타났다.

"그리고 나는 일등 조수, 나나세 슈타인바흐야."

그와는 대조적으로 조수 쪽은 어딘지 모르게 음울한 분위기에 병적일 정도로 피부가 하얀 숏컷 소녀였다. 시선이 비스듬히 30도 위쪽을 향한 채, 멍하니 허공을 바라보고 있다. 귀신이라도 보이는 걸까.

"중요 지명 수배범, 요모쿠라 아카네! 〈사미다레〉 하이재킹 혐의로 구속합니다! 얌전히 투항하세요!"

미네르바가 호들갑스러운 몸짓을 곁들이며 경고했다.

"지금은 그럴 상황이 아니잖아. 지구가 붕괴했다고."

자기가 저지른 잘못은 모른 척하고서 지적했다.

"지구가 불타든, 태양이 폭발하든, 일은 계속해야 합니다!"

"길들여진 개 같으니. 아마미야! 성우 핵폭탄을 선물해 줘!"

"알겠습니다!"

이노리와 사노우가 탄 미사일이 〈크루진〉을 향해 발사되었다. 하지만 〈크루진〉도 미사일 발사로 대응, 성우들이 핵융합 반응을 일으키기 전에 증발시켜 목성의 일부로 만들어줬다.

"하하하핫! 평범한 사람은 아무리 용을 써도 엘리트에겐 이길 수 없습니다!"

"우리는 경쟁률 100:1인 시험에 붙은 사람이거든—."

"젠장! 일단 후퇴다!"

상대는 엘리트인 데다가 장비도 갖추고 있다. 더없이 불리하다. 불리한 상황을 바꾸려면 우선은 퇴각할 수밖에.

"후퇴라니, 어디로요?"

"컴퓨터! 목성 지도를 표시해!"

화면에 뜬 표시를 재빨리 확인하면서 아카네는 생각했다.

"좋아, 떠올랐다. 대적반으로 간다!"

대적반. 목성에서 가장 큰 폭풍. 무려 지구 세 개가 들어갈 정도로 크다. 수백 년 넘게 지금 같은 형태를 유지한 채 회전하고 있으며, 엄청난 에너지를 품고 있다.

그 대적반에 배를 밀어 넣는다는 건, 까딱하면 자살 행위나 마찬가지다. 그럼에도 그런 결단을 내린 이유는 아카네에게 승산이 있었기 때문이다. 폭풍 속에서 미사일은 바람에 날려 무용지물이 된다. 또한 표면적이 큰 배보다 작은 배가 바람의 저항이 작아 유리하다. 대적반에 들어가면 압도적으로 열세인 지금 상황을 뒤집을 수 있을지도 모른다.

〈사미다레〉는 〈크루진〉을 교란하기 위해 구름을 파고든 뒤, 대적반으로 향했다. 대적반에 접근할수록 옆구리를 때리는 바람이 강해진다. 포탄에 버금가는 속도로 우박이 날아와 선체를 두들기며 깡깡 소리를 울렸다. 선체를 안정시키는 것만으로도 벅찼다.

주변에서 오렌지색이나 백색 구름의 숫자가 줄어들고, 붉은색 구름이 늘어났다. 컴퓨터의 정보로는 심층에서 올라온 인 같은 유기물이라나. 그 탓에 〈크루진〉이 보이지 않게 되었다. 반대로 상대도 이쪽을 볼 수 없게 됐다면야 바라던 바겠지만, 그런 행운

에만 기댈 수는 없다. 상대는 프로다. 강력한 탐색 수단을 갖고 있을 게 분명하다.

〈사미다레〉의 일곱 시 방향에 섬광이 번쩍였다. 〈크루진〉이 발사한 핵미사일이었다. 그래도 충격은 폭풍에 지워져 미약했다. 아카네가 노린 대로였다. 다만, 지금 공격을 통해 〈크루진〉이 이쪽을 계속 포착하고 있다는 사실이 판명됐다. 이대로라면 따라잡히고 말겠지.

"에테르 로터를 구동해!"

매우 짙은 목성의 대기 속에 에테르 로터가 뻗어나간다. 저항이 순식간에 커져서 배의 안정성을 잃을 수도 있는 위험천만한 행위다. 아카네는 도박을 걸었다. 대적반 내부에서는 바람이 선체 옆에서 불어 온다. 로터는 측면에 작용하는 힘을 앞으로 나아가는 추진력으로 변환할 수 있으니, 장애물이었던 대적반의 바람을 역으로 이용해 가속력으로 삼겠다는 계산이었다.

한 치 앞도 보이지 않는 구름 속에서 쭉쭉 가속했다. 아카네와 사치는 벽에 꽉 짓눌렸다. 가속했다는 건 장애물로 인해 받는 대미지가 커진다는 의미이기도 하다. 작용을 가하면 그에 동등한 반작용이 따르는 법이다.

거대한 우박이 로터 하나에 정면충돌했다. 바로 〈사미다레〉가 핑그르르 회전하기 시작했다. 그럼에도 아카네는 마이크를 붙잡고서 에테르 연주를 이어갔다. 세탁기처럼 마구 회전하던 배는 중력 제어를 통해 조금씩 안정을 되찾았다.

"선배! 전방에 빛이 보입니다!"

미사일 폭발인가? 아니었다. 전방이 전체적으로 밝아지는 게 보였다.

대적반의 눈이 가까워졌다는 뜻이다. 거대한 소용돌이인 대적반에는 태풍과 마찬가지로 중앙에 무풍지대인 눈이 존재한다.

〈사미다레〉는 대적반의 눈으로 진입했다. 방금까지 몰아닥치던 폭풍이 거짓말처럼 멎었다. 머리 위로는 저 멀리 푸른 하늘이 보인다. 하늘에서 빛이 기둥처럼 쏟아지고 있다.

등 뒤에는 천체 규모의 높이를 자랑하는 구름의 벽이 우뚝 서 있다. 페인트를 물에 떨어트린 것처럼, 붉은빛이 도는 갈색과 오렌지색 구름이 왼쪽으로 흘러간다. 때때로 작은 소용돌이가 생겼다가 사라진다.

한참 앞쪽에는 또 하나의 벽이 있다. 너무 거대해서 역으로 가까이 있는 것처럼 보이지만, 실제로는 인도양쯤 되는 거리가 있으리라. 여러 개의 붉은색 흐름은 멀리서 보면 흐릿해서 뚜렷한 윤곽이 없는 하나의 번진 자국처럼 보인다. 벽에서는 배선이 고장 난 크리스마스트리처럼 빛이 깜짝거렸다. 저 하나하나의 깜빡임이 지구에 치는 번개의 천 배나 되는 규모를 갖고 있다. 이곳이 얼마나 거대한 곳인지 실감하게 된다.

"선배, 이제부터는 어쩌실 건가요?"

"〈크루진〉이 쫓아오길 기다리자. 녀석이 나오는 순간 성우 핵폭탄을 선물해 주는 거야."

"네에—! 알겠습니다!"

상대보다 먼저 눈에 도착하는 것, 그게 아카네의 작전이었다.

안정된 무풍지대에 매복하고서 〈크루진〉이 나타나는 지점을 단숨에 공격하는 거다.

15분 후, 구름에 움직임이 생겼다. 내부에서 밀려 나오듯 구름이 일렁이더니, 안쪽에서 궐련처럼 생긴 물체가 나타났다.

"녀석이다! 미사일 발사!"

미도카와가 탄 마지막 성우 핵폭탄이 발사되었다. 상대가 반격하기 전에 핵폭탄이 폭발을 일으킨다. 직격이다! 폭발 뒤엔 아무것도 남지 않았다. 증발해 버린 걸까?

하지만 어디선가 발사된 질량 포탄이 〈사미다레〉의 선체에 파고들었다.

"유감이네요! 아이디어는 좋았다고 칭찬해 드리죠!"

"뭐, 평범한 사람에겐 이 정도가 한계인 거지."

어떻게 된 일이지! 증발했을 터인 〈크루진〉이 나타났다. 탐정과 조수, 두 사람은 멀쩡했다.

"하하하하! 놀라셨나요? 사실 방금 그건 디코이였거든요!"

"뭐, 우리 수준쯤 되면 별거 아닌 기술이란 말씀—."

〈크루진〉은 카본 나노섬유로 자기와 비슷한 가짜를 만든 다음 로켓 엔진으로 먼저 날려 보내 미끼로 삼은 거였다. 아카네의 계획쯤은 프로 탐정들에게 손금 보듯 훤히 읽히고 있었다.

"자, 항복입니까, 지금 죽을 겁니까, 어느 쪽이죠? 선택하세요."

〈크루진〉은 〈사미다레〉를 향해 일방적으로 포격을 날렸다.

"큰일이에요! 선배, 어쩌죠?"

"이렇게 할 거야…… 사치, 뭐든 아무거나 붙잡아!"

〈사미다레〉 선내가 무중력 상태가 되었다. 선체가 자유 낙하를 시작한 것이다. 〈크루진〉은 위쪽에 멈춰 선 채, 두 척 사이의 거리는 점점 벌어진다. 아카네는 〈사미다레〉의 중력 제어를 꺼버렸다. 목성의 거대한 중력은 무엇보다도 강력한 엔진이다.

탐정들은 〈사미다레〉가 시도한 결사의 번지 점프에 질겁한 모양이다. 아카네처럼 목숨을 함부로 취급할 수는 없었는지, 중력 제어를 걸면서 신중하게 하강했다.

한편, 〈사미다레〉는 계속 가속하며 단열 압축으로 인해 불길에 휩싸였다.

"히익…… 선배! 녹아버려요!"

"괜찮아!"

사치는 공중에서 손을 파닥파닥 움직였다. 패닉에 빠지려는 사치를 아카네가 끌어안았다.

불길에 휩싸인 채로 〈사미다레〉는 계속 낙하했다. 대적반의 소용돌이는 몇 시간을 하강해도 사라지지 않았다. 여전히 붉은 구름이 일정한 방향으로 이동하고 있다. 하지만 빛에는 변화가 생겼다. 주변이 점점 어두워진다. 기압이 상승한 만큼 공간 속 에테르양이 감소해서 빛의 에너지도 약해지고 있는 거였다. 그리고…….

"선체 온도가 내려가기 시작했어요, 선배!"

압력과 함께 온도가 높아진다는 보일-샤를의 법칙이 깨진 것이다. 이 법칙은 압력이 높아짐에 따라 에테르 마찰 빈도가 높아지고, 그 결과 온도가 상승함으로써 성립되지만, 가해지는 압력이 일정 지점을 넘어선 상황에서는 성립되지 않는다고 알려져 있다.

약 300만 기압 이상에서는 물질이 공간 속 에테르를 밀어내 버려서, 압력이 오르면 오히려 온도가 내려가게 된다. 목성의 심층으로 가라앉아 〈사미다레〉가 녹기 전에 보일-샤를의 법칙이 깨지는 지점까지 도달한다면, 온도가 내려갈 테니 버틸 수 있을 터. 그게 아카네의 속셈이었다.

"좋아, 이대로 속도를 줄이겠어……."

〈사미다레〉는 중력 제어를 되찾고, 대적반의 눈 속을 천천히 하강했다. 모 아니면 도 같은 목숨을 건 도박에서 이긴 아카네는 식은땀을 훔쳤다.

"히엑~! 선배, 뭔가 탑 같은 게 있어요!"

중력 제어를 회복하고서 30분쯤 지난 뒤, 하강하는 〈사미다레〉 앞에 이상하게 생긴 길쭉한 물체가 나타났다. 다이아몬드를 연상시키는 아주 투명한 소재로 이루어져서, 어둠 속에서도 빛을 반사하며 반짝반짝 빛나고 있다. 끝부분이 날카로운 원뿔형이었고, 끝은 그렇게 두껍지 않았지만 아래쪽으로 갈수록 부피가 커져 거대한 벽처럼 변했다.

잠시 후, 탑에서 가지가 뻗어 나왔다. 마치 눈의 결정 구조처럼 굵은 가지 끝에서 무수히 많은 가는 가지가 돋아나고, 또 그 가지에서 가느다란 가지가 돋아나 있다. 가지 끝에서는 액체가 뿜어져 나왔다. 분수처럼 세차게 뿜어내는 가지가 있는가 하면, 끈적끈적한 액체를 뚝뚝 떨어트리는 가지도 있다.

그리고 탑 중앙으로부터 가지를 향해 액체가 지나다니는 가느다란 통로 같은 게 펼쳐져 있었다. 그건 그야말로 혈관이었다.

대적반 밑에 이런 물체가 있었다니. 아니, 반대로 이게 있었기 때문에 대적반이 생긴 거겠지. 대적반이란 이 탑을 장애물로 삼아 만들어진 테일러 기둥(Taylor column)이었다.

테일러 기둥. 회전하는 유체 속에서, 아래쪽의 장애물로 인해 원기둥 모양이 만들어지는 유체 역학 현상을 말한다. 다른 영향이 없을 때, 회전하는 유체는 수직, 즉 회전축 방향으로는 흐름이 일정하게 이어진다는 정리가 있다. 바닥에 장애물이 존재할 경우, 유체는 장애물을 피해서 돌아가야 하고, 그 움직임의 여파로 영향을 받은 위쪽의 유체도 함께 움직이기 때문에, 표면에 마치 반점이 생기는 것처럼 보이게 된다. 예를 들어, 쿠로시오 해류의 흐름 역시 해저 지형에 의해 만들어진 테일러 기둥에 영향을 받는다고 알려져 있다.

하지만 왜 목성 바닥에 이런 불안정한 구조물이 있는 걸까. 강력한 중력 아래에선 금방 부서질 것 같은데.

"선배! 바닥이 보였어요!"

〈사미다레〉가 공중에 멈춰 섰다. 여기서 바닥이란 액체 금속 수소의 바다다. 너무 압력이 강한 나머지 수소조차 금속성을 나타내는 것이다.

탑은 폭풍도 없이 잔잔한 바다에 당당히 솟아 있었다. 탑 아래는 바닷속까지 이어져 있는 걸까.

탐정에게 쫓기고 있다는 상황도 잊고서, 아카네는 그 광경에 넋을 잃었다. 유리가 액체가 된 것처럼 아주 투명한 바다가 흔들리고 있다. 바다 표층 근처에는 물에 뜬 기름처럼, 아메바를 닮은 부정형의 막이 떠다니고 있고, 때때로 탑에 달라붙어 저항감도 없이 탑을 따라 스륵스륵 올라갔다. 가지 구조는 바닷속에도 펼쳐져 있는지, 아메바들은 가지에 파고들어 탑 내부로도 들어갔다. 훌륭한 예술품이다. 가만히 보고 있으면 뇌를 솜털로 자극하는 듯한, 쾌감 섞인 묘한 간지러움이 느껴진다. 인공물로도, 자연물로도 보이는 절묘한 형태다.

"선배, 뭔가 날아왔어요!"

사치의 목소리에 정신을 차렸다. 가지에서 분수처럼 뿜어나온 투명한 액체가 〈사미다레〉에 닿은 거였다.

"괜찮겠지. 에테르 배리어가 있잖아."

하지만 아카네의 낙관적 전망은 금방 박살 났다. 액체는 에테르 배리어에 닿자, 격렬한 빛을 내뿜으며 안쪽으로 스며들어 왔다.

"말도 안 돼. 이 녀석, 에테르를 연주하는 건가……."

그렇게밖에 생각할 수 없다. 수수께끼의 투명한 액체는 에테르를 조종해 배리어를 중화하고 있었다. 만약 에테르를 자유롭게 연주할 수 있는 존재를 성우라고 정의한다면, 이 액체 역시 성우나 마찬가지다.

수수께끼의 액체는 에테르 배리어를 넘어 배에 도달했다. 그러면 방울져 떨어질 줄 알았더니, 얇게 펴져 배 전체로 확산하기 시작했다.

"초유동체 헬륨, 선체의 70퍼센트에 침투 중." 컴퓨터의 분석 음성이 냉정하게 상황을 알렸다.

초유동체. 극저온 환경 아래에서만 성립하는, 양자적 성질이 거시적 크기까지 확대된 상태다. 점성이 제로가 되어, 원자 하나 정도의 틈만 있으면 어디든 스며들 수 있다.

아니나 다를까, 아카네가 초유동체의 성질에 대해 조사하는 사이에 〈사미다레〉의 선내로 초유동체 헬륨 성우가 스며들었다.

"선배! 벌써 여기까지 왔어요!"

초유동체 헬륨 성우는 여러 겹의 벽을 뚫고 두 사람이 있는 스튜디오에 도달했고, 마치 무언가를 찾는 것처럼 벽을 타고 다가왔다. 그 투명한 표면에 작고 다채로운 빛이 떠오른다. 에테르를 진동시키고 있다는 증거였다.

아카네는 목에서 묘한 움직임을 느꼈다. 발성관이 자기 의도와는 상관없이 멋대로 진동하고 있었다. 몸에 이식한 발성관도 덩달아 떨리기 시작했다. 몸 곳곳에서 원인 모를 격통이 느껴진다. 몸 안쪽에서 꼬집히는 듯한, 지금껏 경험한 적 없는 통증. 신체의 일부라는 사실에 이의를 제기하는 것처럼 발성관이 자유분방하게 움직였다. 상하좌우, 전후, 대각선. 구불구불 꿈틀거리며 에테르를 연주하고, 파랑, 빨강, 초록, 주황, 노랑, 보라……. 차례차례 변화하며 색을 두른다.

헬륨 성우 쪽도 갖가지 색을 연주하고 있었다. 그건 발성관이 내는 색과 대응하는 것처럼 보였다. 마치 색으로 된 공을 통통 튀기듯이 양쪽의 발광에는 상호 작용이 있었다.

"설마, 이 녀석들 대화하는 건가……?"

아카네로선 믿을 수 없는 일이었다. 자기 육체 일부가 초유동체 헬륨과 멋대로 대화를 나눈다? 하지만 그게 지금 일어나는 일을 표현하기에 가장 적절한 말이었다. 에테르를 매개로 서로 대화하고 있다.

갑자기 아카네의 마음속에 어린아이 같은 분노가 무럭무럭 솟구쳤다. 이래서는 마치 자기만 따돌림당하는 거나 마찬가지 아닌가. 지금까지 일심동체로 생활해 온 동료에게 갑자기 배신당한 기분이었다.

"헬륨 따위한테 현혹되지 마! 헬륨 성우보다 내가 더 강해!" 아카네는 외쳤다. 그리고 그 말을 증명하기 위해 헬륨 성우에게서 성우로서 가진 힘을 빼앗으려 했다.

"도토리가 문을 도로록, 드르륵, 두루룩 열었는가, 드로록, 두루륵, 두르룩 열었는가!"

아카네는 양성 학교 시절에 배웠던 만트라를 영창하며 정신을 통일, 발성관의 컨트롤을 되찾으려 했다. 그리고 발성관과 헬륨 성우와의 대화를 통로로 이용해 힘을 빨아들였다. 아귀처럼, 다른 건 일절 생각하지 않고서 그저 탐욕스레 헬륨 성우의 힘을 빼앗았다.

얽혀 있던 실이 끊어지듯 발성관의 컨트롤이 회복됐다. 즉시 에테르를 연주해서 열선을 발사했다. 강력한 빔! 헬륨 성우가 상쇄하려 했지만 힘으로 짓눌렀다. 열선을 발사하고, 발사하고, 마구 발사해서 상대의 에테르 진동을 포화시켰다.

헬륨 성우는 증발하고 있었다. 초유동체는 끓지 않는다. 열전도율이 매우 높아서, 열은 액체 표면까지 운반되고 기화는 표면에서만 일어난다. 소리도 없이 부피가 줄어들었고, 마지막엔 소멸했다.

"이얏호!"

아카네는 환호성을 지르며 〈사미다레〉를 난폭하게 조종했다. 탑 주변을 맹렬한 스피드로 빙빙 돌았다. 컨디션 최고다, 산도 뽑아 옮길 수 있을 것 같은 전능감이다.

"역시, 선배! 멋져요!"

"어때! 대단하지!"

기쁨에 들떠 위쪽에서 배가 다가오는 것도 깨닫지 못했다.

"요모쿠라 아카네! 아마미야 사치! 역시 살아 있었네요!"

"바퀴벌레에 버금갈 정도로 끈질기네—."

스크린에 탐정과 조수의 얼굴이 비친다. 〈크루진〉이 여기까지 따라왔다. 하지만 아카네는 이전처럼 꽁지 빠지게 도망치지 않았다. 이제는 충분한 힘이 있다. 성우의 진짜 실력을 보여주지!

〈사미다레〉의 앰프에서 탑을 향해 에테르 파동이 방출되었다. 탑이 기우뚱 기운다. 적어도 지구 하나만큼은 되는 높이의 탑이. 탑은 여태껏 헬륨 성우의 중력 제어 덕분에 서 있는 게 가능했다. 아카네는 지금 그 제어를 일시적으로 상쇄해 버렸다. 그리고 목성의 거대한 중력 아래에선, 설령 일시적인 상쇄일 뿐이라 해도 탑을 붕괴시키기엔 충분했다.

천천히, 아주 천천히 탑이 부러진다. 겉보기에는 느려 보이지만 실제로는 무시무시한 속도다. 그 증거로 붕괴하는 탑은 몇 겹이나 되는 충격파를 발생시키고 있다.

어마어마한 충격파와 함께 탑에서 뻗어 나온 섬세한 가지들도 무너졌다. 수천수만 개의 가지들은 충격파를 타고 날카로운 미사일이 되었다. 미사일의 궤도 끝엔 〈크루진〉이 있다. 에테르 배리어를 관통하고서 무수한 가지가 선체에 꽂혔다. 제아무리 튼튼한 탐정국의 배라도 이래서는 대파다.

붕괴하는 〈크루진〉에서 탈출정이 빠져나오는 게 보였다. 바퀴벌레에 버금갈 정도로 끈질긴 건 아카네가 아니라 오히려 저 두 사람일지도 모른다.

"우와, 선배! 위험해요!"

무너진 탑이 바다에 닿아 쓰나미를 만들었다. 액체 금속 수소의 쓰나미다. 높이는 대략 지구의 절반 정도.

"이탈한나!"

〈사미다레〉는 상공을 향해 가속했다. 가진 바 모든 힘을 발휘해 에테르를 연주하면서 위로 위로 위로 배를 쭉쭉 밀어 올렸다.

상승하는 〈사미다레〉의 등 뒤로는 대적반이 힘차게 회전하고 있었다. 하지만 저 회전도 언젠간 사라질 운명이다.

V

"저기— 선배, 식량이 이제 일주일 치밖에 안 남았는데요."

사치가 연골을 우물거리면서 말했다. 깨끗하게 살을 발라낸 뼈는 아무렇게나 벽에 휙 던졌다.

“그야 그렇겠지, 식량이 무한정 있는 것도 아니니까.”

아카네도 뼈를 던졌다. 산처럼 쌓인 뼈가 불쾌한 냄새를 풍겼다. 최근 일주일 사이에 곰팡이가 피었고, 끈적한 검은 액체가 뚝뚝 떨어지고 있다. 어디서 생겨난 건지 구더기까지 생겨났다. 〈사미다레〉 선내는 황폐해졌다. 청소에는 젬병인 아카네와 사치밖에 배에 남지 않았기 때문에 엔트로피의 상승은 멈출 줄을 몰랐다. 대충 벗어 던진 옷이나, 쓰레기통에 다다르지 못한 휴대식량 봉지 같은 게 굴러다녀서 발 디딜 틈도 없다. 중력 제어를 걸어둔 이 스튜디오는 그나마 나은 편이다. 무중력 상태인 다른 장소는 먼지가 가득해, 들어가기만 해도 기관지염에 걸릴 것 같다.

아카네는 고기를 씹었다. 맛은 싱겁지만, 소고기와 닭고기 중간쯤 되는 식감이다. 그 고깃덩어리에는 두 개의 눈과 입 하나가 달려 있었다.

〈사미다레〉가 표류하기 시작한 지도 약 한 달, 두 사람은 냉동실에 안치해 뒀던 감독과 스태프, 성우들의 시체를 먹으면서 목숨을 이어가고 있었다. 거부하기라도 하면 귀찮으니까 사치한텐 돼지고기라고 속이고서 잘라낸 살점을 주었다. 뼈 모양을 보면 깨달을 법도 한데, 아무런 불평도 하지 않는다. 어지간히도 바보거나, 이미 알면서도 굳이 말하지 않거나 둘 중 하나겠지. 뭐, 됐나.

“먹을 게 떨어지면 어떡하실 건가요?”

사치가 뼈를 조립해 원시인 집 같은 걸 만들기 시작했다. 요즘 들어 저런 걸로 심심함을 달래고 있다.

“너를 잡아먹을 거야.”

"잡아먹고 싶을 정도로 귀엽다는 뜻인가요?"

시시껄렁한 대화를 나누며, 아카네는 바닥에 벌렁 드러누워 스크린을 쳐다봤다. 〈사미다레〉 바깥에는 선체의 3배쯤 되는 크기의 우주 식물이 떠다니고 있었다. 에테르 흐름을 타고 회전해서 에너지를 얻는 타입인지, 풍차처럼 방사형 날개를 펼치고 있었고, 그 날개 끝에도 풍차가 자라나 있는 게 보인다. 중앙에서부터 박테리아처럼 나선형 편모가 뻗어 나와 효율적으로 회전할 수 있는 방향으로 몸을 기울인다. 〈사미다레〉가 만드는 소용돌이를 노리는 걸까. 요 몇 주 동안 계속 따라다니고 있지만, 해를 끼치는 것도 아니니 내버려두고 있다.

"그렇지, 저걸 먹자고."

아카네는 스크린에 비치는 우주 식물을 가리켰다. 천재적인 아이디어라고 생각했는데, 사치의 반응은 시큰둥했다.

"에이— 맛없어 보이는데요. 애초에 먹을 수 있긴 할까요? 저걸 따러 밖에 나가는 것도 엄청 힘들 것 같고, 위험하기도 하고요."

"하긴, 그것도 그런가…… 귀찮고."

아카네는 다시 바닥에 벌렁 누웠다. 배 안에만 틀어박혀 있는 탓인가, 그녀는 완전히 게으름뱅이가 되어 버렸다.

아무것도 할 일이 없으니 잘 수밖에 없다. 자는 거야 쉽다. 눈을 감고서 아무런 생각도 하지 않으면 자연스럽게 잠이 온다. 그런데 아무리 시간이 지나도 졸음이 오지 않아서 아카네는 과거의 일을 회상했다. 목성에서 탈출했던 한 달쯤 전의 일을.

"대기에서 벗어났습니다! 안정 궤도에 진입합니다!"

헬륨 성우에게서 빼앗은 압도적인 파워로 〈사미다레〉는 대적반을 빠져나와 목성 궤도 위로 단숨에 상승했다.

하지만 비싼 대가를 치렀다. 바로 상상을 초월하는 피로도다. 이식한 발성관은 볼링공만 한 존재감을 드러내며 근육을 욱신욱신 쑤시게 만든다.

"지쳤어, 잘게. 중력 제어는 너한테 맡긴다."

사치한테 지시를 내리는 게 고작이었다. 아카네는 스튜디오 바닥에 진흙처럼 널브러져 잠들었다.

꿈도 꾸지 않은 깊은 잠에서 깨어나자, 어느새 소파 위에 누운 채 이불을 덮고 있다는 걸 깨달았다. 아마 사치가 옮겨다 준 거겠지.

"앗, 선배, 일어나셨어요?"

사치의 표정이 밝아졌다.

"이야, 혼자서 조종하는 건 쉽지 않았어요. 일단 유로파 상공으로 이동시켜 뒀는데 착륙은 불안하니까 도와주세요."

유로파는 목성계의 중심 도시다. 두꺼운 얼음에 뒤덮인 위성이지만, 그 아래에는 거대한 바다가 있다. 바다에서 무한정 공급되는 물은 목성권 전체 사람들의 생명수다.

"그러네, 실컷 잔 다음이라 배가 고파졌어. 프윌 시티에 가서 초밥이라도 먹을까."

"신난다! 오랜만에 데이트네요!"

프윌 시티는 유로파에서 가장 큰 크레이터인 프윌 크레이터 중심에 있는 도시다. 보통 유로파 표면은 암석에 버금가는 밀도를 가진 얼음이 10킬로미터에서 100킬로미터 깊이까지 이어지지만, 크레이터 중심은 얼음이 얇아 기껏해야 깊이 5킬로미터 정도다. 시티는 뾰족한 쪽을 아래로 향한 원뿔 모양으로, 얼음에 박혀 있다. 도시의 무게를 이용해 얼음을 녹이면서 점점 아래로 이동하지만, 일정 수준까지 가라앉으면 균형을 이루고 안정적으로 멈춘다. 얼음 밑의 바다에서 공급되는 풍부한 물 덕분에 농업과 양식 산업이 발달했고, 특히 초밥은 지구와 비교해도 결코 손색이 없다는 평판이다. 지구가 폭발해 버린 지금 상황에선 태양계 으뜸이겠지.

〈사미다레〉는 프월 시티로 강하했다. 시티 최상층은 전체가 우주 공항으로 만들어져 있어서 분주하게 우주선이 오가고 있었다. 지구 붕괴의 여파는 멀리 떨어진 목성권에도 미치고 있는지 매우 교통이 혼잡해 보인다. 공항에서 검문에 걸리지 않을까, 하는 걱정이 들었지만, 경찰 역할을 민간에 위탁하고 있는 목성권에선 괜한 걱정이었던 모양이다.

"초밥— 초밥— 초밥은 맛있어~♪"

사치가 박자가 안 맞는 노래를 부르며 초밥 레스토랑에 들어갔다. 저럴 만도 하다. 지금까지 쭉 보존 식량으로만 생활했으니까.

연어, 연어알, 고등어, 참치 등, 초밥을 마음껏 먹은 뒤, 비컨 수신기를 확인했다. 암흑 성우가 탄 〈블랙 스완〉은 빠른 속도로 목성권을 탈출 중이었다. 궤도는 토성도, 천왕성도, 해왕성도 아니었다. 태양계 바깥으로 빠져나가는 궤도다.

"역시 태양계 바깥으로 향하고 있어. 어서 출발하자!"

"아이참, 선배 너무 서두르잖아요."

안절부절못하는 아카네를 사치가 타일렀다.

"첫 번째로, 태양계를 오가는 배로 바깥까지 나가는 건 너무 위험해요. 에테르의 기세가 차원이 다르니까요. 우선 조선공한테 부탁해서 개조부터 해야죠."

"그거 엄청 시간 걸리잖아. 바로 배부터 약탈하자."

"목성권에는 태양계 밖으로 나가는 선박이 거의 없어요. 더 바깥쪽으로 가야 해요."

사치는 대화하는 와중, 가슴에 뺨을 가져다 대듯이 포즈를 취하며 스마트폰으로 셀카를 찍었다. 화면을 엿보니 SNS를 하고 있었다. 사진과 함께 『프월 시티 Now.』라고 글을 올린 모양이다.

팔로워 숫자가 아카네의 계정과 비교도 안 될 정도로 많았다. 역시 인기 성우답다. 아카네도 스마트폰으로 자기 계정을 확인했지만, 하이재킹을 저질러서 그런지 계정이 정지되어 있었다.

"한동안 확인 안 한 사이에 댓글이 잔뜩 달렸네요."

스크롤을 내려 보자, 『지구가 폭발했다고 들었는데 괜찮으세요?』 같은 쓸데없는 댓글이나, 『아카네 씨가 하이재킹을 저질렀다는 게 정말인가요!』하고 외치는 댓글도 보였다.

"답글 안 달아?"

"이런 건 일일이 대답했다간 끝이 없으니까요."

"인기 성우의 여유라는 거야?"

"에이 인기 성우라뇨~ 선배한테 그런 말 들으면 쑥스러워요~."

두 사람의 느긋한 대화는 옆자리 박스석에 들어온 두 손님으로 인해 중단됐다. 그 손님들은 성우 경찰 제복을 입고 있었다.

성우 경찰. 성우 감시 위원회의 하부 조직이고, 일반 경찰이나 경찰 업무를 위탁받은 민간 기업과는 독립적으로 활동하며 성우의 범죄에 대처한다.

아카네와 사치는 서로 눈짓을 주고받은 다음, 슬금슬금 가게를 빠져나가려고 했다. 그때 성우 경찰 중 한 명이 외쳤다.

"요모쿠라의 백합 영업 파트너, 아마미야 사치가 SNS에 요모쿠라와 나란히 찍힌 사진을 올렸습니다! 프월 시티에 있습니다!"

"프월 시티면 여기잖아……. 앗, 이봐! 거기 서!"

아카네는 얼굴을 들키고 말았다. 전속력으로 가게에서 뛰쳐나왔지만, 바로 추격대가 붙었다.

"이앗, 선배! 죄송해요! 저 때문에……."

사치가 바보짓을 하는 건 어제오늘 일이 아니라, 새삼 놀랄 것도 없다.

"그건 아무래도 좋아! 일단 지금은 서둘러 〈사미다레〉로 돌아가 날아오를 뿐이야!"

아카네와 사치는 공항까지 이어진 긴 에스컬레이터를 뛰어 올라갔다. 방해되는 사람들은 성우 가라테를 구사해 사정없이 쓰러트렸다. 쓰러진 사람들이 에스컬레이터에서 굴러떨어져, 쫓아오는 성우 경찰에게 짓밟혔다.

"귀찮네. 사치, 뛰자!" 중력이 낮다는 걸 이용해 점프해서 단숨에 상승했다.

최상층에 도착했다. 4제곱킬로미터 넓이의 우주 공항엔 반기둥 모양의 통로가 그물망처럼 펼쳐져 있고, 승객은 도보로 배에 타고 내리게 되어 있다. 액션 게임처럼 지나다니는 사람들의 머리 위를 점프하며 〈사미다레〉를 향해 달렸다.

뒤를 쫓는 성우 경찰 두 사람은 벌써 숨을 헐떡이고 있었다. 목성의 위성에서 나고 자란 탓에 지구 출신인 아카네와 사치에 비해 체력이 크게 뒤떨어진다. 태양계 내, 사람이 거주하는 땅 중에선 지구가 제일 중력이 강하기 때문이다. 지금 싸우면 이길 수 있겠지만, 아마 벌써 동료를 불렀겠지. 지금은 줄행랑이 정답이다.

"저기 있어요! 〈사미다레〉예요!"

사치가 해치를 여는 패스워드를 입력하고 배 안에 들어갔다. 스튜디오로 돌진한 두 사람은 가까이 있는 마이크를 붙잡고 중력 제어로 배를 긴급 부상시켰다.

에테르 발광과 번개로 빛나는 목성을 배경으로 유로파가 눈덩이처럼 작아졌다. 그런데 눈덩이에서 굉장한 속도로 한 척의 배가 튀어나왔다. 성우 경찰의 경비정이다.

"선배, 쏴 버릴까요?"

"아니. 여기서 시간을 끌면 적이 늘어나. 목성권을 벗어나는 게 우선이야."

아카네는 헬륨 성우한테서 빼앗은 힘을 전부 〈사미다레〉의 속도에 쏟아부었다.

"어디로 가는 건가요?"

"태양계 바깥으로!"

"그럴 수가, 이 배로는 무모해요!"

"맞아, 무모하지! 하지만 성우 경찰의 배도 태양계용 배야. 바깥으로 나가면 쫓아오지 못한다는 뜻이지!"

"다른 배가 미리 앞질러 가 있진 않을까요?"

"토성도, 천왕성도, 해왕성도, 목성과는 반대 방향이야. 에테르 통신으로 호출한 다음 거기서 배를 보내도 우릴 따라잡진 못해. 게다가 태양계 밖으로는 신호가 전반사돼서 연결되지 않으니까 일단 밖으로만 나가면 정보가 퍼지기 전에 도망칠 수 있어. 그다음은 비컨을 따라 암흑 성우를 추적해서 죽여버린다는 줄거리야."

"여전히 막무가내인 계획이네요! 물론 저도 같이 갈 거예요!"

이리하여 〈사미다레〉는 커다란 소리를 내며 태양계 바깥을 향해 쏜살같이 내달렸다.

그렇게 20일이 지나고, 태양계의 끝이 보이기 시작했다. 헬리오포즈(Heliopause). 태양으로부터 약 50 천문단위 거리에 위치한, 태양풍과 은하계의 에테르 흐름이 충돌하는 지점이다. 여기서 나가면 에테르 밀도는 급격히 상승하고, 태양계 내부와는 전혀 다른 환경이 나타난다.

헬리오포즈에 가까워질수록 저 멀리 배 한 척이 다가온다. 〈사미다레〉와 정면으로 충돌하는 경로로 속도를 줄이지 않고서 맹렬한 스피드로 날아오지만, 걱정할 건 없다. 그 배의 정체는 바로 〈사미다레〉니까. 헬리오포즈에선 태양계 내부와 외부의 에테르 밀도 차이 때문에 태양계 내에서 발사된 빛이 전반사된다. 그래서 초거대 거울이 설치된 것처럼, 가까이 다가오는 자기 배의 모습을 보게 된다.

거울에 비친 〈사미다레〉 뒤로 둥근 형태로 왜곡된 은하계의 전경이 보였다. 태양계 외부에서 내부로 발사된 빛은 크게 굴절되어, 태양계 안에서 보는 관측자의 눈에는 마치 어안 렌즈를 통해 보듯이 작은 구 안에 전 세계가 담긴 것처럼 보인다.

은하계의 본래 형태는 중앙이 살짝 부풀어 있는, 옆으로 길쭉한 타원형이다. 태양계의 위치는 은하계의 변두리고, 거기서 바라본 은하계는 타원을 옆에서 보는 모습과 비슷하다. 중앙의 부푼 부분은 눈이 부실 정도로 백색광을 내뿜고, 오른쪽으로 갈수록 백색에서 청색으로, 왼쪽으로 갈수록 백색에서 적색으로 색이 달라진다.

은하계는 에테르 흐름의 성질에 따라 세 개의 주역으로 분류된다. 층류계, 난류계, 임계 영역이다. 그 주역을 특징짓는 건, 유체 흐름이 흐트러지기 쉬움을 나타내는 레이놀즈수(Reynolds number)다. 기본적으로 레이놀즈수는 유체의 밀도나 속도가 클수록 커진다. 예를 들어, 수도꼭지를 틀면 처음에는 졸졸 흐르지만, 흐름을 강하게 하면 흐트러짐이 커져서 예기치 않은 방향으로 물이 튀는 식이다.

레이놀즈수가 작은 은하 주변부는 층류계라고 불린다. 그곳은 에테르 흐름의 예측이 어렵지 않고, 소용돌이나 폭풍도 일어나지 않아 항행하기 쉽다. 인류의 거주 영역은 대부분 층류계에 있으며, 태양계에서 보면 청색이나 적색을 띤다. 에테르가 흐트러지지 않은 채로 은하계 중앙을 향해 소용돌이처럼 떨어져 내릴 때, 가까워지는 에테르 흐름은 파랗게, 멀어지는 에테르 흐름은 붉게 보인다. 이 영역에선 에테르 흐름을 이용한 에테르 통신으로 각 지점이 연결되어 있고, 에테르넷이 깔려 있다.

반면 은하 중심부에 있는 거대 중력원, 〈메일스트롬〉으로 떨어져 내리는 에테르는 각운동량 보존 법칙에 따라 속도가 커진다. 속도가 증가한 에테르 흐름은 레이놀즈수가 커져서 예측 불가능한 움직임으로 변해 간다. 작은 밀도 변화가 소용돌이를 일으키고, 그 소용돌이가 또 다른 소용돌이를 일으킨다. 작은 소용돌이는 도미노를 넘어뜨리듯이 확대되어 폭풍이 되지만, 그게 언제 일어날지조차 알 수 없다. 흐트러진 에테르는 열이나 방사선을 발생시키기 때문에 항행할 곳이 못 된다. 이곳이 난류계다. 대성우 시대에는 목숨 아까운 줄 모르는 성우들이 수없이 난류계에 뛰어들었지만, 돌아온 사람은 한 줌밖에 안 된다. 지금은 공식적으로 항행 금지가 선언된 영역이다. 멀리서 보면 새하얀 빛을 내뿜는 것처럼 보인다. 흐트러진 에테르가 수많은 색의 빛을 내뿜고 있어서, 그게 전부 뒤섞여 하얗게 보이는 것이다.

층류계와 난류계 사이가 임계 영역이다. 기본적으로는 층류에 속하지만, 어떤 찰나에 난류로 변할지 모르는 위험천만한 영역이다. 레이놀즈수는 유체 속 물체의 길이에 비례하기 때문에 대형선은 항행이 어렵다. 에테르 통신도 흐트러지기 쉬워서 층류계에 있는 문명사회로부터 독립된 독자적인 구역이 되었다.

아카네와 사치는 헬리오포즈를 빠져나와 은하계 공간으로 진입할 준비를 했다. 빛의 에너지가 커지는 만큼 자외선 차단 크림을 듬뿍 바르고, 조명을 어둡게 낮췄다. 에테르가 진해지면 우주 공간으로 손실되는 열도 커지니까 옷을 잔뜩 껴입었다. 다행히 선내엔 그런 장비가 충분히 갖춰져 있었다.

준비가 끝나자 아카네가 지시를 내렸다.

"자, 태양계 밖으로! 전속 전진, *요—소로—!"

〈사미다레〉가 움직이기 시작했다. 거울에 비친 배가 섬뜩할 정도로 선명하게 보인다. 그 뒤로는 은하계 전체가 담긴 수정 구슬도 따라온다.

거울에 비친 모습이 가까워지자 은하가 든 수정 구슬이 점점 거대해졌다. 왜곡이 바로잡혀 본래의 풍경에 가까워진다.

거울에 비친 배와 본체가 충돌할 때, 시야 끝까지 펼쳐졌던 수정 구슬이 갑자기 반전했다. 구가 세계를 둘러싸듯, 지금까지 볼록했던 구면이 이쪽으로 달려들었고, 평면으로 변했다.

어두컴컴했던 배 안이 신비로운 푸른 빛으로 가득 찼다. 배가 내는 소리도 아까보다 훨씬 강하고, 높아졌다. 조명에서 고에너지 빛이 방사되자, 지금까지 느껴본 적 없는 묘한 열기가 피부를 감싼다.

태양계 밖으로 나온 것이다.

"굉장해—! 외우주는 처음이에요!"

들떠 있는 사치를 본체만체하며 아카네는 비컨의 신호를 살폈다. 아무래도 목표는 은하계 중앙, 난류계로 향하고 있는 모양이다.

* 요소로(ようそろ) : 선박에서 바꾸어 왔던 방향 · 속력 따위를 일정하게 유지하려고 할 때의 구령.

"좋아! 난류계로 가자!"

아카네는 배를 에테르 흐름 위에 태우고 은하계 중앙을 향해 떨어져 내렸다.

……그렇게 출발한 건 좋지만, 역시나 태양계를 오가는 용도였던 〈사미다레〉를 타고 은하계 중앙으로 향하는 건 불가능에 가까운 일이었다. 층류계에 있을 땐 그나마 괜찮았지만, 임계 영역에 들어서자 바로 성우 트랜지스터와 에테르 앰프가 고장나기 시작했다. 미세한 에테르 소용돌이 탓이겠지. 태양계 내의 잔잔한 에테르 흐름을 항행하려고 만들어진 배 입장에선 너무 막중한 부담이었다.

그래서 지금 두 사람은 표류하는 중이었다. 잠깐은 비킨이 가리키는 장소 근처까지 갔지만, 다시 멀어지고 있었다. 매일 인육만 먹고 있는 따분한 하루하루다. 보존식을 미리 사둘걸 하고 후회했지만, 그때 성우 경찰에게 쫓기던 중이었으니 어쩔 수 없다.

"아아~ 선배, 물고기가 있어요."

사치가 멍하니 중얼거렸다. 아카네는 그 말을 무시했다. 어차피 초밥이 너무 먹고 싶은 나머지 환각이라도 보는 거겠지.

"정말이에요~ 스크린을 봐주세요~."

정말이었다. 유선형 그림자가 스크린에 비쳤다. 그 모습이 점점 커진다. 물고기와 닮았지만, 몸 구조는 좌우 대칭이 아니라, 머리와 꼬리를 잇는 몸의 축을 중심으로 한 방사 대칭이다. 머리가 꽃잎이나 별처럼 십자로 갈라졌고, 거기에 뾰족한 이빨이 돋아나 입 역할을 했다. 커다란 눈 네 개와 그걸 덮듯이 구석구석까지 늘어선 작은 눈이 머리 부분을 가득 메우고 있다.

우주어다. 은하계의 에테르 흐름 속에는 다양한 생물이 서식하고 있다. 그 분포는 레이놀즈수에 의해 정해진다. 평온한 환경이지만 얻을 수 있는 에너지가 적은 층류계에는 몸은 거대해도 운동성이 낮은 우주 거목으로 된 숲, 아니면 섬모나 편모로 움직이는 우주 플랑크톤이 살고 있다. 난류계에 가까워지면 위험하지만 에너지가 많은 환경이라서 소용돌이에 휘말리지 않으려고 높은 운동성을 가진 우주어가 서식하기 시작한다.

"당장 붙잡자고요! 초밥 재료예요!"

사치가 신을 냈다. 우주어는 지구산 물고기와 생긴 것만 닮았지 전혀 다른 생물이지만. 게다가 에테르 앰프가 고장난 지금으로선 물고기를 죽일 수단이 없다.

"물고기! 잡아먹어 주겠…… 히에에엑!"

사치가 깜짝 놀라 아카네에게 매달렸다. 우주 물고기가 입을 벌렸기 때문이다. 네 갈래로 쫘악 벌어진 머리는 입이라기보다는 오징어의 촉수에 가까웠다. 가까이 다가가고 나서야 그 크기를 깨달았다. 크다. 〈사미다레〉의 10배쯤 된다. 입을 커다랗게 벌린 채로 〈사미다레〉를 향해 똑바로 다가오고 있었다.

"이대로라면 우리가 한 끼 식사가 되겠어. 무슨 방법이 없을까? 아마미야!"

"저한테 물어보셔도……. 뾰족한 방법이 안 떠올라요."

에테르 앰프가 작동하지 않으니, 구워지든 삶아지든 손쓸 도리가 없다. 두 사람이 손 놓고 쳐다보는 동안 〈사미다레〉는 우주어 입속으로 들어가 뱃속으로 이동했다. 스크린에는 붉은 외벽이 비치고 있었지만, 금방 깜깜해졌다. 한동안 흔들리던 선체는 이윽고 안정된 곳까지 흘러 들어왔는지 움직임을 멈췄다.

"어떻게든 됐네요. 자, 가자고요, 선배!" 사치가 희희낙락 해치 쪽으로 걸어가기 시작했다.

"뭐어? 뭐 하는 거야?"

"밖에 나가서 생선 살을 갖고 올 거예요."

"아니, 하다못해 우주복은 입어. 배 안에 독이라도 들어오면 어쩌려고."

"괜찮아요. 바깥은 안전해 보여요."

확실히 컴퓨터 분석으로는 외부 공기 성분은 대체로 질소 8할에 산소 2할이다. 지구의 대기와 똑같다.

"그럼 뭐 괜찮으려나. 잠깐만, 뭔가 날붙이는 없어?"

주머니칼만으론 미덥지 못하다. 선내를 뒤져보자, 소방용 도끼가 나왔다. 작고 가벼워서 괜찮은 느낌이다.

"좋아, 연다."

두 사람은 해치에서 나와 천천히 걷기 시작했다. 뜨뜻하고 습한 어둠이 나타난다. 귀를 기울이면 혈관을 도는 맥박 소리가 들려올 것만 같다. 램프로 비추자, 번들번들한 점액으로 뒤덮인 살덩이의 벽이 보였다.

"물고기가 무한 리필이에요!"

사치가 아카네 손에 들린 소방 도끼를 빼앗아 휘둘렀다. 근육이 단단한 건지, 아니면 도끼가 빈약한 건지, 좀처럼 상처를 낼 수가 없었다. 타박상을 입었을 때 떠오르는 내출혈처럼 살이 거무죽죽하게 변했다.

두 사람은 눈앞에 있는 초밥 재료에 정신이 팔려 있었다. 그래서 뒤에서 살금살금 다가오는 그림자를 눈치채지 못했다.

"야호—!"

그림자는 아주아주 명랑한 목소리로 소리치며, 두 사람의 등을 찰싹 때렸다.

"꺄악!"

황급히 램프를 비추자, 허리까지 내려오는 은색 머리카락을 나부끼며, 한쪽 눈엔 안대를 한 외눈의 노파가 서 있었다. 머리엔 턱을 떼어내고서 헬멧처럼 만든 두개골을 살짝 얹고 있다. 위압감을 주는 외모와는 달리 눈은 부드러웠고, 친구한테 장난이라도 칠 때처럼 반짝반짝 빛났다.

"뭐야, 당신?!"

아카네가 서둘러 사치한테서 도끼를 빼앗아 들고는 노파에게 겨눴다.

"안녕하세요! 저는 프리 성우로 활동하고 있답니다—. 히모리 스즈카라고 해! 잘 부탁해."

프리 성우. 성우 독립 전쟁 때 태양계에서 벗어나 난류계나 임계 영역으로 도망친 성우들을 부르는 명칭이다.

"네에?! 설마 진짜 스즈카 씨인가요! 저, 저기…… 저는 홀리 코스모스 소속인 아마미야 사치라고 합니다. 잘 부탁드리겠습니다!"

악수를 청하는 사치에게 스즈카가 흔쾌히 손을 내밀었다.

"안녕, 나는 요모쿠라 아카네. 지금은 프리 성우나 마찬가지야."

아카네도 일단은 악수했다. 단단하고 따뜻한 손이었다.

"표류하던 중인 모양인데 저 배를 타고 어디로 가려던 거였어? 임계 영역에 잘못 들어온 거야?"

스즈카가 걱정스레 물었다.

"아뇨아뇨, 반대예요. 난류계로 가서 사람 하나를 죽이려고요!"

사치가 너무 솔직하게 대답했다. 그런 건 숨겨야 할 정보일 텐데.

그런데 역시 성우 독립 전쟁의 경험자인지, 대범함도 차원이 달랐다.

"그렇구나~ 이것 참, 청춘이라는 느낌인걸. 하지만 너희들 배로는 난류계에 진입하는 순간 저승행이야~."

"그 전에, 이봐, 이 물고기는 대체 뭐야? 당신은 여기에서 사는 거야?"

아카네가 대화의 흐름을 끊었다.

"그건 말이지, 듣고 놀라지 말지어다! 이 물고기 씨는 바로 나, 스즈카의 배인 것이다!"

"당신 배? 무슨 소릴. 몸 안에서 사는 거야 가능할지도 모르지만, 조종은 불가능하잖아."

"그게 가능하단 말입죠! 우주어의 신경은 성우 트랜지스터와 마찬가지로 에테르 진동을 증폭시키는 성질이 있답니다. 그래서 뇌를 통해 에테르를 진동시키면 항로도 바꿀 수 있어. 살짝 뇌를 수술해서 제어 장치를 심어주면 그 즉시 배로 변한다는 뜻. 이래 봬도 수술이 특기거든."

아카네가 미심쩍어하는 표정을 지었기 때문에 스즈카는 뾰로통하게 뺨을 부풀렸다.

"어휴! 그 표정은 못 믿겠다는 표정이구나. 좋아~ 백문이 불여일견. 스튜디오로 안내해 줄게. 따라와!"

스즈카가 어둠 속으로 사라졌다. 불빛이 없어도 길을 아는 거겠지. 아카네와 사치도 황급히 뒤를 쫓았다.

한동안 넓은 공간이 이어졌지만, 스즈카는 벽에 난 작은 구멍으로 기어 들어갔다. 한 사람이 겨우 드나들 수 있을 만한 구멍이다. 들고 온 도끼를 구멍 옆에 내려놓고서 아카네는 구멍 안으로 들어갔다.

비린내가 심해졌다. 생선 내장을 쓰레기통에 넣은 채 몇 달쯤 내버려뒀을 때 날 법한 냄새라고 표현하면 좋을까. 피어오르는 생물의 냄새가 비강을 자극했다.

"짜잔―! 이곳이 스튜디오인 것이다! 전부, 내가 직접 만든 거야!"

스즈카는 으스댔지만, 그곳은 세 명이 들어오니 꽉 찰 정도로 작은 방이었다. 살로 된 벽에는 우둘투둘 무수히 많은 작은 돌기가 있었고, 그 돌기 하나하나에 가느다란 케이블이 삽입되어 있다. 보기만 해도 속이 메슥거릴 것처럼 기분 나빴다. 케이블은 기기를 거쳐 마이크와 연결되어 있었다. 마이크 옆에는 스크린이 있었고, 흑백의 우주 식물이 비치고 있다. 바깥 상황인 걸까.

"이 마이크로 발성하면 우주어가 움직이는 거지."

스즈카가 발성관에 마이크를 대고서 에테르를 진동시켰다. 두웅…… 충격이 느껴진다. 스크린을 보니 식물이 이동하고 있었다. 물고기가 방향을 튼 것이다.

"어때, 굉장하지."

"멋져! 아마미야, 이 할머니를 죽여서 배를 빼앗자!"

도끼를 두고 온 게 아쉽지만, 둘이서 덤비면 맨손으로도 죽일 수 있을 법했다.

"와아— 젊구나! 그래도 이 배론 여전히 난류계에 가긴 힘들어. 더 좋은 배를 줄게."

"역시 독립 전쟁 시대의 영웅이에요! 선배, 들으셨어요? 자기를 죽이려고 한 상대에게 배를 선물하겠다니 그 배포! 굉장해요, 신이에요, 신!"

"쑥스럽네!"

"그건 고맙지만, 왜 그런 짓을?"

아카네는 수상쩍다는 듯이 물었다.

"그야 스즈카의 팬에게는 서비스해 줘야지. 그리고 있지……."

스즈카는 머리 위에 얹은 두개골을 쓰다듬었다.

"너희 두 사람을 보고 있으면 옛 파트너가 생각나거든."

"혹시 그 두개골—— 스즈카 씨의 커플링 상대였던 에리에리, 그러니까 시라누이 에리나 씨의 뼈인가요!"

사치는 아까부터 개다래나무에 취한 고양이 같았다.

"맞아, 에리나는 그 별명을 좋아하지 않았지만."

“우와아, 에리에리의 뼈를 제 눈으로 보다니! 만져봐도 되나요?”

“물론이야, 그래도 조심히 만져야 해.”

가만 놔두면 이야기가 계속 다른 쪽으로 샐 것 같아서 아카네는 헛기침을 했다.

“그러고 보니, 스즈카 씨. 먹을 건 없어? 배가 고픈데.”

“맞아요. 초밥이요, 초밥! 우리 초밥을 먹자고요!”

조심성 없이 두개골을 흔드는 사치의 손을 스즈카가 멈춰 세웠다.

“식사는 저쪽에 있는 살덩이를 대충 뜯어 먹으면 돼. 입에 맞을지는 모르겠지만 신선하다는 점만은 확실해.”

사치의 손에서 두개골을 돌려받은 스즈카는 나이프로 우주어의 살점을 도려내 아카네에게 건넸다. 비린내가 나는 딱딱한 살점이었다. 거무스름한 피가 든 정맥이 그물처럼 떠올라 있어서 식욕을 떨어트린다.

마음을 다잡고서 고기를 입에 넣었다.

맛없어! 베란다에 방치해서 이끼가 번식하고 끈적해진 수조의 물을 증발시킨 뒤 걸러내 응축시킨 듯한 맛이다. 아무리 그래도 이건 못 먹겠다. 바로 뱉어냈지만 입안에 맛이 남아 기분이 나빠졌다.

“어라~ 그렇게나 맛없었어?”

아카네가 고기를 뱉는 모습을 보고서 스즈카는 살짝 충격을 받은 모양이었다.

"저는 꽤 먹을 만한데요. 은근히 중독되는 맛이에요."

사치는 오징어포라도 먹는 것처럼 고기를 쪽쪽 빨고 있었다.

"너는 이상해."

아카네는 이 고기를 계속 먹을 바에야, 차라리 인육이 낫겠다고 생각했다.

다행히도 음식 문제는 해결되었다. 며칠쯤 계속 먹었더니 우주어 고기 맛에 무덤덤해졌다. 그냥 적응의 문제였다. 스즈카가 거주하는 프리 성우 콜로니에 도착할 무렵엔 중독까진 아니더라도 일종의 식량으로 여길 수 있게 됐다. 수분까지 포함해 인체에 필요한 영양소를 함유한 이상적인 식량이다.

우주어 정면에는 크고 긴 뼈가 있었다. 두께 10미터, 길이 50미터쯤 되는 통나무 같은 뼈가 쭉쭉 이어져 있고, 그걸 중심으로 갈비뼈처럼 구부러진 뼈가 여럿 돋아나 있다. 바다뱀처럼 아주 긴 생물의 뼈였다.

"우리는 저곳을 〈고래뼈〉라고 불러. 프리 성우들이 사는 콜로니일뿐만 아니라, 생태계의 중심지이기도 해."

〈고래뼈〉에 가까워지자 뼈 사이에 가죽으로 만든 텐트가 설치되어 있는 게 보였다. 공기를 흘려 넣어 내부에서 생활하는 거겠지.

"저기가 항구야."

물고기는 스즈카가 가리킨 갈비뼈 끝 쪽으로 향했다. 우주복을 입은 사람들이 뼈 사이사이 촘촘히 깔린 로프를 타고 이동하고 있었다. 크고 작은 다양한 우주어가 우글우글 모여 있다. 스즈카가 조종하는 물고기도 거기에 멈췄다.

"좋아, 아가씨들! 우주복을 입고 밖으로 나가자. 배를 고를 거야!"

스즈카의 외침에 따라 아카네와 사치는 밖으로 나왔다.

"난류계로 갈 거라면 이건 어때! 짜잔—! 우주 고래입니다!"

스즈카가 추천한 배는 고래와는 닮지 않았다. 굳이 말하자면 납작하게 찌부러진 하마다. 쓰레받기를 뒤집어 놓은 듯한 체형에, 납작한 머리가 조금씩 가늘어져 초승달 모양의 꼬리지느러미가 되었다. 다른 지느러미는 붙어있지 않은 심플한 형태다. 머리 부분에는 타원형의 거대한 눈 하나와 그걸 보조하는 무수히 많은 조그만 눈이 있었다.

고래로는 안 보인다고 스즈카에게 말하자, "쯧쯧쯧, 생각이 무르네!" 하는 핀잔이 돌아왔다.

"주목할 부분은 꼬리지느러미야. 우주 고래의 꼬리지느러미는 옆으로 눕혀져 있어. 이게 세로로 진동해서 에테르 흐름을 추진력으로 바꾸는 거야. 이 점이 고래랑 똑같은 점인데, 이 녀석의 대단함은 그것뿐만이 아니야. 한번 만져봐."

아카네와 사치는 우주 고래의 피부에 손을 가져다 댔다. 아주 단단하고 울퉁불퉁했다.

"난류 속에서는 표면이 매끄러운 것보다 울퉁불퉁한 편이 오히려 저항을 적게 받거든. 울퉁불퉁한 표면으로 작은 소용돌이를 만들어서, 그 소용돌이로 흐름을 매끄럽게 만들고, 커다란 소용돌이가 생기는 걸 방지하는 거야. 아, 그리고 이 녀석의 살은 스펀지처럼 미세한 구멍이 많아서 에테르가 통과하기 쉬워. 그래서 에테르 저항도 잘 안 받아. 이것만 있으면 난류계에서도 날 수 있어."

"이렇게 훌륭한 걸 받아도 되는 건가요?"

"에이 뭘, 괜찮아—. 사람 돕는 게 내 취미거든. 뭐, 그 대신 너희가 타고 온 배는 내가 회수할게. 너희들한테는 쓰레기일지 몰라도, 우리한텐 귀중한 자원이야."

"스즈카 씨를 만날 수 있었던 것만으로도 감격인데 어쩜 이리 멋질 수가!"

"아마미야, 됐으니까 이제 가자고."

아카네는 사치를 스즈카한테서 떼어냈다. 스즈키의 호의는 고맙지만, 뭔가 꿍꿍이가 있을지도 모른다. 내뺄 거라면 빠를수록 좋다.

"그러네요……. 스즈카 씨, 정말 감사합니다. 또 만나요!"

아쉬운 듯이 손을 흔드는 사치를 끌고서 우주 고래의 해치인 항문으로 들어갔다.

"그럼 안녕! 삿치, 앗카네—!"

항문이 떨리면서 닫히고, 스즈카가 시야에서 사라졌다. 성우 독립 전쟁의 영웅치고는 네이밍 센스가 형편없다는 게 아카네의 생각이었다.

Ⅵ

우주 고래가 에테르의 바다를 헤엄친다. 꼬리지느러미가 움직일 때마다 무지개색 빛이 반짝였다.

그리고 우주선 한 척이 그 뒤를 쫓았다. 우주선에서 레이저 빔이 발사되었다.

아카네와 사치가 탄 우주 고래는 현재 공격받는 중이었다. 이렇게 된 건, 배에 들어온 통신에 무심코 대답을 해버렸기 때문이다.

난류계에 가까워지면서 진동이 심해지는 와중, 두 사람은 배에 이름을 짓지 않았다는 사실을 깨닫고 명명권을 걸고서 논쟁을 벌이고 있었다. 왁자지껄 소란을 피운 끝에 고전 문학 제목에서 따와 이름을 『백경』으로 정했을 때, 에테르 통신이 들어왔다.

난류계에 가까운 이 영역에선 장거리 통신이 닿지 않는다. 에테르의 소용돌이에 지워져 버리기 때문이다. 근처에 다른 배가 있나 싶어서 영상통신을 허가하자, 예상 못 한 얼굴이 나타났다.

"오랜만입니다! 죽을 준비는 되셨나요?"

"우리 얼굴에 먹칠을 하고서 도망치다니, 그렇게는 안 되지!"

놀랍게도 목성에서 한판 붙었던 탐정과 조수, 미네르바와 나나세였다.

"저는 상당히 화났다고요. 당신들 때문에 탐정국에서 랭크가 떨어져 버렸습니다. 반드시 죽여드릴 테니까요!"

"야야, 이런 곳까지 쫓아오다니, 미친 거 아니야?"

아카네의 말은 제 얼굴에 침 뱉는 꼴이나 마찬가지였다.

"뭐라?! 잘 들어, 우리는 너희를 죽이겠다고 결심했어. 무슨 일이 있어도 반드시 말이야."

쿨한 성격인 줄 알았던 나나세는 얼굴을 시뻘겋게 물들이고서 격앙된 모습을 보였다.

"그 말대로입니다! 당신들을 죽이기 위해 대출까지 받아서 이 배, 〈미스틀틴〉을 샀으니까요!"

〈미스틀틴〉은 대형선이었던 〈크루진〉과는 달리 날렵하게 생겼다. 날개만 세 배쯤 크기를 키운 날치 같은 외형이다. 〈백경〉처럼 소용돌이를 최대한 없애는 방식이 아니라, 생성되는 소용돌이를 가급적 날개 끝으로 이동시켜 본체에 영향이 오지 않도록 하는 모양이다. 날개 끝에서는 형형색색으로 빛나는 소용돌이가 탄생해 후방으로 흘러가고 있었다.

"어떻게 이 배에 있는 줄 알았지? 할멈이 고자질한 건가?"

"할멈이요? 그런 사람은 모른다고요. 저는 탐정이에요. 이 근방 프리 성우들이 우주어를 배로 삼는다는 건 이히 알고 있던 사실. 그래서 추리한 거예요. 당신들도 그런 배에 타고 있을 거라고. 그런 다음엔 꾸준히 한 마리씩 접촉해서 통신을 넣고 반응을 살피면 그만이죠. 여러분은 멍청하게도 통신에 반응한 거고요!"

에테르 통신을 무시했다면 들키지 않았을지도 모르지만, 아카네는 엉겁결에 습관적으로 반응해 버렸다.

"젠장! 아마미야. 빔이다! 빔은 발사 가능해?"

"무리예요. 에테르 앰프가 없으니까요."

설령 아카네의 능력을 최대한 끌어내서 에테르를 연주한다 해도, 출력 장치인 에테르 앰프 없이는 레이저 빔을 쏠 수 없다.

"들으셨어요? 저쪽엔 무기가 없다는 모양이에요!"

"흐응~ 그럼 마음껏 가지고 놀 수 있다는 뜻이네."

〈미스틀틴〉의 총구에서 레이저 빔이 발사됐다. 은하계 중심에 가까운 이곳에선 목성의 대기와 다르게 에테르 농도가 짙어서 빔의 위력도 강해진다.

짙은 보라색 빛이 〈백경〉을 꿰뚫었다. 말 그대로 관통했다. 에테르를 통과시키는 〈백경〉의 살이 에테르의 진동인 빔까지 그대로 통과시킨 결과다. 그 덕분에 배가 받은 대미지는 최소한으로 그쳤다. 그래도 피해를 입은 건 사실이라 몸 표면에 심한 상처가 남았고, 선내에 탄 내가 자욱했다.

"상당히 특별한 배인가 보네요. 하지만! 빔을 계속 쏘다 보면 언젠간 죽을 거라고 추리할 수 있죠!"

"우리는 똑똑해서 그 정도는 금방 알아채거든."

〈미스틀틴〉은 전방에 있는 〈백경〉에 연이어 보라색 광선을 쏘아댔다. 이대로라면 아카네와 사치의 목숨은 풍전등화였다.

"아마미야! 〈백경〉을 녀석들 뒤로 붙이자!"

〈백경〉은 진짜 고래처럼 꼬리지느러미를 휙 구부려, 에테르 저항을 받아 속도를 떨어트리고 〈미스틀틴〉 뒤로 이동했다. 〈미스틀틴〉도 자기 날개를 펼쳐 〈백경〉과의 거리를 유지한다.

"어라라, 설마 그런 걸로 도망칠 수 있을 줄 아나요?"

"바퀴벌레가 무슨 생각을 하는지는 짐작이 안 가네."

〈미스틀틴〉에서 빛의 철퇴가 발사된다. 그런데 빔은 엉뚱한 방향으로 날아갔다. 날개가 만든 소용돌이가 사라지지 않고서 빔의 진로에 남은 탓에 간섭을 받은 거였다. 늦가을 찬바람에 흔들리는 나뭇잎처럼 빔은 소용돌이에 붙잡혀 아무 방향으로나 날아간다.

〈미스틀틴〉이 위치를 바꾸려고 위아래로 움직이지만, 〈백경〉도 거기에 맞춰 움직였다. 기동력만 보면 〈백경〉이 더 우위다.

"그걸로 유리해졌다고 생각하세요? 엘리트 탐정으로서 단언하겠습니다! 눈먼 총알도 많이 쏘면 언젠간 맞는 법입니다!"

"그건 이쪽도 마찬가지다!"

아카네는 〈백경〉의 신경에 에테르 진동을 전달했다. 노림수는 시신경이다. 눈은 에테르 진동을 포착해 전달하는 기관이다. 그러니 반대로 에테르 진동을 방출할 수도 있겠지. 우주이의 신경은 성우 트랜지스터와 비슷한 성질을 가지고 있다고 들었으니까, 눈을 에테르 앰프 대용으로 쓰면 레이저 빔도 발사할 수 있을 터.

〈백경〉의 눈에서 푸른 빛이 터져 나왔다. 빛의 양이 점점 부풀어 오르고, 선체가 진동한다. 하지만 그 빛은 수렴하지 않고 계속 확산되었다. 이래서는 빔이라기보단 폭발이다. 빛이 눈알을 가르고 안에 있는 액체를 뿜어냈다.

"기세등등하게 말하더니 고작 그건가요?"

"범인(凡人)이 하는 행동엔 결과가 따르지 않기 마련이니까!"

〈미스틀틴〉은 빔을 연사하기 시작했다. 막무가내다. 대부분 소용돌이에 휘말려 확산되어 버렸지만, 드물게 소용돌이에 휘말린 채로도 빔이 튀어나왔다. 소용돌이를 타고 가속한 빔은 수리검처럼 〈백경〉을 덮쳤다.

아카네는 어떻게든 피하려고 〈백경〉을 조종했지만, 도무지 움직이질 않는다. 무리한 탓에 신경이 파괴된 걸까? 빔으로 에너지가 강해진 소용돌이는 바로 코앞까지 육박했다. 아카네는 악다구니를 쓰며 〈백경〉을 움직이려고 애썼다.

"아무튼 뭐든 좋으니까 움직여! 움직여! 움직여어어어!"

그 바람이 통한 것처럼 갑자기 배가 흔들렸다.

다만, 아카네가 의도한 움직임은 아니었다. 꼬리지느러미가 천천히, 힘차게 움직였다. 〈백경〉은 조종사의 제어에서 벗어나 멋대로 움직여 날렵하게 소용돌이를 피했다. 〈백경〉의 의지가 되살아났다. 아카네가 지나치게 부담을 준 탓에 뇌의 제어 장치가 망가져 구속에서 풀려난 것이다.

〈백경〉이 입을 벌렸다. 입속에 있던 수백 개의 송곳니가 드러난다. 우주 고래는 사냥을 생업으로 삼는 육식 동물이다. 때로는 자기보다 몇 배나 큰 사냥감도 잡아먹는다. 여태까지 억압되어 있던 본능이 해방되자, 가장 먼저 가까이 있는 대상──〈미스틀틴〉을 보고 식욕이 동했다.

〈백경〉은 〈미스틀틴〉의 주변을 빙글빙글 돌며 접근했다. 레이저 빔이 위험하다는 걸 느낀 걸까, 꼬리지느러미로 에테르 파동을 만들어 날아오는 빔을 차례차례 확산시켰다. 그리고 충분히 거리가 가까워지자 날개를 덥석 물어뜯었다.

섬세한 유리 세공 같은 날개는 네일건에 백 발쯤 두들겨 맞은 것처럼 산산조각으로 부서졌다. 한쪽 날개를 잃은 〈미스틀틴〉은 핑글핑글 회전했지만, 바로 다른 쪽 날개도 파괴된 덕분에 균형이 유지됐다. 미네르바와 나나세의 전 재산이 날아갔다. 빨리 도망치지 않으면 거기서 목숨까지 잃을 판이다.

고래의 송곳니가 〈미스틀틴〉 본체를 휴지 조각처럼 찢어발기기 직전에 탈출정이 레일건으로 발사되었다. 무게를 줄이기 위해서인지 자력 추진기관이 없는 단순한 형태다. 저런 걸론 층류계까지 도달할 수 없겠지. 바퀴벌레 같은 생명력도 아마 여기서 끝일 것 같다.

"굉장해! 이 고래, 정말 대단해!"

아카네는 주먹을 불끈 쥐며 승리의 포즈를 취했다.

"이제 제어를 복구하면 되겠네. 어떻게 하는 거지? 아마미야."

"몰라요. 비상사태 매뉴얼 같은 건 받은 적 없으니까요."

아카네와 사치의 의도와는 상관없이 고래는 계속해서 날뛰었다. 〈미스틀틴〉이 먹을 게 아니라는 걸 알자 잔해를 뱉어내고 급가속했다.

지금까지는 부드럽게 에테르 흐름 위에 올라타 있었지만, 이젠 꼬리지느러미를 위아래로 움직여 에테르의 압력을 이용해 흐름 옆으로 쭉쭉 헤엄쳤다. 당연히 저항도 늘어나 덜컹덜컹 흔들린다.

"이 고래, 어디로 갈 작정일까요?"

"이대로 가면 은하 중심이야. 〈메일스트롬〉을 향해 똑바로 나아가고 있어!"

계기판을 확인한 아카네가 외쳤다.

은하의 중심, 〈메일스트롬〉. 에드거 앨런 포의 단편 소설에 나오는 바다의 소용돌이에서 유래된 이름이다. 메커니즘은 욕조 마개를 뽑았을 때 생기는 소용돌이와 같다. 거대한 중력원으로 인해 은하 내의 물체가 소용돌이처럼 나선을 그리며 떨어지고, 점점 가속하여 마찰력에 의해 에너지로 변환된다. 은하 중심 부근은 만유인력의 법칙이 성립하는 영역이며, 〈메일스트롬〉을 도는 물체에서 봤을 때 원반 중심 방향――즉, 원반의 가로 방향――에 작용하는 힘은 0이다. 중력과 원심력이 서로 상쇄되기 때문이다. 하지만 회전하는 가스 자체의 중력으로 인해 〈메일스트롬〉 주변의 가스는 원반 모양이 된다. 이걸 강착 원반이라고 부른다. 원반의 세로 방향에서는 적도면을 향해 중력이 작용하는 걸로 알려져 있다.

〈백경〉이 폭주한 지도 반년이 지났다. 난류계에 뛰어든 고래는 점점 늘어나는 동료들과 합류하여 에테르 흐름을 컨트롤했다. 우주 고래 떼는 철새처럼 은하 중심을 향해 날아갔다.

식량과 물은 우주 고래의 살을 내부에서 뜯어먹는 걸로 해결했지만, 문제는 견딜 수 없는 지루함이었다. 에테르 흐름이 불안정한 난류계에선 에테르넷이 연결되지 않는다. 아카네와 사치는 고기 조각으로 트럼프를 만들어, 밀어닥치는 따분한 시간에 맞섰다.

먹거나, 자거나, 트럼프를 하거나. 끔찍할 정도로 무의미한 반년의 시간. 그런 시간 속에서 아카네는 계속해서 『목소리』를 들었다. 에테르를 울릴 때 들려오던 『목소리』는 은하 중심에 가까워질수록 크고 집요해졌고, 이제는 하루 종일 귀에 들리게 되었다.

변함없이 의미는 불분명했지만, 『목소리』 너머에는 그 목소리를 내는 『누군가』가 있다는 느낌이 들기 시작했다.

그런 두 사람의 여행도 슬슬 끝이 가까워진 모양이다. 고래들의 목적지는 〈메일스트롬〉의 강착 원반이었다. 연어가 강을 거슬러 오르듯, 고래들은 위험한 난류계를 건너 여기까지 도달한 것이다.

저 멀리 빛의 탑이 보였다. 〈메일스트롬〉에 떨어진 가스가 가열되어, 그 결과 제트가 방출되고 있다. 우주 제트다. 은하 규모의 빛으로 이루어진 분수를 배경으로 고래 무리가 우주를 날았다. V자 형태를 한 대열이 줄줄이 늘어서 있다. 서로의 후류를 타고서 에테르의 저항을 줄이는 거였다.

고래들은 강착 원반에 하나둘씩 착륙했다.

가스로만 이루어져 있는 줄 알았던 강착 원반에는 육지가 있었다. 아직 그렇게 회전이 빠르지 않은 바깥쪽에는 고체가 증발할 정도의 열은 발생하지 않는다. 그래서 중력에 이끌린 물질이 모여 납작한 도넛 형태의 천체가 형성된 거겠지. 얼핏 보면 가혹한 환경인 것 같지만, 에테르를 포함해 모든 것이 함께 회전하고 있기 때문에 그 안에 있는 사람한텐 평온한 땅이다.

집결한 고래들은 이제 고래라고 부르기 힘든 모습으로 변이했다. 몸 옆에는 하루살이 같은 투명한 날개가 돋아 있었다. 그 날개를 활용해 활공하여 육지에 착륙했다. 배에서는 그리마와 애벌레의 사이쯤 되는 부드러운 위족이 여러 개 돋아났다.

〈백경〉도 차츰차츰 육지에 다가갔다. 비컨 수신기를 보니 암흑 성우가 100킬로미터 이내로 가까워졌다는 걸 알 수 있었다. 〈백경〉이 폭주했던 그날, 아카네는 두 번 다신 암흑 성우를 따라잡을 수 없을지도 모른다고 각오했다. 그런데 그 걱정과는 반대로 잠시 멀어졌던 두 사람의 거리는 은하 중심에 다가가면서 다시 좁혀졌다. 아무래도 암흑 성우도 은하 중심으로 향하고 있었던 모양이다. 〈백경〉은 그 본능을 이용해 난류계 내에서도 잔잔한 경로를 골라 통과할 수 있었고, 덕분에 한 번 멀어졌던 암흑 성우와 합류하는 모양새가 되었다.

아쉽지만, 아무리 용을 써도 이쪽에서 먼저 공격하는 건 무리다. 저쪽이 어떤 식으로 나올지 기다릴 수밖에 없다.

바람을 가르는 소리가 멎고, 충격이 닥쳤다. 〈백경〉이 착륙한 것이다. 아카네와 사치는 우주복을 입고 밖으로 나가려고 했지만 불가능했다. 직장을 자극하면 해치 역할을 하는 항문이 바로 열려야 하는데, 몸 구조가 변화한 건지 배에 탔을 때와는 달리 움직이질 않는다.

시행착오를 거듭하면서 직장에 이런저런 자극을 주고 있었을 때, 선체 전체가 덜컹덜컹 격렬하게 흔들렸다. 스튜디오로 돌아와 주변을 살폈다. 다행히 외부 카메라는 아직 망가지지 않은 모양이다.

주변에 비친 광경을 보고서, 아카네는 저도 모르게 휘파람을 불었다.

〈백경〉이 섹스를 하고 있었다.

다른 우주 고래가 뻗은 교접기를 몸 안에 삽입하고 여러 개의 다리를 꿈틀거리며 상대 몸 위에 올라탔다. 부드러운 위족이 서로 얽히고 점액을 분비하면서 위아래로 움직였다. 다른 우주 고래들도 여기저기서 교접 중이다. 아무래도 이곳은 우주 고래들의 번식지인가 보다.

격렬한 움직임은 한 시간 정도 이어지다가 갑자기 멈췄다. 방금까지의 생명력은 어디로 갔는지 죽은 듯이 미동도 없다.

카메라 영상이 보이지 않는다. 화면에 보이지 않는 곳에서 슬며시 다가온 하얀 실 같은 무언가가 어느새 카메라를 덮어버렸다. 아무래도 〈백경〉의 몸이 고치에 둘러싸인 듯하다.

내부의 살에도 변화가 나타났다. 급격하게 썩어들어가는 것처럼 흐물흐물 부드러워지기 시작한다.

에테르 통신기가 영상통신이 들어왔음을 알렸다. 영상을 띄우자 암흑 성우의 얼굴이 보였다. 난류계인데도 이 영역은 통신이 가능할 정도로 에테르 흐름이 잔잔한 모양이다.

"요모쿠라 아카네, 오랜만이네."

"네 녀석! 이번에야말로 죽여주마!"

반년이라는 세월은 아카네에게서 증오를 지워주지 못했다. 오히려 그동안 증류된 순수한 살기가 폭발한다.

"당신은 『목소리』를 듣고 있으려나?"

아카네의 선전포고를 무시하면서 암흑 성우가 질문했다.

"그래, 요 반년간 점점 더 크게 들리고 있어. 의미는 잘 모르겠지만 말이지. 그런데 그게 뭐 어쨌다는 거냐!"

"그렇다면 살아남는 과정에서 『목소리』가 무엇인지를 이해하도록 해." 암흑 성우는 살짝 실망한 목소리였다.

"어이, 그게 무슨 말이야?"

아카네의 물음은 사치의 비명에 의해 끊겼다.

돌아보니 살로 된 벽에서 작은 무언가가 우글우글 솟아 나왔다. 강아지만 한 크기의 생물이다. 거미처럼 생긴 다리가 여섯 개 나 있다. 몸은 세 부분으로 나뉘어 있고, 맨 아래쪽 하트같이 생긴 부분에서 가위처럼 날카로운 입이 튀어나와 있다. 눈은 없지만 몸 앞부분을 덮은 털이 감각모인가 보다. 벽에서 나온 수백 마리의 거미들은 맹렬한 식욕을 드러냈다. 자기들이 기어 나온 살점에 달려든다. 그리고 두 사람을 향해서도 군침을 흘렸다.

"젠장!"

아카네는 열선을 발사해 거미 떼를 불태웠다. 태우는 거야 쉬웠지만, 아무래도 수가 너무 많다. 아무리 태워도 태워도 살 속에서 계속 기어 나온다. 두려움이라는 본능은 입력되어 있지 않다는 것처럼, 그저 거기에 있는 건 살점을 뜯어먹고 싶다는 욕구뿐. 매우 효율적으로 살점을 회수하는 기계다.

"선배, 포위됐어요!"

어느새, 사방팔방을 검은 꿈틀거림이 가득 메우고 있었다. 아카네는 발을 깨무는 거미를 퍽퍽 짓밟았다. 성우 가라테를 힘껏 전개해 몸에 둘러놓은 푸른 플라스마를 거미들에게 방사했다.

몸 열한 곳, 발성관을 이식한 부분이 고통으로 신음했다. 체력이 쥐어짜이는 것처럼 점점 떨어진다.

그때 『목소리』가 똑똑히 들렸다. 귀에 들어간 물이 쑥 빠져나오듯이, 먹먹하고 왜곡되어 있던 『목소리』의 의미가 선명하게 모습을 드러냈다.

그건 지금까지 인생 속에서 들었던 것 중 가장 명확한 『목소리』였다. 한 번 이해하고 나니, 왜 지금까지 의미를 이해하지 못했던 걸까, 의아하게 느껴질 정도다.

어둡고 깊은 구멍 속에 떨어져, 먹을 것도 없이, 차갑고 살을 에는 바람에 체온을 빼앗기는 감촉. 가슴속이 텅 비어버리고, 거기서부터 몸이 녹슬기 시작해 무너져 가는 걸 막을 수 없는 공허함. 흙탕물 속에서 허우적거리며 필사적으로 발버둥 쳐도 아래로 계속 가라앉아 가는 공포. 밑 빠진 독에서 물이 새는 것처럼 자꾸 줄어드는 생명. 하늘부터 밑바닥까지 온 사방을 짙고 무거운 잿빛으로 뒤덮는 절망. 고요하게 끊임없이 내려오는 죽음. 『목소리』는 가냘팠지만 필사적으로 그런 광경들을 전하고 있었다.

아카네는 또한, 그 공포와 절망과 죽음을 만들어내는 게 자신이라는 사실을 이해했다. 자신이 에테르를 진동시킬 때마다, 하나씩, 또 하나씩 생명이 사라져 간다. 지금까지 그녀는 이토록 직접적으로 죽음을 느낀 적이 없었다. 지금까지 많은 사람을 죽여왔음에도 죽음의 본성을 엿본 적조차 없는 거나 마찬가지였다.

"이제 알겠어!"

아카네는 외쳤다.

"『목소리』가 왜 존재하는가. 그건 죽어가는 사람들의 절규야! 학살당하는 사람들의 비명이야! 도움을 요청하는 목소리였어!"

그 순간, 보라색 광선이 〈백경〉의 살을 갈라 찢었다. 살이 부풀어 올라 증발하면서 폭발을 일으켰다. 하얀 폭풍에 아카네는 날아갔다. 우주복 헬멧이 깨졌지만, 호흡이 가능한 대기인지 별다른 이상은 없었다. 옆에는 사치가 있다. 기절했는지 움직이지 않는다. 다행히도 갑작스러운 폭발로 혼란에 빠졌는지 거미들은 달려들 기색을 보이지 않았다. 아카네는 헬멧을 벗어 던지고서 사치를 업고 나와 〈백경〉의 잔해에서 멀어졌다.

하늘에는 새까만 이등변삼각형이 떠 있었다. 거미 떼를 향해 레이저를 쏘아대고 있다. 〈블랙 스완〉이다.

〈블랙 스완〉의 빔을 피해 도망친 몇 안 되는 거미들은 성우 가라테로 손쉽게 제거했다.

거미들이 완전히 사라지자, 〈블랙 스완〉이 선회하며 착륙했다. 해치가 열리고 암흑 성우가 전투기에서 내렸다.

아까까지였다면 아카네는 이 순간 냅다 달려들어 그녀를 죽이려 했겠지. 하지만 『목소리』의 의미를 깨닫고 나서는 태도가 달라졌다.

"축하해, 드디어 들었구나."

암흑 성우는 아카네 옆에 앉아 말을 건넸다.

"그래. 이 『목소리』를 내는 사람들에 대해서 가르쳐 줘. 하나부터 열까지 전부."

"물론이야. 처음부터 이야기할게. 138억 년 전, 우주가 탄생했어.”

“아무리 그래도 너무 처음이잖아.”

아카네의 태클은 무시하고서 암흑 성우가 말을 이었다.

“물질이 탄생하는 것보다 훨씬 전, 우주 탄생 직후의 인플레이션 때 에테르가 진동했어. 성서에서는 세계가 신의 말로 탄생했다고 전해지지만, 실제로는 목소리와 동시에 탄생한 거야. 그 목소리의 대부분은 빛이 되었지만, 일부는 목소리의 세계 속에 머무르는 길을 택했어. 에테르 속에서 소리로서의 존재를 유지했다는 뜻이지. 이걸 소리의 소립자, 포논이라고 불러. 물리학 역사상 가장 큰 미스터리를 해결할 열쇠는 바로 여기에 있어. 중력의 방사원이란 바로 포논이니까.”

“과연, 하지만 우주 탄생 때 울려 퍼진 소리인 포논의 주파수가 중력 주파수와 같다는 건, 엄청난 우연이 아니고서야 성립될 수 없는 거 아니야?”

의문을 드러내면서 아카네는 배가 고파져 검게 탄 기미를 입에 넣고 우적우적 씹었다. 우주 고래와 비슷한 맛이다.

“그건 지금부터 설명할게. 우리가 사는 물질세계와 마찬가지로 목소리의 세계에서도 진화가 시작됐어. 포논은 상호 작용하고, 결합하고, 화학 반응을 일으키면서 점차 고도의 시스템을 구축해 나갔어. 그리고 마침내 자연 선택이 작용하는 수준에 이르렀어. 다시 말해 목소리로 이루어진 생물이 탄생했다는 거야. 우리와 마찬가지로 포논 생명들은 고도의 메커니즘을 발전시켜 나가고 있다는 뜻.”

목소리로 이루어진 생물이 어떻게 생겼을지 상상해 보려고 했지만, 좀처럼 머릿속에 그려지지 않는다.

"그런데 어느 날, 포논 생명체의 낙원에 위기가 찾아오고 말았어. 개체 수가 너무 늘어난 게 원인. 포논 생명체가 지나치게 증식한 탓에 에테르는 안정을 잃었고, 여러 방사선이나 열, 입자가 되어 사라져 버렸어. 중요한 건 이때도 진화 메커니즘이 작용했다는 점이야. 에테르를 효율적으로 얻을 수 있는 포논 생명체는 살아남고, 그러지 못한 생명은 죽어서 사라지지. 이런 식으로 에테르를 얻기 위한 기관이 점점 진화했어. 그 과정의 끝에 중력 방사가 있는 거야. 중력이란 목소리에서 탄생한 생명체의 포식 기관인 거지."

"그건 말이 이상하잖아. 진화로 만들어 낼 수 있는 거라면 컴퓨터로 시뮬레이션할 수도 있을 텐데."

"목소리의 세계에서는 물질세계보다 더 효율적인 진화가 일어나. 입자에는 두 가지 종류가 있다는 건 알아? 같은 상태에 여러 개 존재할 수 있는 보손과 두 개 이상 존재할 수 없는 페르미온."

아카네는 양성 학교 시절에 배웠던 물리학 개론 지식을 떠올리며 고개를 끄덕였다.

"원자를 이루는 양성자나 중성자는 페르미온이지만, 포논은 보손이거든. 보손은 보다 쉽게 양자 효과가 나타나는 걸로 알려져 있어. 그래서 양자 진화가 시작된 거야. 유전자상에서 여러 개의 정보 상태가 동시에 존재하고, 표현형(Phenotype)이 나타나기 쉬워. 즉, 외부 세계와의 상호 작용이 큰 정보가 수렴하기 쉬워지는 원리라는 거지. 더없이 복잡해야 할 중력 주파수는, 양자 진화의 끝에 계산되어 만들어졌다는 뜻이야."

"포논 생명체의 유전자는 일종의 양자 컴퓨터라는 건가."

암흑 성우가 고개를 끄덕이고서 설명을 이어갔다.

"이 진화의 결과, 포논 생명체의 서식지에서는 중력이 발생했고, 별이나 은하 같은 물질 구조가 생겨났어. 표면적으로는 만유인력의 법칙이 성립하는 것처럼 보이지만, 어디까지나 겉보기에만 그런 거고, 실제로 중력을 발생시키는 건 포논이라는 거지. 태양계나 은하계 같은 현재의 우주 질서는 포논 생명체가 만든 거야."

"그럼, 지구가 태양에 떨어지지 않는 것도 포논 생명체 덕분이라는 뜻인가?"

"그래, 태양계는 먹이를 먹는 곳이야. 산일 구조(dissipative structure)라는 게 있지. 질서 있는 구조가 존재하는 편이 엔트로피 감소가 빨라. 이걸로 물리학 역사상 3대 미스터리가 풀렸네. 중력의 근원은 포논 생명체. 행성 위로 떨어지는 에테르가 소실되는 건 포논 생명체가 먹어 치우고 있기 때문에. 태양계와 은하계를 유지하고 있는 암흑 물질의 정체는 포논 생명체고."

"요즘은 성우가 벌이는 에너지 보존 법칙 위반도 더해서 4대 미스터리라고 부른다나."

"확실히 그렇네. 그것도 설명할게. 포논 생명체는 번영했어. 하지만 여기서부터가 비극의 시작이었어. 뒤늦게 물질세계에도 생명이 탄생하기 시작했지. 물질세계의 유전자는 페르미온이라서 양자 진화는 일어나지 않았지만, 신경 세포의 미세소관이라는 부위에서는 희미하게 양자 효과를 발휘할 수 있어. 이윽고, 신경 세포를 가장 발달시킨 생물인 인류가 미세소관의 양자 효과를 확대하는 기관을 진화시키게 돼. 그게 바로 발성관이고, 그 유전자를 가진 게 성우들이야. 발성관을 통해 성우들은 물질의 세계와 목소리의 세계, 두 세계를 연결할 수 있었지. 미세소관을 포논 생명체와 양자적으로 얽히게 해서 포논 생명체의 유전자 정보를 훔쳤어. 말하자면 양자 텔레포테이션(Quantum teleportation)이네. 성우가 에너지 보존 법칙을 깨는 메커니즘은 여기에 있어. 요모쿠라 아카네, 당신은 『맥스웰의 악마』에 대해 알아?"

"분명 사고 실험 중 하나였지, 모든 입자의 속도와 위치를 아는 악마가 있다면 영구기관이 만들어진다는 거였나?"

"그래. 그 사고 실험을 통해 정보는 에너지로 환산이 가능하다는 걸 알 수 있지. 그래서 성우들이 목소리의 세계 정보를 물질세계로 가져올 때, 관측상으론 에너지 보존 법칙이 깨진 것처럼 보이는 거야. 물론, 천연 성우의 힘은 약해. 인류 말고도 목성 바닥에 있는 헬륨 생명체나 우주 고래들도 미약하게 성우의 능력을 지니고 있고."

"헬륨 생명체? 우리는 걔랑 만났었어."

"그래, 만났었구나. 헬륨 성우는 수소 금속과 초유동체 헬륨의 혼합물이고, 음파를 신경으로 삼고 있는 생물이야. 초유동체에는 점성이 없어서 음파가 감쇠하지 않고 끝없이 흐를 수 있어. 헬륨 속 포논과 에테르 속 포논을 양자 얽힘 상태로 만들어 성우 능력을 발휘하지. 인류의 역사보다 훨씬 수명이 길고, 목소리의 세계에서 가져온 유전 정보를 그저 축적하고만 있어."

그때 아카네가 헬륨 성우에게서 빼앗은 『힘』은 바로 목소리의 세계 유전 정보였던 건가.

"천연 성우뿐이었다면 그렇게까지 피해는 없었을 거야. 하지만 인류는 판도라의 상자를 열고 말았어. 유전자 공학으로 인공 성우를 탄생시키고 만 거야! 대성우 시대에 대량으로 출현한 인공 성우들은 강력한 양자 텔레포테이션 능력으로 포논 생명체의 유전 정보를 송두리째 빼앗아 왔어!"

암흑 성우의 목소리에 점점 물기가 서렸다.

"설마 그게 원인이 되어 포논 생명체 학살이 시작된 건가?"

아카네도 어렴풋이 이 세계에 무슨 일이 일어나고 있는지 이해가 되기 시작했다.

"맞아. 양자 텔레포테이션에선, 송신한 쪽의 정보 상태는 파괴돼. 포논 생명체에게 그건 유전 정보가 파괴된다는 뜻이야. 성우가 목소리를 내는 것만으로도 죽음을 맞이한다고."

"『목소리』는 그 죽음을 겪고 있는 생명들의 절규로군. 너는 언제부터 들리기 시작했지?"

"태어났을 때부터. 매일, 매일 아침, 매시간, 죽음의 공포와 고뇌와 비명을 들었어. 살려 줘, 부탁이니까 누가 좀 구해 줘, 라고 외치는 목소리를 들어 왔어. 나는 유전 정보뿐만 아니라, 포논 생명체의 정신 정보까지 받아들이고 있었던 거지. 그 정도로 타고난 성우로서의 힘이 강했던 거야. 그리고 어느 날, 목소리의 세계로부터 메시지가 왔어. 틀림없이 그건 지성을 가진 자가 보낸 메시지야. 포논 생명체는 인류와 마찬가지로 지성이 있고, 문명을 가지고 있어. 요모쿠라 아카네, 당신도 알겠지?"

아카네는 확실히 알 수 있었다. 『목소리』를 내는 자들은 분명한 의식이 있고, 감정이 있다. 자신들과 마찬가지로 인격체였다.

"나는 목소리의 세계 쪽 문명과 계약을 맺었어. 고통의 공감을 담보로 한 축복, 원죄를 짊어진 가호를. 나에겐 그 전보다 더욱 강력한 성우의 힘이 부여되어 『암흑 성우』가 되었어. 암흑 물질인 목소리의 세계가 보낸 사자이자, 성우와 대적하는 성우가 되었어. 그리고 동업자들을 죽여 온 거야. 최대한 성우의 숫자를 줄이기 위해서 죽이고, 죽이고, 계속 죽였어. 목소리의 세계의 죽음을 느끼면서, 물질세계에 죽음을 선사했어. 하지만, 내가 해 온 일에는 아무 의미도 없었어! 어느 날, 목소리의 세계에서 새로운 메시지가 도착했어. 너무 늘어난 성우로부터 도망치기 위해 일제히 지구에서 이주하겠다고. 그건 지구 중력의 소멸을 의미했어."

암흑 성우는 후드를 벗고 눈물을 훔쳤다. 아직 앳된 인상이 남아 있는 소녀의 얼굴이다. 깊고 맑은 눈동자에서는 하염없이 눈물이 흘렀다.

"나는 이제 한계야. 이 고통, 이 모순, 이 불합리를 견딜 수 없어. 그나마 잘 버틴 편이라고 생각하지 않아? 꿋꿋하게 상황이 나아질 거라 믿으면서 성우들을 죽이고 다닌 끝에 이런 꼬락서니야. 이런 심정을 느낄 바에야 차라리 풀이나 나무로 태어나고 싶었어. 지쳤어. 이젠 지긋지긋해. 하지만 나는 겁쟁이야. 모든 걸 내던질 용기는 없었어. 내가 해 왔던 일에 의미를 찾기 위해서 후계자를 찾아다녔어. 이주가 일어나기 전에 내가 해 온 일을 이어받을 사람을……. 그러기 위해선 『목소리』를 들을 수 있는 사람을 찾아내야 했어. 유일하게 가능성이 있었던 게 요모쿠라 아카네, 당신이야. 그리고 당신은 붕괴하는 지구에서 탈출하는 걸로 성우로서의 높은 잠재력을 증명했어. 그걸 알고 나서 나는 당신을 목성과 은하 중심으로 유도했어. 중력이 집중된 곳에선 포논 생명체의 밀도가 높아져서 『목소리』가 들리기 쉬우니까. 당신은 여태까지의 여행을 통해 『목소리』를 들을 수 있게 된 거야. 훌륭하게 성장했네. 이제 내가 가르칠 건 아무것도 없구나."

암흑 성우는 눈물을 닦고서 아카네를 힘주어 응시했다.

"요모쿠라 아카네! 겁쟁이인 나를 용서해 줘! 그리고 당신에게 묻겠어. 내 후계자가 될 것인지. 암흑 성우의 이름을 계승해 세계를 구하는 자가 되려 하는지."

아카네는 떠올렸다. 자신이 최강의 성우를 목표로 했던 이유를. 단 하나의 소원을. 세계를 구하고 싶다는 마음을.

"——알겠어. 네가 지금까지 짊어져 왔던 『암흑 성우』, 그 모든 것을 내가 이어받겠어."

"맹세할 수 있어?"

"그래, 맹세할게——. 다만, 너처럼 성우를 학살하진 않겠어. 진정한 의미의 구원을 이 세계에 가져올 거야."

그 말을 듣고 암흑 성우의 눈이 휘둥그레졌다. 의심과 희망이 뒤섞인 눈빛.

"진심이야? 그런 게…… 가능할 리가 없어!"

"할 수 있어. 저쪽 세계가 이쪽 세계에 메시지를 보내고 있잖아. 그렇다면 우리도 저쪽에 말을 걸 수 있겠지."

아카네는 암흑 성우의 손을 꼭 쥐었다.

"대화를 나눠서 공생할 방법을 추구하겠어. 두 세계를 목소리로 잇는다——. 우리 성우는 그런 존재가 되는 거야."

암흑 성우는 한동안 침묵에 잠겨 있다가, 이내 픽 웃었다. 그건 아카네가 처음으로 보는 그녀의 미소였다.

"뭐야 그게. 바보 같아……. 그런 건 생각해 본 적도 없었어."

미소는 점점 커지더니, 마침내 커다란 웃음을 터트렸다. 꽉 조이고 있던 긴장의 끈이 풀린 걸까, 웃으면서도 하염없이 눈물을 흘리고 있다.

아카네가 그런 그녀를 다정하게 안아 주었다.

"걱정하지 마. 최강의 성우가 된 나에게 불가능한 일은 없어."

"그렇게 단언할 수 있다면—— 안심이야. 마음 놓고 이 악몽에서 벗어날 수 있겠어."

암흑 성우는 나이프를 아카네에게 건네고, 칼끝을 자신의 발성관에 가져다 댔다.

"내 발성관을 당신에게 줄게. 나는 당신의 일부가 되어 당신을 돕겠어. 돌아갈 때는 내 배를 써. 당신이라면 몰 수 있을 거야. 배에는 냉장고가 있으니까 절제한 후에는 거기에 보존해 줘."

작은 손이 아카네의 어깨를 살짝 두드렸다.

"자, 부탁해! 최강의 성우가 되어 줘!"

아카네는 나이프를 암흑 성우의 발성관 뿌리에 찔러 넣었다. 칼을 당기면서 단숨에 베어 가른다. 기다렸다는 듯이 피가 솟구쳤다. 심장 박동에 맞춰 일정한 리듬에 따라 출혈의 강약이 반복된다. 몸은 볼품없는 인형처럼 쓰러졌고, 하늘을 할퀴듯 수십 초간 경련한 후 움직이지 않게 되었다. 호수처럼 맑고 큰 눈이 말라붙듯 하얗게 변해 간다. 턱은 이완되고, 터널 같은 구강이 보인다.

아카네는 암흑 성우의 발성관을 손에 들고 있었다. 문어 다리처럼, 잘려도 꿈틀거리며 움직인다. 그 덩어리를 부드럽게 양손으로 감쌌다.

〈블랙 스완〉의 해치를 열고, 내부에 있는 냉장고에 발성관을 보관한 뒤 시체 옆으로 돌아왔다. 우주복을 벗고 속옷 차림이 되어 온몸의 발성관을 진동시켰다.

그리고, 시체를 끌어안았다.

"——나는 암흑 성우가 되어 세계를 구원할 거야. 안심해."

그녀의 귓가에 나지막이 속삭이고서 시체를 빛으로 감쌌다. 고열이 넘쳐흐르고, 시신은 불타, 숯으로 돌아갔다.

잠시 후, 사치가 눈을 떴다. 두리번 두리번 고개를 움직이다가, 〈블랙 스완〉 위에 앉은 아카네를 발견했다.

"흐아암~ 좋은 아침이에요—. 멋진 배네요! 제가 기절해 있는 동안 무슨 일 있었나요?"

"응, 내가 최강의 성우 겸 구세주가 됐어."

"뭔지 잘은 모르겠지만, 굉장하네요! 그럼, 저는 부하겠네요. 영웅 옆에는 부하가 따르는 법이니까요!"

사치의 손을 잡아당겨 〈블랙 스완〉에 태웠다. 배는 1인용이지만, 사치의 체구가 작은 덕에 둘이서도 충분히 탈 수 있을 것 같다. 식량 자동 생성 장치까지 있어서, 모든 게 완벽히 갖춰져 있다. 이 기체만 있으면 두려울 게 없다.

콕핏에 앉아 사치의 작은 몸을 무릎 위에 올렸다. 사치는 장난치듯이 아카네의 목덜미에 얼굴을 비벼댔다. 여전히 스킨십이 과격한 녀석이다. 처음 만났을 때는 당황했지만, 지금은 이 따스함이 그리 싫지 않았다.

"자아, 이렇게 됐으니 가만히 있을 순 없지. 우선 스즈카 할멈한테 돌아가서 발성관을 이식받겠어. 그 사람이라면 그 정도 수술은 할 수 있겠지."

"찬성이에요—! 스즈카 씨와는 아직 얘기를 거의 못 해봤으니까요."

해치가 닫히고, 〈블랙 스완〉은 하늘로 빨려 들어갔다.

잠시 정적이 흐르고, 여섯 개의 다리를 가진 검은 생물들이 바스락 소리를 내면서 나타나, 날카로운 입으로 한때 인간이었던 숯덩이를 쪼아 먹기 시작했다. 〈백경〉의 시체에도 몰려들어 순식간에 구멍을 뚫었다. 구멍은 커지고 뼈가 드러났다. 단단한 뼈마저 이빨로 가르고 골수를 빨아먹는다. 시체가 전부 사라지고 핏자국밖에 남지 않았는데도 생물들은 흩어지지 않는다. 먹잇감이 사라지자 이번에는 서로를 잡아먹기 시작했다. 둘씩, 셋씩, 넷씩 짝을 지어 산 채로 서로의 몸을 잡아먹는다.

종국엔 이들 중 승리자가 변태를 거듭하여 우주 고래가 되는 것이다. 그리고 강착 원반의 원심력 자체를 이용해 은하 바깥으로 건너간다. 그곳에서 영양분을 비축하고, 다시 번식지로 돌아오게 되겠지.

위대한 생명의 순환은 수억 년 전과 다름없이, 오늘도 여전히 이어지고 있었다.

겐겐♥SF도(道)

라이트노벨 & SF 작가

마에지마 사토시

쿠사노 겐겐은 신인 SF 작가다. 이토 케이카쿠 이후라고 부를 수 있는 지금 시대에 신인 SF 작가는 그다지 드문 존재는 아니다(아마도). 부활한 하야카와 SF 콘테스트와 함께, SF 작가도 끝없이 늘어나고 있다(면 좋겠네). 하지만 쿠사노 겐겐의 데뷔는 평범한 SF 작가의 데뷔와는 확연하게 달랐다…….

쿠사노 겐겐이 이 책에 수록한 단편, 『최후이자 최초의 아이돌』으로 제4회 하야카와 SF 콘테스트 특별상을 받은 건 2016년의 일이었다. 하지만 아무리 신인상이라곤 해도, 일반적인 작가라면 『전투요정 유키카제』의 작가 칸바야시 쵸헤이에게 "솔직히, 이 작품이 최종 심사 자리에 있는 건 뭔가 잘못된 게 아닌가, 생각했다."라거나, 〈SF 매거진〉 편집장인 시오자와 요시히로에게 "전반부 3분의 1은 문예 작품으로서 최악의 수준." 같은 혹평을 듣지는 않는다. 무엇보다 아무리 재능 있는 신인이라도, 보통은 수상했다는 사실만으로 Twitter를 떠들썩하게 만들거나 하진 않는다. 그럼에도, 이 작품의 특별상 수상은 그 자체로 대형 뉴스가 되어 일부 계층을 시끄럽게 만들었다.

왜냐하면 이 작품은…….

러브라이브 지난 줄거리!!

고등학교 2학년이 된 나를 기다린 건 학교가 문을 닫는다는 소식.

"내 찬란한 고교 생활이?!"

폐교를 저지하려면 입학생을 늘려야 해. 그래서 난 스쿨 아이돌이 되어 우리 학교를 홍보하기로 했어. 하지만…….

"아이돌은 안 돼요!" "자신을 위해 뭘 해야 좋을지, 잘 생각해야 해."

그래도 나는 학교를 위해서 뭔가 하고 싶어. 포기할 수 없어! 나, 역시 해볼래!

『러브라이브!』 2화 '아이돌을 시작하자!' 에서.

이 작품은 그런 줄거리로 유명한 인기 아이돌 애니메이션 『러브라이브!』의 2차 창작을 가필 수정한 '콘테스트 사상 최대의 문제작' 이었기 때문이다. 원래 제목은 『최후이자 최초의 야자와』. 처음 선보였던 건 2015년 3월 15일에 개최된 『러브라이브!』 온리 이벤트, '우리의 러브라이브! 7' 에서 '국립 오노노키자카 학원 SF연구부' 서클이 발행한 동인지, 『School idol Fictionally』 였다. '아이돌 애니메이션의 2차 창작에서 출발한 작품이 역사와 전통을 가진 하야카와 SF 콘테스트 특별상을 수상!' 이라는 뉴스는 단숨에 인터넷에 퍼져나갔다. 수상작이 2016년 11월 22일에 전자책으로 출판되자, 그 반향은 한층 더 커졌다. 아무래도 내용이 '아이돌 애니메이션 2차 창작' 이라는 글자만으로는 전혀 상상도 할 수 없는 것이었으니까.

예기치 못한 죽음을 맞은 아이돌 지망생 소녀가, 가장 친한 친구였던 예비 의사의 손에 징그러운 괴물 모습으로 되살아나, 때마침 터진 지구 환경의 급격한 변화에 적응하고자 스스로를 개조, 진화시키고, 종국엔 우주로 진출한다……. 쿠사노 겐겐 스스로는 이 작품을 '올라프 스테이플던이 쓴 『최후이자 최초의 인간』, 『스타메이커』를 모티브로 삼아, 우주와 의식과 아이돌의 수수께끼를 풀어내는 작품.', '실존주의적 와이드스크린 백합 바로크 프롤레타리아트 아이돌 하드 SF.' 라고 말하지만, 언뜻 보기엔 무슨 소린지 알 수 없는 그 문자열임에도, 독자들은 결국 틀린 말이 하나도 없다는 걸 알게 되었다. (참고로 오리지널판의 도입부는 일러스트 투고 사이트 'pixiv' 에 공개되어 있다. https://www.pixiv.net/novel/show.php?id=4992326. 개정판과 거의 똑같은 이야기가 『러브라이브!』 캐릭터, 야자와 니코와 니시키노 마키――전문 용어로는 '니코마키' ――를 주역으로 전개되고, 마키 짱이 트럭에 치인 니코니의 시체에서 두개골을 절개해 뇌와 척수를 끄집어내는 장면도 나온다).

이 충격적인 내용에도 불구하고, 라고 표현해야 좋을까, 아니면 그래서 더욱, 이라고 말해야 할까. 아무튼 이 작품은 amazon

전자책 랭킹에서 1위를 차지했다. 그뿐만 아니라, 일본 SF 대회에 참가한 SF 팬들의 투표로 결정되는 성운상에서 멋지게 제48회 일본 단편 부문을 수상. 2016년 발표된 국내 SF 단편들 중 정점에 선 것이다. 신인 데뷔작으로 성운상을 받은 건, 야마다 마사키의 『신 사냥』 이후, 42년 만의 쾌거였다.

SF 콘테스트 심사 자리에선 그야말로 신랄한 평가도 나왔던 작품인데, 왜 이 정도로 지지를 받았을까?

……이야기가 잠깐 옆길로 샌다.

21세기에 들어서 오타쿠 문화는 빠른 속도로 일반화되었다. 고등학생, 대학생, 사회인이 된 뒤에도 애니메이션을 시청하는 건 아주 평범한 일이 되었다. 그런 '침투와 확산'을 이룬 현재의 오타쿠 문화의 선두 주자 중에는 '나쁜 오타쿠'라고 불리는 사람들이 존재한다. 물론, 그들은 귀여운 소녀를 정말 좋아하고, 2차원 캐릭터, 성우, 아이돌을 무척 사랑한다. 하지만 그들은 그 사랑만큼이나 SF나 미스터리, 혹은 호러 같은 다른 장르에도 애정을 쏟고 있으며, 그리고 또한 역사, 군사, 정보 기술, 자연 과학 등의 분야에서 전문 교육을 받은 사람도 드물지 않다. 그것 자체는 특별한 일이 아닐지도 모른다. 사람은 다양한 측면과 다양한 취미를 갖는 법이니까. 하지만 그들, '나쁜 오타쿠'의 나쁜 점은 본래 각 장르별로 나눠서 받아들이면 될 것을 틈만 나면 하나로 합치려고 꾀한다는 점이다. 예를 들어 귀여운 소녀들로 가득 찬 애니메이션 속에 뭔가 끼워 넣을 만한 구석을 찾아낸 순간 그들 안의 스위치가 켜진다. 그치만 가능성을 느꼈는걸, 바로 진행시켜, 라면서 희희낙락하며 어떻게든 자기 전문 분야로 끌어들일 구실을 만들려 하고, 으레 악취미에 그로테스크한 방향으로 확장해 간다. 예를 들어 '그 애니메이션에 남자가 등장하지 않는 이유는 핵전쟁으로 인류가 전부 멸망했기 때문이고, 학원은 핵 대피소에 만들어진 인공 유토피아라서…….' 라든가, '싸우는 미소녀를 지휘하는 남자 지휘관이 모습을 드러내지 않는 건, 사실 그는 이미 죽었고, 그 사실을 받아들이지 못한 소녀들은 덧없는 전쟁을…….' 이라든가, '○○은 실제론 존재하지 않고, 현실과 허구의 경계는 모호하며, 어쩌고저쩌고.' 같은 식이다. 오늘도 SNS 여기저기서 '나쁜 오타쿠' 들이 그런 '설정 놀음' 을 펼치고 있다.

귀여운 여자애들이 노래하고 춤추고 꿈을 향해 노력하면 더욱 더 귀엽다……. 그런 아이돌 애니메이션에 인류의 기이한 형태로의 진화를 그린 하드 SF를 융합시킨다. 쿠사노 겐겐의 그런 행위에 '왜 그런 걸 섞은 거야!' 라며 즐겁게 태클을 건 독자는, 한편으로는 강렬한 동류의 냄새를 느꼈겠지. 아마도 그의 창작은 나쁜 오타쿠의 '설정 놀음' 의 연장선에 있을 것이다. 하지만 쿠사노 겐겐의 '나쁨' 은 살짝 상식을 벗어났다. 평범한 나쁜 오타쿠라면 140자짜리 설정 놀음, 단순한 농담, 장난으로 끝냈을 텐데, 진심으로 그걸 '실행' 해 버리는 악질이었던 것이다…….

원인 불명의 태양 플레어로 멸망 직전에 놓인 지구와, 그곳에 탄생한 인공 생물이 만든 새로운 생태계, 그리고 거기에 적응하며 계속 진화하는 기괴하게 생긴 아이돌이 만들어 가는 세계는,

그러면서도 진지한 과학적 고증을 기반으로 그려지고 있어서, 상식에서 벗어나 있긴 해도 뭐든 다 되는 건 아니다. 게다가 언뜻 보기에는 끝없는 진화를 묘사하는 것 같으면서도, 일관되게 의식은 어디에서 오는가, 라는 물음을 던지고 있다. 마지막엔 지구에 깃든 의식, 우주에 깃든 의식이라는 방대한 거시적인 관점에서, 책을 읽고 있는 당신=나의 의식이라는 미시적인 관점으로 수직 낙하하고, 모든 사건의 발단인 〈모노폴 슈퍼 플레어〉가 왜 동시에 일어났는가, 라는 수수께끼를 확실하게 설명하는 걸로 다이내믹하게 마침표를 찍는다. '단순한 농담' 과 현실 사이에 정교한 논리와 고증으로 다리를 이었을 때, 그 작품은 SF가 된다. 그 논리와 고증을 지렛대로 삼아, '단순한 농담' 을 우주 저 멀리까지 도약시켰을 때, 그 작품은 걸작이 된다. 농담을 탐욕스레 추구하고, 있는 힘껏 열정을 바쳐 도달한 지평. 『최후이자 최초의 아이돌』은 그것을 이루어 낸 작품이다.

아이돌 문화, 오타쿠 문화에 푹 빠져 있으면서, 동시에 SF도 애호하는 나쁜 오타쿠라면 '아이돌과 하드 SF의 융합' 은 한 번쯤 떠올려 보는, 소위 '완전 범죄' 의 꿈일 것이다. 그걸 쿠사노 겐겐은 이뤄냈다. 90년생인 그는 아직 20대 작가지만, 그와 같은 세대 중에선 '이건 내가 썼어야 했어.' 라며 이를 가는 사람도 많을지 모른다. 만약 필자가 작가와 같은 세대였다면 나도 그중 한 명이었을 거라고 자신 있게 말할 수 있다.

SF 콘테스트에서 받은 평가도 결코 혹평만 있었던 게 아니다. 비평가, 아즈마 히로키는 "개인적으로는 최고점." "흔히 말하는 초전개 SF지만, 문장 템포가 좋아서 즐겁게 읽힌다. 우주론이나 뉴럴 네트워크 같은 설정도 매력적.” 작가, 오가와 잇스이는 “두말할 것 없이 이번 콘테스트의 어떤 작품보다도 SF.” “인터넷상에서 파먹을 대로 파먹은 아이돌 문화의 토양에서, SF의 덩굴로 영양분을 빨아들여 핀 헛꽃이지만, 그런 난폭한 짓을 저지르는 것도 이 장르의 특징.”이라고 평가했다. 아마도 성운상 투표에서 이 작품에 표를 던진 SF 팬이라면, 분명 두 사람의 평가에 고개가 절로 끄덕여질 것이다.

자, 이 책, 『최후이자 최초의 아이돌』은 쿠사노 겐겐의 첫 단독 저서인 단편집이다. 표제작 『최후이자 최초의 아이돌』 외에도 두 편의 단편이 실려 있지만, 어느 작품이든 오타쿠 문화와 하드 SF의 융합이라는 콘셉트를 계승하고 있다.

두 번째 작품 『에볼루션 걸즈』는 고대 생물을 의인화한 모바일 게임 ‘에볼루션 걸즈’, 통칭 ‘에보걸’의 과금 중독 플레이어인 사회인, 사사지마 요코가 트럭에 치여 게임 속 세상으로 전생한다는 작품. 『최후이자 최초의 아이돌』에 이어 2017년 7월에 전자책 오리지널 판으로 출간되었다. (더군다나 ‘에보걸’의 설정은 2017년에 대히트를 쳤던 애니메이션 『케모노 프렌즈』를 떠오르게 한다. 쿠사노는 이 작품에 대해 ‘『케모노 프렌즈』는 어째서 SF로서 “대단해—!” 인가.’ 라는 에세이를 발표한 적 있다. https://cakes.mu/posts/15376)

그런데 요코가 전생한 곳은 자기가 즐긴 ‘에보걸’ 과는 전혀 다른 세계. 〈걸즈〉들이 가챠를 돌려 얻은 '미세소관' '미토콘드리아' 등등의 기관으로 자기 몸을 진화시키면서, 서로를 잡아먹는 약육강식의 세상. 그곳에서 요코는 '수명, 생명, 의지, 존재'를 대가로 가챠를 돌려 기괴한 괴물로 진화를 거듭한다. 내용은 『최후이자 최초의 아이돌』의 변주라고도 볼 수 있지만, 모바일 게임을 소재로 삼으면서 다른 〈걸즈〉와의 대전, 협력이라는 요소가 생겨났다. 쿠사노 겐겐은 수상 직후 〈SF 매거진〉에 실린 인터뷰에서 와이드스크린 백합 바로크라는 장르를 제창했고, 거기에 가장 근접한 작품으로 『마법소녀 마도카☆마기카』를 뽑았다. 전작에 비해 백합 요소가 더욱 농후해진 이 작품은 작가 나름의 실천이라고도 할 수 있을 것이다. 물론 백합이면서 동시에 와이드스크린 바로크이기도 한 이 작품은 전작만큼이나 스케일이 크고, 마지막엔 모바일 게임과 자유의지와 우주의 관계에까지 이른다. 앞서 말한 애니메이션의 대사를 빌려오자면 "모든 모바일 게임을 태어나기 전에 없애고 싶어. 모든 우주, 과거와 미래의 모든 모바일 게임을, 이 손으로." 같은 느낌의 이야기이며, 가챠에서 폭사를 반복하면서도 모바일 게임을 접지 못하는 사람들(필자 포함)에게는 그야말로 복음을 약속하는 종교책처럼 마음에 스며드는 이야기다. 쿠사노 겐겐은 정말로 '동류'의 급소를 찌르는 솜씨가 좋다.

이어서 세 번째 작품, 이 책에서 처음 선보이는 작품인 『암흑 성우』는 아이돌, 모바일 게임(과 프렌즈)이 나왔으면 마무리는 이거죠, 라고 말하는 것처럼 제목 그대로 성우가 테마다. 우주에 에테르가 충만하고, 중력이 국소적으로만 존재하는 세계에서, 에테르로부터 무한한 에너지를 뽑아내는 존재인 성우가 발견되었다. 그녀들은 유전자 조작으로 체외에 발성관이라는 독특한 기관을 부착하고서, 마치 가축이나 우주선 부품처럼 취급받고 있었다……. 여전히 얼마나 악질인지를 느끼게 만드는 설정이지만, 이야기는 최강이 되려고 다른 성우를 죽이고 발성관을 약탈해 온 성우 아카네와 그 앞을 가로막는 수수께끼의 존재, 암흑 성우를 중심으로 전개된다. 볼거리 중 하나는 두 사람의 싸움 직후에 갑자기 지구의 중력이 전부 사라지는 엄청난 전개일 것이다. 중력이 갑자기 사라지면 지구가 어떻게 되는지를 시뮬레이션하고, 발생한 초속 500미터의 바람이 인류 문명을 깡그리 소멸시켜 버리는 모습은 굉장한 스펙터클. 뇌가 기쁨의 비명을 지르게 한다.

그 후, 간발의 차이로 지구를 탈출한 아카네는 후배 성우 사치와 함께 암흑 성우를 쫓아(현상금 사냥꾼에게 쫓기면서), 대우주로 나아간다. 동시에 성우 핵융합 폭탄이나, 에테르 우주에 태어난 우주 물고기 등, 차례차례 신기한 장치들이 등장하며, 경이로운 존재로 가득 찬 스페이스 오페라풍 세계관이 정말 재미있다.

그러면서도 마지막엔 암흑 성우의 유래가 암흑 물질에 있음을 밝히고, 중력의 유래를 비롯한 작중에 있는 물리 법칙의 수수께끼를 성우와 엮어 풀어 주면서 이야기를 마무리하다니, 그 재능이 실로 대단하다.

아이돌, 모바일 게임, 프렌즈, 성우…….

이 책에는 최근 몇 년간 오타쿠 문화에서 화제가 되었던 토픽이 아주 선연하게 담겨 있다. 아마도 10년 후에는 이 시대를 보여주는 증언으로써 읽는 것도 가능하겠지.

쿠사노 겐겐에게는 속도가 있다. 그는 현기증이 날 정도로 방대한 콘텐츠가 생겨나고 사라지는 현대 오타쿠 문화 속에서 훌륭하게 한 명의 소비자로서 그 분주한 흐름을 즐기고 있다. 게다가 거기서 그치지 않고, 그는 자신이라는 필터를 통해 자기가 받아들인 문화를 신속하게 자기만의 이야기로 출력해 낸다. 방대한 오타쿠 문화의 홍수를 마음껏 누리는 사람, 혹은 자기 안의 깊고 심원한 세계를 추구하는 사람은 수없이 많겠지만, 양쪽을 겸비한 재능은 드물 것이다.

앞으로 쿠사노 겐겐은 어디로 향할 것인가. 인류의 이형 진화를 그린 쿠사노 겐겐 스스로가 앞으로 어떤 독특한 진화를 이룰지 보고 싶다. 〈SF 매거진〉의 수상 인터뷰에 따르면 '자이나교와 기술적 특이점을 조합한' 장편도 계획에 있다고 하는데, 그 작품을 통해 이 젊은 재능이 어떤 상상을 초월한 진화에 이를지 기대하고 있다.

2018년 1월

첫 수록 일람

『최후이자 최초의 아이돌』 전자 서적 (2016년 11월 간행)

『에볼루션 걸즈』 전자 서적 (2017년 7월 간행)

『암흑 성우』 첫 수록

최후이자 최초의 아이돌

2025년 12월 10일 제1판 인쇄
2025년 12월 25일 제1판 발행

지음 쿠사노 겐겐 | **일러스트** TNSK

옮김 정백송

제작 · 편집 코믹 레인 편집부

발행 데이즈엔터(주)
등록번호 제 2023-000035호
주소 07551 서울특별시 강서구 양천로 570 NH서울타워 19층
대표전화 02-2013-5665

ISBN 979-11-380-6377-7

구매 시 파손된 도서는 구매처에서 교환하실 수 있습니다.
기타 불편사항, 문의사항이 있으신 독자님께서는 노블엔진 홈페이지
[http://novelengine.com] 에서 Q&A 게시판을 이용해 주시기 바랍니다.